03/2015 CA

Markus Theisen

Novemberrot

Eine schicksalhafte Begegnung

Verlag

Umwelthinweis:
Dieses Buch wurde auf chlor- und
säurefreiem Papier gedruckt

1. Auflage 2012

© undercoverbooks, Stuttgart 2012
Alle Text- und Bildrechte liegen
eigenverantwortlich beim Autor.

Lektorat und Korrektorat: Catrin Stankov, Bernau

Titelfoto: www.cgtextures.com

Umschlag und Satz: Julia Karl – www.juka-satzschmie.de

Druck und Verarbeitung: E. Kurz + Co., Druck und
Medientechnik GmbH, Stuttgart www.e-kurz.de
Printed in Germany
ISBN: 978-3-942661-54-6

www.swb-verlag.de

… für Sylvia und Susi …

Vorgeschichte

Es war ein nass-kalter Morgen an jenem Tag im November 1946, als der Zug in den Burgstadter Bahnhof, genauer gesagt in das, was davon noch übrig war, donnernd und qualmend einrollte. Dass seine Frau und seine kleine Tochter hier auf ihn warten würden, darauf hatte Michael Bergheim zwar gehofft, aber woher sollten sie wissen, dass er ausgerechnet heute ankommt. Schließlich hatte seine Familie seit dem Sommer 1944 nichts mehr von ihm gehört. Nachdem er aus britischer Kriegsgefangenschaft entlassen worden war, mussten er und seine Kameraden zu Fuß oder per Eisenbahn – untergebracht in kalten, zugigen Güterwagons, die nur spärlich mit Stroh ausgelegt waren – ihre beschwerliche Heimreise antreten. Aber all die Strapazen waren Michael nahezu egal, denn nur der Gedanke, den Krieg überlebt zu haben und endlich seine Frau Maria und seine kleine Tochter Rosemarie, die von allen nur Rosi genannt wurde, wieder in den Armen halten zu können, trieb ihn unentwegt an. Der Zug stoppte unter dem schrillen, langgezogenen Schrei der Bremsen. Bergheim, der als Einziger hier ausstieg, klappte die eiserne Verriegelung nach oben, zog die hölzerne Tür des Wagons auf, verabschiedete sich kurz aber herzlich von seinen Begleitern und sprang auf den Bahnsteig. Bald darauf setzte sich die alte Dampflok schnaubend in Richtung Mainz in Bewegung, um dort den Rest ihrer Fracht abzuladen.

Hier stand er nun in seiner mausgrauen, zerschlissenen Uniform mit ausgelatschten Stiefeln. Die alte Wehrmachtskappe auf seinem nahezu kahl geschorenen Schädel tief ins Gesicht gezogen und dazu mit schlecht rasierten, eingefallenen Wangen. Die langen Kriegsjahre und die anschließende Gefangenschaft hatten ihn an Leib und Seele gezeichnet. Michael ging langsam, fast bedächtig, die alte Treppe hinauf, die von den Gleisen direkt zum

Bahnhofsvorplatz führte. Der Anblick, der sich ihm dort bot, war nahezu derselbe wie bei den meisten Stationen, an denen sie Halt gemacht hatten. Frauen, Alte und Kinder wühlten in den Trümmern nach Brauchbarem. Der Geruch von verbrannter Kohle und Holz durchströmte die diesige, kalte Morgenluft. Zu seinem Erstaunen erblickte er in Richtung des Horizonts vereinzelte rauchende Schornsteine und bemerkte bei näherem Hinsehen, dass einige Gebäude vom Bombenhagel verschont geblieben waren. »Zum Glück ist doch noch was ganz geblieben«, murmelte er vor sich hin. Er war in Gedanken versunken, als plötzlich ein alter Mann vor ihm stand und ihn unverblümt ansprach: »Guten Morgen Soldat, woher kommst du, äh, besser gesagt wohin gehörst du?« Überrascht blickte Michael ihn mit großen Augen an, da er nicht damit gerechnet hatte, so direkt angequatscht zu werden. »Mich brauchten sie bei ihrem Krieg nicht mehr, denn ich habe noch mein Andenken an Verdun«, fuhr der ärmlich gekleidete Unbekannte fort. Der Alte hatte seinen schmutzigen, durchlöcherten Mantel nur lose umhängen, sodass Michael bemerkte, dass seinem Gegenüber der rechte Arm fehlte. »So halte ich mich mit etwas Hamstern hier und etwas Tauschen da über Wasser.« Der Hamsterer, wohl froh einen Zuhörer gefunden zu haben, redete nun ununterbrochen auf den Heimkehrer ein. Doch Michael platzte rasch sprichwörtlich der Kragen. Heftig stieß er den Alten zur Seite und ließ ihn wortlos links liegen. Er wollte doch nur, so schnell es ginge, seine Familie wiedersehen und sich nicht das Gelaber irgendeines armen Wichtes anhören. Schnellen Schrittes eilte er zwischen Trümmerbergen und Ruinen hindurch, die lange Bahnhofstraße entlang. Mitten in diesem Chaos drang plötzlich und völlig unerwartet Musik an seine Ohren. Er verlangsamte sein Tempo und blieb stehen. Er kannte den Titel. Oft hatte er das Stück in britischer Gefangenschaft gehört. »Mensch Glen, du hast's auch nicht überlebt«, dachte Michael wehmütig bei sich und setzte seinen Weg weiter fort. Nachdem er nun gut fünfhundert Meter zurückgelegt hatte, bog er in die erste Querstraße nach rechts ab. »Hier auf der Ecke stand das letzte Mal als ich hier war noch ein großes Kaufhaus ... und jetzt ist nur noch ein riesiger Berg Steine und Schutt davon übrig«, registrierte er kopfschüttelnd im Vorübergehen. Die anderen Passanten hatten anscheinend genug mit sich selbst zu tun, sodass sie ihn nicht weiter beachteten. Michael war froh über diesen Umstand. Denn so konnte er sich zügig, ohne in weitere, unnütze Gespräche verwickelt zu werden, der Hauptstraße folgend in Richtung seines Heimatortes Mayberg durchschlagen. Mayberg, ein Fünfhundert-Seelen-Nest, lag gut fünfundzwanzig Kilometer von Burgstadt entfernt, inmitten von Feldern, einigen kleineren Waldstücken, Hügeln und Seen. Hügel und Seen, die vor 15.000 Jahren einmal Vulkane waren. Daher gab es in dieser Gegend sehr viele Steinbrüche, in denen überwiegend Basalt abgebaut wurde. So arbeitete auch Michael, bevor er 1942 einberufen worden war, als Steinmetz in den nahen Steinbrüchen von St. Josef. Er war hauptsächlich damit beschäftigt Kopfsteine, im Volksmund wegen ihrer charakteristischen Form auch Katzenköpfe genannt, zu fertigen, die anschließend für den Straßenbau benötigt wurden. Je nachdem konnte er sich an den freien Samstagnachmittagen bei Pflasterarbeiten in Höfen oder Ställen der ansässigen Bauern oder wohlhabenden Bürger der Umgebung noch ein paar Groschen dazuverdienen.

Er kam flott auf seinem Heimweg voran, denn die Straße war zum Glück in erstaunlich gutem Zustand. Bis zu der Stelle, wo eigentlich eine Brücke einen circa fünfzig Meter breiten Seitenarm des Rheins überspannte. Doch davon waren lediglich die beiden steinernen Brückenköpfe übrig geblieben. Die stählerne Brückenkonstruktion lag in Bruchstücken im Wasser. Stattdessen hatten die amerikanischen Besatzer einen behelfsmäßigen Übergang mit Pontons gut hundert Meter flussaufwärts errichtet. Um dieses Provisorium zu erreichen, führte ein unbefestigter, schlammiger Feldweg von der Hauptstraße hinab zum Fluss und auf der anderen Seite wieder hinauf. Der Weg war gerade so breit, dass ein Lastwagen diese Stelle ohne Risiko passieren konnte. Nachdem Bergheim diesen Umweg hinter sich gelassen und auf der Hauptstraße gut zehn Minuten unterwegs war, hörte er, wie sich von hinten ein Fahrzeug näherte. Er drehte sich kurz um und erblickte einen Geländewagen der US Army. Als das Gefährt mit ihm auf gleicher Höhe war, hielt es an und Michael sah, soweit er durch die verdreckten Scheiben etwas erkennen konnte, zwei Soldaten darin sitzen. Der Fahrer, ein dunkelhäutiger GI, stieg aus und musterte den unbekannten Deutschen scharf. Michael, der gut einen Kopf kleiner und locker 30 Kilo leichter war als sein Gegenüber, verharrte regungslos. »Lasst mich doch einfach in Ruhe«, hatte er schon auf der Zunge. Doch dann, für den Heimkehrer umso überraschender, lächelte der US-Soldat freundlich und sprach ihn im typischen amerikanischen Slang, gespickt mit einigen deutschen Wörtern an: »Good morning man, can we help you? Sorry, können wir dir helfen? Where is your home?« Beide Amerikaner, sein weißhäutiger Beifahrer war inzwischen auch ausgestiegen, blickten ihr Gegenüber erwartungsvoll an. Michael, der nun nahezu eineinhalb Jahre in britischer Gefangenschaft gewesen war, konnte tatsächlich außer den Ziffern auch etwas in Englisch palavern. Und so antwortete er: «I have only one wish. I will see my wife and my little daughter. They lives in Mayberg! So, I must go, and have no time, to talk with you!« Er wollte sich gerade an den Soldaten vorbeimogeln, als sich ihm der Farbige genau in seinen Weg stellte. »Okay guy, du hast Gluck, das ist genau our way. Wir nehmen dich mit!«, sagte er mit kräftiger Stimme. Michael war verdutzt, denn mit einem kostenlosen Taxi hatte er absolut nicht gerechnet. Er nahm dieses unverhoffte Angebot natürlich dankend an, setzte sich auf die Rückbank des Army-Jeeps und sofort ging es auf direktem Weg in Richtung seines Heimatortes und zu seiner Familie. »Du musst hungrig und durstig sein«, sagte der hellhäutige Soldat und reichte dem Deutschen drei Stücke Weißbrot, etwas Wurst und heißen Kaffee. Michael wurde es erst jetzt wieder bewusst, dass er, seitdem sie Hannover verlassen hatten, weder etwas gegessen noch getrunken hatte, und er verschlang die gereichte Nahrung gierig. »Was hast du in deiner Tasche?«, fragte der Beifahrer neugierig und deutete mit einer Kopfbewegung auf den olivgrünen Stoffbeutel, den der Deutsche umhängen hatte. Michael war so mit Essen und Trinken beschäftigt, dass er erst mit etwas Verzögerung antwortete. »Es sind ein paar Dinge, die ich aus Norwegen mitbringen konnte.« Er kramte in der Tasche und zum Vorschein kamen ein altes Kartenspiel, ein gebündeltes Päckchen Briefe und eine Tafel Schokolade. »In den letzten Kriegstagen hatte ich die Aufgabe«, so fuhr Michael mit seiner Erzählung fort, »einen Versorgungsbunker der Wehrmacht in der Nähe von Narwik zu bewachen. Als sich der Krieg dann dem Ende näherte, ging ich mit meinen Kameraden das ein oder andere Mal in die versteckten Stollen, um uns mit Essbarem zu versorgen. Unter Anderem war da auch eine Kiste mit Tafeln Schokolade, wovon ich mir einige abzweigen konnte. Ich dachte mir, dass meine Kleine doch Schokolade so sehr mag und dass die Versorgung bei uns zu Hause bestimmt schlechter sei. Doch als wir in Kriegsgefangenschaft gerieten, musste alles den Briten übergeben werden. Na sagen wir fast alles. Denn ich hatte Glück, dass der englische Soldat, der mich kontrollierte, mir eine der Tafeln gnädigerweise zugestand! Und die Briefe ... ich hatte doch keine Gelegenheit, sie an meine Familie zu senden ... ich freue mich so sehr darauf, meine Frau und meine kleine Rosi damit zu überraschen!« Nach dieser umfassenden Ausführung

11

Bergheims drehte sich der Beifahrer mit einem wohlwollenden Lächeln wieder um. Michael war sich in dem Moment nicht sicher, ob sein Gegenüber alles verstanden hatte, aber dies war ihm im Grunde genommen auch ganz egal.

Es war wenig Betrieb auf der Straße. Nur ab und an überholten sie ein Pferdefuhrwerk und mit Ausnahme eines grauen Mercedes-Busses und eines schwarzen DKW-Kleintransporters begegneten ihnen keine motorisierten Fahrzeuge. Nachdem sie ein gutes Stück ihres Weges zurückgelegt hatten, sah Michael den Grund dafür, dass zurzeit keine direkte Eisenbahnverbindung von Burgstadt nach Mayberg existierte. Denn sie erreichten nun die Stelle, wo die Straße durch ein Viadukt führte. Es bildete die Brücke zwischen zwei Hügeln, über welche die Eisenbahnlinie verlief. So wie es aussah, hatte es einige Bombentreffer, genau wie die Brücke über den Rhein-Nebenarm, abbekommen. »Yes«, sagte der Fahrer sogleich, »die Gleise wurden von einer *Flying Fortress* getroffen. Doch sorry, die Brücke über den Rhein, das seid ihr selbst gewesen. So ein crazy Nazi hatte es tatsächlich geschafft sie zu sprengen, kurz bevor wir eintrafen.« Michael hörte zwar, was der Soldat sagte, doch weil er inzwischen so angespannt damit beschäftigt war, sich die Landschaft entlang ihrer Route zu betrachten, antwortete er nicht. Eigentlich hatte sich seit dem letzten Mal, als er hier gewesen war, nichts verändert. Felder und Wiesen, garniert mit vereinzelt stehenden Scheunen, in denen die Bauern für gewöhnlich ihr Stroh lagerten. Da die Straße recht kurvig durch das Gelände führte, war das Tempo, mit dem sie fuhren, zwangsläufig nicht so hoch. Michael wurde von Minute zu Minute immer unruhiger. Er blicke abwechselnd aus dem linken und rechten hinteren Fenster des Jeeps. Sein Herz, das immer schneller schlug, begann förmlich zu rasen, als am Horizont die schemenhaften Umrisse der Kirche und anderer größerer Gebäude Maybergs links vor ihnen in der diesigen Novemberluft auftauchten. »Wie spät ist es denn jetzt?«, fragte er die beiden Amerikaner. »Fünfzehn Minuten nach Elf«, war deren kurze Antwort. »Und es sieht so aus, als wenn gleich schon wieder Nacht wäre, so wenig Sonnenlicht kommt heute durch«, murmelte der Heimkehrer. Dabei hatte er doch innerhalb der letzten vier Jahre seines Lebens, gerade was das Vorhandensein des Sonnenlichts anging, die ein oder andere neue Erfahrung an Norwegens Polarkreis sammeln können. Die letzten Kilometer der Fahrtstrecke kamen Michael schier endlos vor. Doch dann, hinter der nächsten Rechtskurve, lag sein Heimatort und seine Familie war nicht mehr fern. »Sicherlich sind sie gerade bei den Vorbereitungen zum Mittagessen«, ging ihm durch den Kopf. Am Ortsrand, wo sich der Weg gabelte, bat Michael die Amerikaner anzuhalten. Er wollte den Rest alleine zurücklegen, denn sein Haus befand sich nur gut hundert Meter von der Hauptstraße entfernt in einer schmalen Seitengasse. So verabschiedete er sich hastig aber freundlich von den US-Soldaten, die ihm noch etwas Proviant mitgaben und marschierte schnellen Schrittes ins Dorf. Die Amerikaner ihrerseits blieben weiter auf der Hauptstraße, die links an Mayberg vorbei führte und ihr Ziel nach fünf Kilometern in St. Josef hatte. Diese gesamte Region war zwar seit Sommer 1945 unter französischer Verwaltung, jedoch verfügte die US-Army noch über vereinzelte kleinere Kasernen, die zur Unterstützung der Franzosen verblieben waren.

Kein Mensch war auf der Straße zu sehen und bis auf das stampfende Geräusch, das bei jedem Aufsetzen seiner Stiefelsohlen auf dem holprigen Straßenpflaster entstand, war kein Laut zu vernehmen. Es roch nach Mist, wie immer eigentlich. Hinter einer sich bewegenden Gardine sah Michael die Umrisse einer Person. »Ach ja, die vorwitzige alte Berta gibt's also auch noch«, murmelte er grinsend vor sich hin. Er bog nach rechts in die Lenzgasse ein. Und kaum hatte er sein Haus, das am Kopfende der Sackgasse gelegen war, vor Augen, rannte er so schnell er nur konnte darauf zu. Er kam ans eiserne, grün gestrichene Tor und drückte die Klinke nach unten. Zunächst ließ sich die schwere Pforte nicht bewegen. Erst als sich Michael mit seinem ganzen Gewicht dagegenstemmte, öffnete sie sich knarrend und er schritt geradewegs in den mit Kopfsteinen gepflasterten Hof. Bergheim nahm die fünf steinernen Stufen zur eigentlichen Haustür in zwei großen Sätzen. Sein Herz klopfte so heftig, dass es ihm bald aus dem Hals springen würde und nach kurzem Innehalten schlug er den Türklopfer mehrmals gegen das Holz. Ruhe. Seine Ohren registrierten nur sein eigenes Japsen. »Bestimmt haben sie mich nicht gehört«, dachte er. So klopfte er nochmals, diesmal mit mehr Krafteinsatz. Wieder keine Reaktion – nur atemlose Stille. Nach unzähligem weiteren Anklopfen, Rufen und Trommeln gegen die Tür hörte Michael plötzlich Schritte hinter sich und eine kräftige Männerstimme sagte harsch zu ihm: »Scher dich hier weg! Landstreicher und Taugenichtse haben wir genug hier!« Schwitzend und mit Tränen in den Augen drehte sich Michael um und erblickte den alten Bauern Elzer, der mit beiden Händen eine Mistgabel fest umklammernd und Selbige drohend gegen ihn gerichtet vor ihm stand. Er wohnte im Nachbarhaus und hatte wohl den Lärm mitbekommen, den Michael gemacht hatte. »Erkennst du mich denn nicht?«, erwiderte Bergheim beschwörend. Der alte Mann stand urplötzlich regungslos da, ließ die Mistgabel fallen und hatte einen Gesichtsausdruck, als habe er ein Gespenst vor sich. »Wir dachten du seiest gefallen, wie Paul!«

»Paul ist tot?«, fragte der Heimkehrer entsetzt. »Wie und wann ist das passiert?«

»Irgendwo beim Rückzug in der Nähe von Königsberg. Er war Flakhelfer und sie hatten wohl einen Volltreffer abbekommen. Ich erhielt nur ein kurzes Schreiben von der Wehrmacht, worin mir sein heldenhafter Einsatz für das Vaterland mitgeteilt wurde.« Der Alte senkte seinen Kopf und sagte leise: »Zuerst stirbt meine Frau und dann auch noch mein Sohn.« Er legte eine kurze Pause ein, fasste sich jedoch wieder, sah Bergheim an und rief erbost: »Und von dir hatten wir seit Mitte 44 auch nichts mehr gehört!«

»Es war einige Mal sehr knapp und in den kalten Nächten allein auf Patrouille in den Wäldern rund um Narvik und Kirkenes, jenseits des Polarkreises, hatte mich nur der Gedanke, Maria und Rosi wiederzusehen, aufrecht gehalten«, erklärte Michael, sich langsam wieder beruhigend. »Aber sag mir, wo sind sie? Sie sind doch nicht etwa …?« Michael stockte bei der Frage.

»Tot meinst du?«, führte der Nachbar den angefangenen Satz fort. »Nein, tot sind sie nicht. Aber nachdem von dir solch lange Zeit kein Lebenszeichen kam, ist sie mit der Kleinen zum Bauern Kreismüller auf dessen Hof gezogen. Er musste nicht in den Krieg und ich hatte den Eindruck, dass Heinrich schon seit Längerem ein Auge auf Maria geworfen hatte. Na jedenfalls ist er mehrmals in der Woche bei ihr aufgetaucht und wollte *nur* mit ihr sprechen.«

Michael hörte den Ausführungen seines Nachbarn geschockt zu.

»Anfangs hatte sie ihn eiskalt abblitzen lassen, doch im harten Winter 45, als es uns wirklich schlecht ging und kaum was Essbares aufzutreiben war, gab sie schließlich seinem Werben nach und zog mit der kleinen Rosi zu ihm auf seinen Hof. Außerdem schwand von Tag zu Tag die Zuversicht, dich jemals wiederzusehen … und Rosi musste doch versorgt werden. Außer ihren Sachen und den Kleidern der Kleinen hatte sie nichts mitgenommen. Ja und seitdem ist euer Haus unbewohnt.« Elzer endete hier mit seinen Erklärungen und sah den Heimkehrer mitleidsvoll an. Michael, für den diese Wendung seines Lebens gänzlich unvorstellbar war, durchlebte nach den Schilderungen seines Nachbarn in kürzester Zeit nahezu die komplette Palette aller denkbaren Emotionen. Auf der einen Seite stieg in ihm ein unbeschreiblicher Hass gegen Heinrich Kreismüller auf, der sich einfach seine Familie unter den Nagel gerissen hatte. Doch auf der anderen Seite musste er ihm ja fast noch dankbar sein, dass Maria und Rosi nicht zu hungern brauchten. »Ich gehe sofort zum Kreismüller!«, sagte er trotzig zum Alten. »Hier hast du etwas zu essen und trinken.« Er drückte dem Nachbarn das Päckchen in die Hand, welches er von den Amerikanern erhalten hatte und wollte gerade aufbrechen, als Elzer ihn am Arm fasste und mit warnender Stimme sagte: »Aber pass auf, du wirst da wahrscheinlich nicht willkommen sein. Einige Dinge haben sich in der Zwischenzeit verändert.«

»Ist schon gut«, entgegnete Michael, »auch DAS werde ich schaffen.« Und mit einem kurzen Kopfnicken machte er sich auf den Weg. Elzer wollte Michael noch bitten, nicht zum Hof des Bauern zu gehen, doch der war bereits zum Tor hinaus enteilt. Und mit der Ungewissheit im Nacken, wie sein Erscheinen aufgenommen würde, rannte er in Richtung des Kreismüllergutes. Sein Weg führte ihn durch die Schmiedegasse, dann entlang der Kirche hin zum Ortsrand. Kurz nach der Dorfgrenze bog er in den Feldweg zum Kreismüllergut nach rechts ab. Der Hof befand sich gut einen halben Kilometer außerhalb von Mayberg umgeben von Feldern und Wiesen. Zu Kreismüllers Besitz gehörten neben riesigen Flächen wertvollen Ackerlands auch Unmengen an Schweinen, Hühnern, Milchvieh und eine eigene Pferdezucht. Da es anscheinend in den letzten Wochen häufig geregnet hatte, war der schlammige Feldweg zum Hof übersät von Pfützen. Doch Michael war dies alles egal und er stapfe geradewegs durch den Matsch hindurch. »Wenn sie sehen, dass ich noch lebe, kommen sie bestimmt wieder mit zurück!«, machte er sich verzweifelt Mut. Heinrich Kreismüller, ein paar Jahre älter als Bergheim, war ihm schon von je her nicht sonderlich sympathisch, da dieser bereits als Kind immer recht großmäulig und prahlerisch daher kam. »Sogar in den Krieg musste er also nicht, der Drecksack!«, fluchte Michael laut vor sich hin, als er den äußeren Zaun des Hofes erreichte. Doch unmittelbar darauf kreisten seine Gedanken bereits wieder um Maria und seine kleine Tochter. Bevor er den aus dunkelgrauen Basaltsteinen errichteten Torbogen zum Innenhof des Gutes durchschritt, hielt der Heimkehrer kurz inne, atmete kräftig durch und ging zur massiven, aus Eichenholz gefertigten Haustür. Er zog zweimal am Seil, welches am Kopfende des Klöppels der schmiedeeisernen Türglocke befestigt war. Ihr klirrender Klang zerschnitt die vom Grunzen der Schweine erfüllte Luft. Sogleich preschte aus einer benachbarten Scheune bellend ein Schäferhund auf ihn zu. Michael, der sich blitzartig zum Hund umdrehte und schon mit seiner Rechten nach einem Knüppel oder Ähnlichem zu seiner Verteidigung tastete, bemerkte nicht, wie hinter ihm durch das im oberen Drittel der Tür angebrachte Fenster eine Frau schaute um zu sehen, wer für das Spektakel verantwortlich war. Und sie erblicke zunächst nur eine ärmlich gekleidete, verdreckte, hagere Gestalt, deren stoppeliger Kopf von einer Wehrmachtskappe bedeckt war. Alles spielte sich nun in Bruchteilen von Sekunden ab. Kurz bevor der Hofhund zähnefletschend zu einem Sprung ansetzen konnte, riss die Frau die Haustür auf und fuhr den Kläffer energisch an, sodass dieser sich sogleich winselnd mit eingeklemmtem Schwanz wieder in der Scheune verkroch, wo er eben hergekommen war. »Das war knapp!«, atmete Michael erleichtert auf und drehte sich um.

Vor ihm stand Maria, seine Maria. Beide blickten sich an, ohne auch nur ein Wort zu sagen. Maria in ihrem dunkelblauen, ihr bis zur Mitte der Waden reichenden Kleid, darüber eine warme, braune Wolljacke tragend, ihre dunkelblonden, schulterlangen Haare zu einem Dutt zusammengedreht und die Füße in grauen Filzlatschen vor der Kälte schützend, starrte Michael wie vom Schlag getroffen an. Noch war sie nicht in der Lage, auch nur einen Mucks von sich geben. »Endlich habe ich euch wieder!«, durchbrach Michael die Stille. In diesem Moment schoss Maria das Wasser in die Augen und Tränen liefen über ihre Wangen. Ihre Gesichtsfarbe glich urplötzlich der weißen Flurdecke. Der Heimkehrer, der seine Frau nun endlich nach all der Zeit der Ungewissheit und der Gefahren wieder festhalten und küssen wollte, strecke beide Arme nach ihr aus und machte einen Schritt nach vorne auf sie zu. Doch Maria wich verängstigt in den Hausflur zurück. »Bitte weiche nicht von mir zurück!«, flehte Michael seine Frau an. »Du weißt nicht, wie ich gelitten habe. Zerfressen von der Angst, euch nie wiedersehen zu können. Nie wieder mit der Kleinen im Garten zu spielen. Nie wieder dich festhalten zu können und dich zu lieben!«

»Wie kann das sein«, stammelte Maria unter Tränen, »du bist doch tot! Kein Lebenszeichen von dir, selbst nach dem Kriegsende keine Nachricht von dir!« Sie atmete schwer und ihre Stimme zitterte bei jedem ihrer Worte: »Ich habe gehofft und gebangt, doch irgendwann, als es für uns wirklich nur noch ums nackte Überleben ging, habe ich das getan, was ich für das Richtige hielt. Mein Leben wäre mir egal gewesen, aber unser Kind musste doch gerettet werden«, wisperte sie. Und wieder herrschte ein unbeschreibliches Chaos in Michaels Gefühlswelt. Denn in dieser kurzen Zeitspanne durchlief er alle Emotionen, angefangen von der überschwänglichen Freude, seine Frau endlich wiederzusehen, bis hin zu tiefstem Entsetzen, entfacht durch ihr ablehnendes Verhalten und ihre niederschmetternden Worte. Im Grunde genommen hatte er sogar Verständnis dafür, dass Maria alles zum Wohl der kleinen Rosi getan hatte.

»Ich bin dir nicht böse, dass du so gehandelt hast. Aber wo ist Rosi? Geht es ihr gut? Ist sie hier?« Hastig überhäufte er seine überforderte Frau mit einem Berg von Fragen.

»Rosi fühlt sich wohl hier und es mangelt ihr an nichts«, antwortete sie knapp. Maria war so aufgewühlt, dass sie kaum in der Lage war, einen klaren Gedanken zu fassen. Doch sie besann sich für einen kurzen Moment und bemühte sich, nun halbwegs kontrolliert zu sprechen: »Rosi ist hier, ihr geht es gut. Das muss dir reichen.«

»Mir reichen? Ich will sie sehen und genau wie dich endlich in meinen Armen halten!«, entgegnete Bergheim erbost fordernd.

»Was glaubst du, wie eine Sechsjährige reagiert, wenn plötzlich ihr Vater wieder vor ihr steht? Wo ich ihr doch sagte, dass du im Himmel seist und es dir dort gut ginge. Glaub mir, es war bitter genug für uns beide, das zu akzeptieren. Und jetzt stehst du auf der Türschwelle einfach so und verlangst Dinge von mir, die nicht möglich sind!«, fuhr sie Michael unter Tränen an. Bergheim wollte gerade sein Verlangen bekräftigen, als schnell näher kommendes Schlagen von Pferdehufen auf dem Hofpflaster zu hören war. »Bitte geh sofort!«, beschwor Maria ihren Mann.

»Warum?!«, fauchte dieser entsetzt und ergriff ihre rechte Hand. Sie wollte sich sofort losreißen, doch er hielt sie fest und schon im nächsten Augenblick baute sich Heinrich Kreismüller in Michaels Rücken bedrohlich gebärdend auf.

»Da will man nur kurz mal hören, was es in Mayberg denn Neues gibt und was wird getratscht, irgendein verlauster Landstreicher würde sich im Dorf herumtreiben. Und wo treffe ich den Galgenvogel an, ausgerechnet in meinem Haus. Verschwinde, sonst prügele ich dich von meinem Hof, du armseliger Narr!«, giftete der Hofbesitzer mit geballten Fäusten drohend den zerlumpten Fremden an.

»Heinrich, hör auf!«, schrie Maria, sich mit einer forschen

Armbewegung von Michaels Griff befreiend, den Bauern an. Kreismüller kam herum, hielt inne und schaute dem Unbekannten tief ins Gesicht. »Lass uns alleine!«, befahl er darauf Maria herrisch, mit einer solchen Aggressivität, die bei ihr auch nur den leisesten Ansatz eines Widerwortes im Keim erstickte und sie verschwand mit gesenktem Kopf in ein angrenzendes Zimmer. Heinrich hatte den Ankömmling erkannt und nun standen sich die beiden Auge in Auge gegenüber. Der bullige Kreismüller mit seinem kantigen breiten Schädel schien den ausgemergelten Kriegsheimkehrer dabei schon durch seine bloße körperliche Präsenz zu erdrücken wie eine Fliege. »Der Fettsack steht gut im Futter«, schoss es Bergheim beim Anblick des Bauern unweigerlich in den Sinn. »Was kann ich gegen ihn nur ausrichten?« Michael hatte sich gedanklich schon in Abwehrstellung gebracht, als der Gutsherr, für ihn umso überraschender, plötzlich mit ruhiger Stimme sprach: »Lass uns reden, komm rein und schließ die Tür, wir gehen in mein Arbeitszimmer.« Der Bauer stiefelte mit Bergheim im Schlepptau in den ersten Stock. Nachdem sie den Korridor erreicht hatten, öffnete Kreismüller die Tür des ersten Zimmers auf der rechten Seite und ließ Michael zuerst eintreten. Er selbst folgte sogleich und zog die Tür hinter sich ins Schloss. An den beigefarbenen Wänden des Raumes befand sich neben zahlreichen Jagdtrophäen auch eine Schwarz-Weiß-Fotografie von Heinrichs lange verstorbenen Eltern mit ihm als Halbwüchsigen. An der dem Eingang gegenüberliegenden Wand, vor dem Fenster mit Blick auf Mayberg, stand ein massiver dunkler Schreibtisch aus Buchenholz. Dazu in der Ecke links von der Tür ein niedriger Wohnzimmertisch mit zwei schwarzen, von olivgrünen Fäden durchsetzten, stoffbezogenen Ohrensesseln. »Bitte nimm Platz«, deutete Kreismüller mit einer Handbewegung auf die Sitzgruppe. Widerwillig folgte Michael der Aufforderung seines Gastgebers. Doch aufgrund seiner Erschöpfung nahm er das Angebot an und sank in einen der beiden Sessel. Kreismüller kramte unterdessen aus dem Schreibtisch zwei Schnapsgläser mit samt einer Flasche Trester hervor und nahm ebenfalls Platz. Beim Einschenken sagte er mit gedämpfter Stimme: »Es war nicht leicht für Maria, in den letzten Jahren. Doch hier, trink erst mal«, und reichte Michael ein Glas. »Auf die Zukunft!«, sprach der Bauer mit fester Stimme. »Auf die Zukunft«, antworte Michael wehmütig. Der Schnaps brannte dem Heimkehrer in der Kehle und er musste kräftig husten. Kreismüller, mitleidig lächelnd, stand auf und ging ein paar Mal im Zimmer auf und ab. Dann blieb er stehen und begann mit seinen Erklärungsversuchen. Dass Maria und Rosemarie in Sorge und Ungewissheit lebten, dass sie kaum das Notwendigste zum Essen hatten und er, Kreismüller, ihre Not erkannt und Maria deswegen öfters besucht habe. Nur um zu helfen, wie sich Bergheim sicherlich vorstellen könne. Heinrich wurde nicht müde, diesen Satz mehrfach in seiner Rede zu wiederholen. Maria habe die erste Zeit nichts angenommen, auch nichts für ihr Kind. »Doch vor letztem Weihnachten ist sie dann mit der Kleinen zu mir gezogen.«

»Aber jetzt bin ICH wieder hier und ich will MEINE Familie wiederhaben!«, unterbrach Michael den Bauern trotzig und sprang auf.

»Ja, du bist wieder hier«, entgegnete Heinrich seltsam ruhig, den Heimkehrer mit seinen Augen fixierend. Dann aber wurde seine Stimme von Satz zu Satz lauter und energischer: »Du stehst hier aus heiterem Himmel einfach vor der Tür und hast wohl erwartet, dass sie sich dir direkt wieder an der Hals wirft? Man, schau dich doch nur an! Was willst DU deiner Familie schon bieten? Du hast doch gar nichts, mal abgesehen von dem alten Haus!« Michael trafen diese harschen Worte wie ein Blitzschlag in sein Herz. Niedergeschlagen wollte er das Zimmer mit gesenktem Kopf verlassen, doch Kreismüller bat ihn höflich noch zu bleiben und stellte eine kleine Holzkiste auf den Schreibtisch. »Maria hat sie mitgebracht. Ich glaube, außer den Türschlüsseln eures Hauses sind noch einige Dinge von dir mit drin. Das meiste von deinen Sachen hat sie allerdings zurückgelassen. Ich habe den alten Elzer gebeten, auf das Haus aufzupassen, bis …« Hier stockte Heinrich plötzlich, wandte sich von Michael ab und blickte aus dem Fenster.

»Bis was?!«, schrie der Heimkehrer den Bauern an, der sich nun wieder zu ihm umdrehte. »Bis euch endlich die Nachricht erreicht, ich sei tot, oder was? Aber wie man sich doch irren kann!«, fügte Bergheim zynisch hinzu. Er kam zurück zum Schreibtisch, öffnete energisch die kleine Kiste und fand neben den besagten Schlüsseln auch einige Familienfotografien aus glücklicheren Tagen und die silberne Taschenuhr, die ihm sein Vater vererbt hatte. Er nahm alles heraus und steckte sich seine Habseligkeiten in die Jackentasche.

»Bergheim glaub mir, ich kann deinen Zorn verstehen, aber gib deiner Frau und der Kleinen Zeit. Bring dein Haus wieder in Schuss und besorg dir Arbeit. Du musst Maria beweisen, dass du wieder für sie sorgen kannst. Und nach einer gewissen Zeit startest du einen neuen Versuch.« Beinahe flehentlich klangen Heinrichs Worte in Michaels Gehörgang.

»Und wie lange soll ich warten? Eine Woche, einen Monat oder ein Jahr?«, zischte Michael wütend.

»Kann ich dir nicht sagen Bergheim. Doch ich werde dich dann unterstützen, wenn es so weit ist. Du kannst mir vertrauen. Ich will doch nur helfen und freue mich für euch, wenn ihr wieder zusammen seid«, entgegnete Kreismüller beschwichtigend.

Reichlich frustriert hatte Michael bereits die Türklinke gedrückt, um sich davonzumachen, da erinnerte er sich an den Inhalt seines Stoffbeutels, den er noch immer über die Schulter hängend trug. Er zog ihn an den Schnüren auf und drückte Kreismüller das gebündelte Päckchen Briefe und die Tafel Schokolade in die Hand. »Ich habe nur diese eine Bitte an dich. Gib Maria die Briefe und Rosi die Schokolade«, sagte er mit leiser Stimme.

»Ich gebe es ihnen, mach dir bloß deswegen keine Gedanken«, beruhigte Heinrich den niedergeschlagenen Familienvater und legte ihm als Zeichen der Besänftigung seine Hand auf die Schulter. Beim Hinausgehen wurden Michael noch auf Anweisung des Hausherrn von der Küchen-Magd ein Laib Brot, ein Stück selbst geräucherter Schinken und einige Flaschen Bier in seinen Stoffbeutel gesteckt. Dann stapfte er maßlos traurig darüber, seine Tochter nicht einmal gesehen zu haben, zurück nach Mayberg. Kreismüller sah aus dem Fenster seines Arbeitszimmers dem unerwarteten Heimkehrer noch eine Weile nach, bis dieser im Ort verschwunden war, drehte sich dann mit einem verächtlichen Grinsen um und fraß die Schokolade hastig auf. Das Bündel Briefe und das Schokoladenpapier versteckte er anschließend auf dem Speicher, im Hohlraum unter einer losen Bodenplatte. Niemals würde er Maria wieder hergeben. Niemals! Er brauchte nur etwas Zeit, um seinen aus dem Nichts aufgetauchten Widersacher endgültig aus dem Weg zu räumen. Maria, die mitbekommen hatte, dass ihr Mann das Haus wieder verlassen hatte, eilte zum Bauern. »Was hast du ihm gesagt? Wie geht es nun weiter?«, fragte sie ihn mit brüchiger Stimme. Kreismüller antwortete nicht gleich. In seinem Kopf drehten sich alle Rädchen und er überlegte krampfhaft, wie er diese für ihn so missliche Situation am besten angehen sollte. Maria sah ihn erwartungsvoll mit großen Augen an, als er mit seinen Ausführungen begann: »Trenn dich von der Vorstellung, dass dies eben dein Mann war, den du gesehen hast. Rein äußerlich mag er ja noch wie der Michael Bergheim aussehen, den wir kannten, bevor sie ihn einberiefen. Doch der Krieg hat ihn völlig verbittert. Alles was er sagte klang so gefühllos, so von Selbsthass durchzogen. Aber er dankte mir schließlich dafür, dass du und Rosi bei mir unterkommen konntet. Am Ende hatte ich den Eindruck, dass Bergheim bereits realisiert hat, dass er euch nicht das bieten kann, was ihr benötigt! Ansonsten war aus ihm kaum was rauszukriegen. Das Essen und Trinken, was ich ihm geben ließ, musste ich ihm auch regelrecht aufdrängen.« Zufrieden bemerkte Heinrich, dass seine geheuchelten Worte bei Maria die gewünschte Wirkung zeigten. Sie senkte ratlos ihren Kopf und so ergriff er die Möglichkeit beim Schopf und nahm sie fest in seine Arme. Für Sekunden ließ Maria es geschehen, dann jedoch schossen ihr die Bilder von Rosi und ihrem Mann wieder in den Sinn. Sie stieß den Bauern mit beiden Armen zurück und verließ wortlos das Zimmer.

Es begann bereits zu dämmern, als Bergheim wieder auf dem Rückweg nach Mayberg war. Mit Tränen in den Augen kreisten seine Gedanken um Maria und Rosi und um die Worte Kreismüllers. »Heinrich war zwar immer ein Großmaul, aber ein Lügner, nein ein Lügner war er nicht«, machte sich Michael Mut. Endlich, nach all den Jahren der Entbehrung und der Ungewissheit, war seine Familie zum Greifen nah, doch so wie es den Anschein hatte, für ihn zurzeit unerreichbar. Nicht einen Tag in den letzten Jahren hatte sich Michael so alleine gefühlt. Nicht einmal in den dunklen Wäldern rund um Kirkenes, wo er, wie es seine Aufgabe von ihm verlangte, nachts alleine die Lichter eines abgelegenen Scheinflugplatzes, zur Ablenkung der britischen Royal Air Force, einschalten musste. Selbst unter dem dauernden Beschuss im Abwehrkampf um Narvik waren solche Gefühle in ihm nicht aufgekommen. Eigentlich hatte er überhaupt keine Lust darauf, in sein Haus zurückzukehren. Jener Ort, wo er Liebe, Wärme und Kinderlachen erwartet hatte, war jetzt nur ein kaltes Gemäuer eisiger Stille. Da Michael den anderen Dorfbewohnern möglichst aus dem Weg gehen wollte, nahm er den Pfad entlang des Segbaches, welcher offen durch Mayberg dahinfloss. Die richtige Bezeichnung dieses Bächleins war eigentlich schlicht Mayberger Bach. Da jedoch dem Gewässer in mittelalterlichen Zeiten, als die Pest auch in dieser Gegend tobte, eine heilende Wirkung nachgesagt wurde, nannten ihn die Einheimischen seitdem »den gesegneten Bach« oder kurz »Segbach«. Gut fünf Kilometer hinter Mayberg mündete er dann in die Nette. Einen in den Sommermonaten recht seichten Fluss, in dem die Kinder badeten, der sich jedoch bei Hochwasser, wozu es recht häufig im Herbst und Winter kam, dann schlagartig in ein reißendes Wasser verwandelte. Da der Heimkehrer nun gut sechsunddreißig Stunden nicht mehr geschlafen hatte, war die Müdigkeit doch letztlich zu groß und er begab sich widerstrebend in sein verhasstes Heim. Dort angekommen zündete er in der Küche eine Kerze an, da der elektrische Strom natürlich noch abgeschaltet war. Und nachdem er ein Stück trockenes Brot und Schinken mit einer Flasche Bier heruntergespült hatte, legte er sich erschöpft auf das staubige Sofa im Wohnzimmer. Da auch kein Brennholz zum Heizen vorhanden war, behielt er seine Kleidung weitestgehend an. Er entledigte sich nur seiner schweren, unbequemen Stiefel. Bergheim schlief zwar direkt ein, hatte jedoch eine von Alpträumen geplagte, unruhige Nacht. Er wachte ständig schweißgebadet auf und beeinflusst von den schmerzlichen Geschehnissen der letzten Stunden marterten wirre Gedanken seinen ohnehin schon arg strapazierten Verstand immer wieder aufs Neue: »Wie soll es bloß weitergehen? Ich wäre besser im Krieg gefallen! Ich weiß nicht, ob ich die Kraft aufbringen kann, diesen Kampf durchzustehen ... aber ich muss, ich muss einfach ... schließlich ist es doch meine Familie ... und Heinrich hat doch versprochen mir zu helfen ... zu helfen ...« Gegen fünf Uhr morgens konnte er nicht mehr schlafen. Er ging aus dem Haus und lief zunächst ziellos im Dorf umher. Es war noch stockfinster um die Uhrzeit und die wenigen gasbetriebenen Laternen beleuchteten die Straßen nur schwach. Die Hauptstraßenkreuzung des Ortes, an der unter anderem auch der Weg aus Mayberg hinaus in Richtung St. Josef führte, wurde durch eine in etwa fünf Metern Höhe mit vier Stahlseilen an angrenzenden Häusern befestigten elektrischen Lampe erhellt. Dunst umwaberte zu dieser Stunde ihr spärliches, weißes Licht. Die kühle Morgenluft sorgte dafür, dass Bergheim nach einiger Zeit wieder klare Gedanken fassen konnte. Sein Weg führte ihn nun direkt zum in der Mitte des Dorfes neben der Kirche gelegenen Friedhof. Die Kirche wurde in den Kriegswirren nicht zerstört und ihr stolzer Turm ragte trotzig in den frühmorgendlichen Himmel. Um zu den Grabstätten zu gelangen, musste man zunächst den Kirchvorplatz überqueren und folgte dann einem circa fünfzig Meter langen, von schmalen Birken gesäumten Pfad. Michael ging geradewegs zum Grab seiner Eltern, die bereits einige Jahre vor Ausbruch des Krieges verstorben waren. Seine Mutter fiel einer heimtückischen Krankheit zum Opfer und sein Vater, der den Tod der geliebten Frau nie überwinden konnte, stürzte sich wenige Monate später in einem der nahegelegenen Steinbrüche zu Tode. Als Michael und Maria im Mai 1935 heirateten, war von der Krankheit der Mutter noch nichts zu erkennen, doch nur ein Jahr später ging dann plötzlich alles ganz schnell. In der Morgendämmerung ruhte Bergheims Blick auf dem Grabstein seiner Eltern, während er leise betete. Anschließend nickte er zum Abschied leicht mit seinem Kopf, wandte sich ab und begab sich schnellen Schrittes nach Hause. Die Herbstsonne schickte ihre ersten zaghaften Strahlen durch die Nebelsuppe. Auf seinem Weg zurück bemerkte er, dass von seinem Heimatort, ausgenommen der Häuser, die sich in unmittelbarer Nähe der Gleise befanden, recht wenig zerstört worden war. Zum Glück erschien das kleine Dörfchen den Angreifern wohl als strategisch eher unbedeutend. Vor einer etwas von der

Dorfstraße zurückliegenden, größeren Scheune standen einige Fahrzeuge der französischen Armee. Am Eingangstor hielten zwei Soldaten ihre Gewehre schulternd Wache. Sein Nachbar Elzer erzählte ihm später, dass sich die Amerikaner bereits im Juni 45 bis auf wenige Stützpunkte in der Umgebung vollständig zurückgezogen und an deren Stelle die Franzosen seitdem ihr Quartier aufgeschlagen hatten. »Die sind nicht übel. Es gibt keine Probleme mit ihnen, ganz im Gegenteil. Die Kinder bekommen oft Schokolade und Weißbrot von ihnen. Und einige Mädels aus dem Dorf gehen nicht nur zum Kaffeetrinken zu den Soldaten, wenn du verstehst was ich meine«, fügte Elzer noch mit einem Augenzwinkern hinzu. Michael hatte zwar zunächst gelächelt, doch dann verfinsterte sich sein Gesicht in rasantem Tempo. Da sein Nachbar ahnte, welche Gedanken dem Heimkehrer durch den Kopf jagten, ergriff er direkt wieder das Wort und beruhigte ihn: »Viele Mädels gehen dort hin; aber nicht Maria, du kannst mir glauben.« Michael wirkte erleichtert und ließ das Thema, aufgrund Elzers Aussage, damit auf sich beruhen.

In den folgenden Tagen durchforstete Bergheim sein Haus und prüfte, was ihm geblieben war. Das meiste Mobiliar hatte seine Frau bei ihrem Auszug wohl zurückgelassen und auch seine Kleidung war, so wie es den Anschein hatte, noch vollständig vorhanden. Im Geräteschuppen fand er sein Werkzeug, darunter auch die vier quaderförmigen, anderthalb bis zwei Kilogramm schweren Pflasterer-Hämmer, noch genauso vor, wie er es am Tag seiner Einberufung verlassen hatte. Elzer kam immer mal wieder zu ihm und versorgte ihn mit Nahrungsmitteln und Kohle zum Heizen. Jedes Mal erkundigte er sich neugierig danach, was er denn so als Nächstes vorhaben würde. Michael war seinem Nachbar natürlich sehr dankbar für dessen umsichtige Fürsorge. Er wunderte sich jedoch ein wenig darüber, dass Elzer, der eigentlich auch nicht wohlhabend war, nicht zu darben brauchte. Nachdem sich Michael bei der alliierten örtlichen Verwaltung in St. Josef angemeldet hatte, begann er mit der Arbeitssuche. Auf seinem klapperigen Drahtesel sitzend, strampelte durch die Gegend rund um Mayberg und klapperte alle Steinbruchunternehmen ab. Doch niemand wollte ihn einstellen. Letztlich hatte er doch noch Glück im Unglück, denn er fand eine Arbeit als Heizer bei einer am Standrand von St. Josef befindlichen Ton verarbeitenden Firma. Es war zwar kurz gesagt eine knochenharte Schufterei unter übelsten Bedingungen im Schichtdienst und er erhielt angesichts dieser mühevollen Plackerei gelinde gesagt bloß einen Hungerlohn, doch er hatte endlich Arbeit gefunden. Für Michael war es der erste große Schritt, um Maria zu beweisen, so wie Kreismüller es ihm vorgeschlagen hatte, dass er selbstverständlich in der Lage war, für sie und die kleine Rosi zu sorgen. Da die paar lumpigen Reichsmark, welche er als Heizer in seiner wöchentlichen Lohntüte nach Hause brachte, mitsamt den Waren, die es für die Lebensmittelkarten gab, nur zum Notwendigsten reichten, arbeitete Michael in jeder freien Minute nebenbei als Pflasterer, wie er es auch vor dem Krieg schon tat, um sich so noch etwas Geld oder Essbares dazuzuverdienen. Soweit es sich vermeiden ließ, hielt er sich von den übrigen Dorfbewohnern fern. Er verspürte auch kein Verlangen danach, in der einzigen Gastwirtschaft des Ortes mit Namen *Zur Post* seinen Frust in Bier und Schnaps zu ertränken. Nur ab und an wurde der seltsame Kriegsheimkehrer von Leuten aus dem Dorf gesehen, wie er ein benachbartes Wäldchen nach Brennholz durchstöberte. »Der hat bestimmt was zurückbehalten, vom Krieg«, tuschelte man hinter vorgehaltener Hand in diesen Tagen. Eines guten Tages berichtete ihm Elzer, dass der hiesige Sportverein wieder neu ins Leben berufen wurde und man plane, für das nächste Frühjahr auch wieder eine Fußballmannschaft auf die Beine zu stellen. »Nur wenige sind noch übrig und die Vereinsoberen würden sich bestimmt darüber freuen, wenn du wieder den starken rechten Läufer geben würdest«, sagte er, um Michael einmal auf andere Gedanken zubringen. Aber Bergheim lehnte ab. Ihm stand einfach nicht der Sinn danach, Sonntag für Sonntag dem braunen Leder nachzuhetzen. Dabei hatte sein Nachbar nicht übertrieben. Michael war wirklich talentiert. Selbst der renommierteste Sportverein der Umgebung, die TUS aus St. Josef, hatte damals vor dem Krieg ihre Fühler nach diesem flinken und wendigen Flügelspieler ausgestreckt. Doch der Umworbene widerstand den Verlockungen und blieb stets seinem Heimatclub treu.

Neben seinem alten Nachbarn schaute nur Justus bei Michael vorbei und half so gut er es konnte bei den Pflasterarbeiten mit. Justus, der in geringem Maße geistig behindert war, wurde von den meisten Dorfbewohnern nur als armer Teufel angesehen, der fast dreißigjährig mit seiner jüngeren Schwester und ihren Eltern ein einfaches Häuschen in der Segbachstraße bewohnte. Wenn Justus Bergheim beehrte, gab es zudem stets ein besonderes Ritual. Denn ohne dass Michael dem Guten eine spannende Geschichte aus der Sagenwelt von Göttern, Helden und Geistern vorgetragen hatte, machte der keinen Finger krumm. Wie besessen hing er dabei an Bergheims Lippen, wenn dieser dann Hercules, Odysseus und dergleichen für wenige Minuten wiederauferstehen ließ. Und Michael erzählte ihm die Geschichten sehr, sehr gerne. Denn bereits von Kindesbeinen an zogen ihn die Sagen der alten Griechen, Ägypter und Germanen in ihren Bann und, fasziniert davon, verschlang er regelrecht die einschlägige Literatur. Aber Michael blieb trotz alledem alleine. Sein einziger wahrer Freund in all den kalten Winternächten war ein altes Radio. Eingewickelt in eine warme Decke lag er auf dem Sofa im Wohnzimmer seines Hauses und lauschte im faden Lichtschein der Senderbeleuchtung Stunden um Stunden englischsprachiger Musik eines amerikanischen Radio-Senders. Und seine Gedanken kreisten dabei unentwegt um seine Familie. Die Wochen verstrichen und Weihnachten stand vor der Tür. Michael, in der wagen Hoffnung, seine Familie nun endlich bei sich haben zu können, wartete am Morgen des dritten Advents in der Nähe der Dorfkneipe, versteckt hinter einem Gebüsch auf Heinrich Kreismüller. Denn dieser genehmigte sich nach jedem sonntäglichen Hochamt immer einige Biere zum Frühschoppen, bevor er den Heimweg antrat. Wie auch an diesem Morgen. Denn als der Bauer nun auf Höhe des Strauches war, zog Michael ihn in sein Versteck. Und Heinrich erschrak fürchterlich. Nachdem sich Kreismüller nun wieder gefasst und Michael seine Bitte flehend vorgetragen hatte, flüsterte Heinrich beschwichtigend, dass es noch zu früh sei und Bergheim den beiden noch mehr Zeit geben müsse. Er, Kreismüller, könnte ihn ja verstehen, aber schließlich hatte er ihm ja versprochen zu helfen. »Wenn der passende Augenblick gekommen ist, bin ich sofort bei dir«, heuchelte Heinrich. Dann befreite er sich energisch aus Michaels Griff und verschwand in der Wirtschaft. Michael blieb ratlos und verstört zurück. Aus dem Lokal drangen schallendes Gelächter und das Klirren von Gläsern wie blanker Hohn zu seinen Ohren. Er war kurz davor hineinzugehen, um sich Kreismüller vorzuknöpfen. Doch irgendetwas hielt ihn zurück und er ließ von seinem Vorhaben ab. Die Tage kamen und gingen. Michael schuftete wie ein Besessener für sein einziges Ziel. Ab und an wurde er durch seinen Nachbarn Elzer bei der Wiederherrichtung seines Hauses unterstützt. Elzer, der nun auch schon gut sechzig Lenze zählte, befand sich trotz seines Alters noch in guter körperlicher Verfassung, sodass sie mit dem Arbeiten zügig vorankamen. Und Michael hielt sich, wenn es ihm auch äußerst schwer fiel, wie er es mit Kreismüller vereinbart hatte, von seiner Frau und seiner Tochter fern. Eines Samstagnachmittags im März 1947, als Michael nach getaner Arbeit am Segbach entlang nach Hause ging, sah er die beiden plötzlich. Maria hatte ihre Tochter bei der Hand genommen und sie spazierten die Bahnstraße entlang. »Das ist nun die Gelegenheit«, sagte er sich. Er wollte schon zu ihnen laufen, doch ihm letzten Augenblick besann er sich und sprang die gut einen Meter hohe Böschung hinab in den kalten Segbach. Maria schaute zwar sofort in seine Richtung, als sie das Platschen hörte, doch den Grund für dieses Geräusch konnte sie nicht erkennen. »Ach, könnte ich sie nur in meinen Armen halten!«, dachte sich Bergheim verzweifelt. Aus Tagen wurden Wochen, aus Wochen Monate und immer wieder suchte Michael das Gespräch mit Kreismüller. Doch dieser fand immer wieder neue Worte der Beschwichtigung. Auch Maria fragte Kreismüller öfters nach ihrem Mann. Ihr tischte er dann hinterlistig auf, dass man sich im Dorf erzählte, Michael sei ein Eigenbrödler und komischer Kauz geworden, den man nur bei Nacht und Nebel in den Feldern rund um Mayberg umherstreifen sieht. Bei hellem Tageslicht würde man ihn so gut wie nie antreffen. Heinrich wusste sehr wohl davon, wie Michael rackerte und im Schichtdienst arbeitete, aber dies und noch einige andere Dinge, die für Bergheim sprachen, erwähnte er Maria gegenüber nicht.

Ende August im selben Jahr, das Getreide war bereits eingebracht und auf den Äckern lagen die Strohballen zum Abtransport bereit, war Michael an einem der wenigen arbeitsfreien Samstage, die er sich gönnte, in seinem Hof damit beschäftigt, die alte schwarze, gusseiserne Schwengelpumpe, welche auf einem schweren Basalttrog angebracht war, wieder auf Vordermann zu bringen. Durch sie beförderte man das Regenwasser, welches sich im Laufe des Jahres in der darunter liegenden Senke angesammelt hatte, zu Tage. In früheren Zeiten, als seine Familie noch etwas Landwirtschaft betrieb, diente der Trog als Trinkstelle für die beiden Ackergäule. Doch heutzutage bewässerte Michael damit nur noch seinen Nutzgarten hinterm Haus. Es war ein herrlicher Spätsommertag und die Luft erfüllt vom süßlichen Geruch frisch gebackenen Kuchens, der aus einem offen stehenden Fenster eines der benachbarten Häuser strömte. Die Glocke des Kirchturms schlug zwei Mal und Michael blickte prüfend auf seine silberne Taschenuhr. Das gute Stück ging neuerdings etwas nach und er musste sie wohl oder übel zum Uhrmacher nach St. Josef bringen. Als er gerade über die Kosten grübelte, wurde die Hoftür knarrend geöffnet. Michael, der vermutete Elzer würde ihm einen weiteren Besuch abstatten, sah gar nicht erst hin, sondern rief einfach, in seine Arbeit vertieft: »Im Keller ist noch Bier, geh und hol uns zwei Flaschen hoch, heute geb ich mal einen aus!« Aber es kam keine Antwort. Der Hausherr schaute lachend mit den Worten auf: »Na, hat es dir die Sprache verschlagen?« Doch als er nun erkannte, wer ihn da beehrte, war Michael derjenige, welcher schwitzend mit hochgekrempelten Hemdsärmeln, in schmutziger Arbeitshose und leicht in den Nacken gezogener Schlägerkappe, keine weitere Silbe mehr herausbrachte. Denn vor ihm stand Maria, seine geliebte Maria in einem dunkelgrünen Sommerkleid und ihre blonden Haare wehten offen im Wind. Sie trug zudem die braunen, eleganten Schuhe mit Absatz, die Michael ihr, bevor er in den Krieg musste, zum Abschied geschenkt hatte. Er bemerkte, dass seine Frau, die eigentlich eine blasse Hautfarbe hatte, über den Sommer für ihre Verhältnisse sehr braun geworden war. »Der Drecksack hat sie auf seinen Feldern schuften lassen«, dachte er sich und ohnmächtige Wut auf Kreismüller stieg in ihm auf. Wortlos standen sie sich gegenüber und ihre Anspannung brachte die Luft zwischen ihnen förmlich zum Knistern, bis Maria schließlich die Stille durchbrach. »Es ist mir, wie du dir sicher denken kannst, nicht leicht gefallen, dich aufzusuchen«, begann sie kleinlaut. »Heinrich weiß nichts davon, dass ich zu dir gegangen bin. Er und der Knecht sind heute Morgen schon sehr früh los, um auf den Feldern die Strohballen zu verladen«, fuhr sie fort. Seitdem Michael aus der Kriegsgefangenschaft zurückgekehrt war, hatte er sich jeden Tag und jede Nacht sehnsüchtig gewünscht, dass seine Familie wieder zu ihm zurückkommt und sich hunderte Male ausgemalt, was er ihnen alles sagen würde. Doch von alledem war plötzlich nichts mehr in seinem Kopf vorhanden, alles wie ausgelöscht. Und so brachte er nur ein paar einfältige Sätze heraus: »Hier setz dich erst mal«, sagte er, flitzte ins Haus, brachte hastig einen Stuhl herbei und schob noch ein besorgtes »willst du was trinken? Du musst doch durstig sein« hinterher. Doch Maria, die die angebotene Sitzgelegenheit und das Getränk ausschlug, legte nun mit ihren Ausführungen nach: »Ich kann mir gut vorstellen, was du von mir hören möchtest, aber deswegen bin ich nicht hier.« Plötzlich wirkten ihre Worte auf Michael kühl und unnahbar. Beim Klang der Stimme seiner Frau lief ihm ein eiskalter Schauer den Rücken hinunter und ihm war so, als kenne er sie nicht mehr wieder. »Ich will mich von dir scheiden lassen«, sagte sie hart und fixierte ihn durchdringend mit ihren Augen. Bergheim, der sich zwar einige Szenarien des Wiedersehens vorgestellt hatte, war diese Variante allerdings nie in den Sinn gekommen. Diese Worte seiner Frau waren wie Messerstiche in sein Herz. »Warum nur, schau dich doch um, was ich alles in den letzten Monaten geschafft habe, damit du siehst , dass ich für dich und Rosi sorgen kann!«, schrie Michael nach Luft ringend seiner Frau ins Gesicht, breitete seine Arme weit aus und zeigte auf seinen Besitz. Kreismüllers stetige Ammenmärchen, die er Maria bezüglich ihres Mannes zum Besten gab, hatten ihre Gefühle für Michael vergiftet und sich so tief in ihren Verstand eingebrannt, dass sie Bergheims hilflose Worte kaum realisierte. Ohne die geringste Rücksicht auf das Befinden ihres Mannes war sie nur darauf bedacht, ihre Botschaft vorzutragen. »Ich bin wieder schwanger«, fügte sie anschließend noch emotionslos hinzu.

Wenn Marias Wunsch nach der Scheidung für Michael bereits unvorstellbar erschien, bedeutete dies nun für ihn den Todesstoß. Ihm brannten nun alle Sicherungen durch. »Wer ist der Vater, wer ist der Drecksack, dem ich das zu verdanken habe! Ich reiße mir hier den Arsch für euch auf und das ist der Dank!«, schrie er wie von Sinnen. Er konnte sich denken, wer derjenige war, doch er wollte es aus ihrem Munde hören. Marie erschrak kurz und wich einen Schritt angesichts ihres tobenden Mannes zurück. »Wer ist der Vater?!«, zischte Michael nochmals eindringlich, fasste seine Frau mit beiden Händen an ihren Oberarmen und schüttelte sie. Maria, sich windend um freizukommen, fauchte ihn an: »Heinrich ist der Vater! Er hat schließlich in den letzten Jahren bewiesen, dass er für uns sorgen kann. Und du? Du bist doch nur tot!« Bergheim löste bleich mit gesenktem Kopf nach diesen schmerzhaften Worten die Griffe und Maria entschwand augenblicklich durch die eiserne Hoftür. Elzer, dem Michaels Gebrüll nicht entgangen war, eilte wenig später zu seinem Nachbarn. Doch der war verschwunden. Die Haustür offen stehend, das Werkzeug im Hof liegend, ohne auch nur die geringste Spur von ihm. Elzer suchte jeden Winkel des kleinen Gehöftes ab. Er konnte jedoch nur feststellen, dass wohl etwas Kleidung, wie zum Beispiel ein Mantel, der olivgrüne Stoffbeutel, den Michael aus der Gefangenschaft mitgebracht hatte und einer der Pflasterer-Hämmer fehlten. Der Haustürschlüssel steckte ebenfalls noch im Schloss. Elzer verriegelte also alle Türen in der Annahme, dass sein Nachbar sicherlich etwas Dringendes erledigen musste und abends wieder zurück war. Aber Bergheim kehrte nicht mehr zurück.

Es war ein trister Novembertag, als Heinrich Kreismüller gegen 22 Uhr nach dem Genuss zahlreicher Biere angetrunken aus dem Wirtshaus *Zur Post* in Mayberg auf die Straße trat, um mit seinem vor dem Lokal abgestellten Traktor Marke »Lanz HN3« – umgangssprachlich aufgrund dessen enormer Höchstgeschwindigkeit von fast 35 Kilometern pro Stunde auch »der Eilbulldog« genannt – den Nachhauseweg anzutreten. Es regnete Bindfäden und er schlug seinen Mantelkragen hoch. Das Licht der auf der anderen Straßenseite positionierten Laterne erhellte diesen Bereich nur spärlich. Der Bauer stand an seinem Gefährt und musste sich kurz an der Hinterradabdeckung aufgrund seines alkoholisierten Zustandes abstützen, da trat unerwartet aus dem Dunkel eine Gestalt ins matte Licht. Kreismüller, zwar die Umrisse der Figur erkennend, wischte sich wankend die Regentropfen aus den Augen. »Wer bist du? Los, zeig mir dein Gesicht«, stammelte er besoffen. Die geheimnisvolle Gestalt tat ihm den Gefallen, trat einen Schritt vor und nahm die Kappe ab. Der Schein der Straßenlampe erhellte nun ein wenig mehr das Antlitz des Unbekannten. Kreismüller, der plötzlich erkannte, wen er da vor sich hatte, brachte nur »Bergheim« schockiert heraus. Und noch ehe Heinrich realisierte wie ihm geschah, hatte Michael ihn mit einem Hieb in die Kniekehle und einem gleichzeitigen Schlag gegen seine Brust zu Boden geworfen. Hilflos auf dem Rücken im Matsch liegend fand er sich wieder, und Bergheim kniete bereits auf seinem Oberkörper. Alles ging so schnell, dass Kreismüller nicht auch nur die geringste Möglichkeit der Gegenwehr hatte. Michael hielt mit seiner Linken Heinrich am Kragen fest, mit der Rechten zog er aus seiner Manteltasche einen Pflasterer-Hammer und schmetterte diesen mit einem kräftigen Hieb in Richtung von Heinrichs Kopf. Der Hammer schlug unmittelbar neben dem linken Ohr des wehrlosen Kreismüller dumpf in den Schlamm. Quasi den eigenen Tod schon vor Augen, blieben dem Bauern selbst seine Angstschreie quälend im Halse stecken. »Irgendwann bist du fällig, du Verräter!«, zischte Michael scharf. »Aber wegen dir Abschaum noch zum Mörder werden, nein danke!« Dies waren die letzten Worte, die Kreismüller je von Michael vernahm. Bergheim stand sogleich auf, steckte den

Hammer wieder in seine Manteltasche und verschwand rasch im Dunkel der Nacht. Heinrich, immer noch nach Luft und Fassung ringend, brauchte noch eine ganze Weile, ehe er sich aufrappeln und den Heimweg antreten konnte. Er erzählte niemandem von diesem Vorfall.

Da Bergheim auch in den folgenden Tagen wie vom Erdboden verschluckt war, schossen wilde Spekulationen bezüglich dessen möglichen Verbleibs ins Kraut. So munkelten die einen, dass es ihn mit Sicherheit wieder zurück nach Norwegen gezogen habe und andere setzen gar noch einen drauf, indem sie orakelten, er sei über den großen Teich nach Amerika ausgewandert. Zwei Wochen nach Michaels Verschwinden fand man einige seiner Kleidungsstücke am Ufer der Nette im Gestrüpp hängend vor. Da der Fluss zurzeit Hochwasser führte, mutmaßten nun alle, dass er ertrunken sei. »Schließlich war er dort immer wieder zum Holz sammeln gewesen, ist bestimmt ausgerutscht, ins eiskalte Wasser gefallen und die reißende Strömung hatte schließlich den Rest besorgt. »Den findet niemand wieder. Der ist doch längst im Rhein«, lautete der einstimmige Tenor. Das Einzige, was unumstößlich feststand, war, dass seine Leiche nicht gefunden wurde. Heinrich Kreismüller kam dieser Umstand natürlich wie gerufen. Er verfügte seit je her über einschlägige Seilschaften zu Beamten in den entsprechenden Verwaltungspositionen. Es war für ihn ein Leichtes, seine Kontakte für seine üblen Machenschaften zu nutzen. Und so wurde Michael Bergheim, nach Zahlung einer kleinen »Aufwandsentschädigung« von 100 Reichsmark durch Kreismüller in die Privat-Schatulle der honorigen Schreibtischtäter, im Januar 1948 offiziell für tot erklärt. Heinrich war an seinem Ziel angelangt. Am 14. Februar 1948 heiratete er Maria und genau zehn Tage später brachte sie einen Jungen zur Welt.

Kapitel 1

»Freddie Mercury ist tot«, tönte die gedämpfte Stimme des Sprechers aus den Boxen des Auto-Radios, als Opener der Neun-Uhr-Nachrichten am Morgen des 25. Novembers 1991. »Der Sänger der britischen Rockband Queen verstarb am späten gestrigen Abend an einer Lungenentzündung infolge von AIDS«, fuhr der Moderator nüchtern fort.

Kommissar Fritz Weller, der gerade mit seinem Dienstwagen, einem silber-metallic farbenen VW Passat Kombi, von Burgstadt nach Mayberg auf der zweispurig ausgebauten Bundesstraße unterwegs war, schockierte diese Meldung so sehr, dass er erst einmal in einer Ausbuchtung am Fahrbahnrand anhalten musste. Nicht allein damit genug, dass er zu einem Mordfall in die Provinz gerufen wurde, nein, jetzt auch DAS noch. Zahlreiche Gerüchte kursierten zwar bereits seit Längerem, dass Mercury ernsthaft erkrankt sei, doch erst vor zwei Tagen hatte der es in der Presse tatsächlich bestätigt. Und dann ging alles so schnell. Bereits seitdem die *Killer Queen* 1974 in ihrem hübschen Kabinett ihren Champagner schlürfte, faszinierte Fritz die energiegeladene Musik der Band. Scheinbar mühelos schaffte es Queen im Laufe der Jahre immer wieder, variantenreich sämtliche Stilrichtungen, angefangen von bombastischem Heavy Rock über Operettenanleihen bis hin zu Funk, Pop und Gospel, in den Sound ihrer Lieder einfließen zulassen. Kaum einer anderen Gruppe gelang es, eine solch musikalische Vielfalt zu Tage zu fördern. Außerdem stand für ihn unumstößlich fest, nachdem er sie im Februar 1979 bei einem Konzert in Saarbrücken zum ersten Mal in Natura gesehen hatte, dass Queen die mit Abstand beste Live Rock Band der Welt war, was natürlich nicht zuletzt an deren charismatischem Frontmann und dessen einzigartiger Stimme lag. Ihm war so, als habe er Mercurys markante Stimme vom 86er Maimarkt Konzert in Mannheim noch immer in seinen Gehörgängen ... und dieser begnadete Sänger war nun für immer verstummt. Weller brauchte einige Minuten, um wieder Fassung zu erlangen. Dann atmete er kräftig durch und setzte seinen Weg in Gedanken schwelgend fort. Sämtliche Radio-Sender spielten an diesem Tag fast ausschließlich die Musik der Band und Mercurys. »Heute kommt auch alles zusammen«, dachte Weller bei sich. »Erst bekommst du den Auftrag, der dich dorthin führt, wo sich Hase und Igel gute Nacht sagen, und als Krönung des Ganzen dankt dann noch Freddie ab.« Passend zur schlechten Laune des Kommissars begann es knapp fünfzehn Kilometer vor Mayberg auch noch zu regnen. »Mayberg, Mayberg«, schoss ihm plötzlich durch den Kopf und verdrängte die Nachricht von Mercurys Tod aus seinen Sinnen. »Mayberg, da war doch mal was ... ja natürlich, wie konnte ich das nur vergessen?!« Und sofort hatte er die tiefgreifenden Geschehnisse von damals wieder vor Augen, so als wäre es erst gestern gewesen.

Nachdem Fritz Weller 1966 die Ausbildung als Jahrgangsbester an der örtlichen Polizeischule in West-Berlin abgeschlossen hatte, bekam er seine erste Stelle als Kommissar bei der Kriminalpolizei in Burgstadt. Ihm war damals natürlich bewusst, dass es eher eine ländliche Gegend war, wo er nun seine Anstellung hatte und mit seiner alten Heimat absolut nicht vergleichbar. 1938 in Reinickendorf als einziges Kind einer preußischen Offiziersfamilie geboren und dort aufgewachsen, hatte er, abgesehen von den Urlaubsfahrten und dienstlichen Touren, die meiste Zeit seines bisherigen Lebens im westlichen Teil der Großstadt verbracht. Seine Anreise mit der Bahn verlief auf dem letzten Teilstück von Mainz nach Burgstadt den Rhein entlang. Da er bereits in der Nacht gegen ein Uhr in Berlin gestartet war, konnte er nun mit der aufgehenden Spätsommer-Sonne des ersten Septembers die vorbeiziehende Landschaft betrachten. Ein

Dorf reihte sich in unterschiedlichen Abständen an das andere. Fritz musste anfangs schmunzeln, als er die Schilder mit der Beschriftung *Bahnhof* in den Dörfern las, denn im Vergleich zu Berlin waren dies hier allenfalls kleine Haltestellen, aber auch nicht mehr. Ab und an stiegen Fahrgäste ein, deren Arbeitsstellen sich auch in Burgstadt befanden. Die Kreisstadt hatte zu dieser Zeit etwa einhunderttausend Einwohner und bildete den Standort zahlreicher Verwaltungen. Gegen halb acht erreichte der von einem Dieseltriebwagen gezogene Zug den Zielort. Fritz Weller hob seine beiden Koffer aus dem Gepäckfach über ihm und stieg aus dem Wagon des Zweite-Klasse-Abteils. Der Weg führte ihn, den Hinweis-Schildern folgend, vom Bahnsteig eine breite steinerne Treppe hinab in den Bahnhofsbereich, wo sich einige kleinere Geschäfte, eine Kneipe und die Fahrkarten-Schalter befanden. Eine Frau, die, eine Zigarette rauchend, direkt neben der mit Metall eingefassten gläsernen Ausgangstür des Bahnhofgebäudes stand, sah, wie er mit seinen schweren Koffern in den Händen dorthin wankte und hielt ihm diese fast ein wenig mitleidig auf. »Aber freundlich sind die Leute hier«, dachte er sich, sagte laut Dankeschön und nickte dazu. Weller stieg in eines der am Bahnhofvorplatz wartenden Taxis und ließ sich direkt zum Präsidium kutschieren. Dort eingetroffen und nachdem er sich beim wachhabenden Polizisten im Eingangsbereich ausgewiesen hatte, meldete er sich bei seinem neuen Chef, der ihn bereits erwartete. Nachdem ihm dieser kurz und bündig in befehlsmäßigem Armee-Ton einige grundsätzliche Regeln und Verhaltensweisen dargebracht hatte, wurde der frischgebackene Kommissar von seinem Vorgesetzten zu seinem künftigen Büro geleitet. Weller öffnete die Tür. Dem Nichtraucher stieg sofort der ekelhafte Geruch von kaltem Zigarettenqualm in die Nase. Dazu bot sich ihm ein Anblick, als sei in diesem Zimmer in den letzten 20 Jahren die Zeit stehen geblieben. In der Mitte des beige gestrichenen Büros standen sich zwei schlichte, hellbraune Holzschreibtische gegenüber. Darauf platziert je eine Lese-Lampe aus Metall und davor ein einfacher, hölzerner, mit einem geblümten Kissen belegter Bürostuhl. In der Mitte zwischen den beiden Tischen war eine Art schwenkbare Ziehharmonika-Halterung montiert, an deren Ende auf einem Blech ein graues Wählscheibentelefon befestigt war. Hinter dem rechten Schreibtisch stand ein mit Papieren und Aktenordnern vollgepfropftes Wandregal. Durch das gegenüber der Tür gelegene Fenster blickte man in den Hinterhof des Nachbartraktes. Der Fußboden war mit hellgrauem Linoleum ausgelegt, das um den Stuhlbereich des linken Schreibtisches fast bis auf den darunter liegenden Estrich durchgescheuert war. Und als besonderer Höhepunkt thronte auf selbigem in der Mitte eine klapprige, antik anmutende Schreibmaschine. »So, das ist Ihr neuer Arbeitsplatz!«, präsentierte der Chef mit stolzem Unterton die Räumlichkeit. »Ihr Vorgänger, der letzte Woche in Pension gegangen ist, war starker Raucher. Aber mit ein wenig Lüften kriegen sie das schon wieder hin. Ihr Partner, Hauptkommissar Winfried Schuster, pafft jedenfalls nicht, na immerhin habe ich ihn noch nie dabei gesehen«, fügte er schmunzelnd hinzu. »Er müsste eigentlich jeden Moment wieder hier sein. Na, ich lasse Sie mal alleine, er wird schon gleich kommen.« Mit diesen Worten verabschiedete sich der Vorgesetzte, wünschte Weller noch viel Glück und verschwand. Fritz blieb erst einmal sprachlos wegen der vorgefundenen Gegebenheiten am Fenster stehen und blickte hinaus. Die beiden Koffer hatte er neben sich abgestellt. »Moin Moin!«, hörte er plötzlich hinter sich jemand schwungvoll sagen. Er schaute zur Eingangstür und erblickte ein vielleicht einssechzig großes, besser gesagt kleines Kerlchen, dessen Glatze von einem schmalen, grauen Haarkranz gesäumt wurde. Auf der Nase trug er eine einfache mit runden Gläsern bestückte Brille. »Du musst der Neue aus Berlin sein, stimmts? Ich heiße Winfried Schuster. Der Alte«, er meinte damit den Chef, »hatte dich bereits für heute bei mir angekündigt. War mir eben einen Kaffee holen«, fügte der Zwerg hinzu. »Ja stimmt«, brachte Fritz nur heraus, der sich noch nicht vom gruseligen ersten Eindruck seines neuen Wirkungsbereichs erholt hatte. »Kommissar Fritz Weller«, stammelte er noch hinterher. Die beiden Polizisten standen sich nun in Zivil-Kleidung gegenüber. Jedoch hätten die Unterschiede nicht deutlicher ausfallen können. Weller einsfünfundachtzig groß, schlank, durchtrainiert, dunkelgrauer perfekt sitzender Anzug, dazu ein weißes Hemd mit passender Krawatte, dunkles kurzes Haar mit Seitenscheitel, kurz gesagt Typ John F. Kennedy. Sein neuer Kollege Schuster spiegelte dazu das glatte Gegenteil wieder. Außer der Fastglatze und dem altmodischen Gestell auf der Nase, kam er in sehr biederer Kluft daher. Das beige Hemd hing hinten etwas aus der dunkelbraunen, mit breiten Trägern befestigten Hose heraus. Und den Bauchansatz konnte er auch durch noch so starkes Luftanhalten nicht auf Dauer verbergen. »Du scheinst gut im Training zu sein«, stellte Winfried bewundernd fest. Was er nicht wusste war, dass Fritz, bevor er die Ausbildung zum Kommissar beendete, intensiv den Modernen Fünfkampf betrieb. Er stand sogar vor den Olympischen Sommerspielen 1964 von Tokio im erweiterten Aufgebot der Olympiamannschaft. Nur eine Verletzung an der Achillessehne unmittelbar vor dem entscheidenden Qualifikationswettkampf machte damals seine aussichtsreichen Chancen zunichte. Gefrustet davon beendete er kurz darauf seine sportliche Karriere. Seitdem war er weder geritten noch hatte er mit dem Degen gefochten. Schießen, als Teil der Ausbildung, sowie Laufen und Schwimmen in reduzierten Maßen behielt er dennoch konsequent bei. »Ich halte mich bloß ein bisschen fit«, erwiderte Weller untertreibend und erntete erstauntes Kopfnicken seines Gegenübers. »Ich kann mir sicherlich gut vorstellen, dass Burgstadt nicht mit Berlin zu vergleichen ist, aber du wirst sehen, auch hier ist ab und zu wirklich die Hölle los«, sagte Schuster, der den leicht verstörten Gesichtsausdruck seines neuen Kollegen bemerkt hatte. »Es ist doch schön, noch mal kurz vor dem Ruhestand einen neuen Partner zu bekommen. Schorsch ist letzte Woche verabschiedet worden«, sagte Schuster wehmütig seufzend und deutete auf den linken Schreibtisch. »Ja, beinahe fünfzehn Jahre haben wir zusammen gearbeitet. Na ja, im April 68 ist dann für mich auch Schluss«, erklärte er dem Neuen weiter. Mit dem Gedanken im Kopf »Mensch wo bist du denn hier nur hingeraten« und dem Eindruck des typischen 60er Jahre Kleinstadt Miefs antwortete Weller kurz: »Na, dann bin ich ja mal gespannt, was mich hier erwartet.«

Die erste Zeit logierte Fritz in einem Apartment des städtischen Polizeiwohnheims. Karin, seine Verlobte, blieb vorerst in Berlin. Sie hatten geplant, dass nachdem er sich eingelebt hatte, beide in Burgstadt eine gemeinsame Wohnung beziehen würden. Die Worte »du wirst schon sehen, auch hier ist ab und zu die Hölle los«, die ihm sein Partner am ersten Tag mitgegeben hatte, waren das Einzige, was ihm in dieser Zeit ein wenig Hoffnung auf richtige Aufgaben und knifflige Fälle einflößte. Denn außer lapidaren Bagatellen, einfachen Einbrüchen, oder mal einer Schlägerei war hier absolut nichts los. Das hieß in erster Linie Schreibtischarbeit für Fritz und er fragte sich des Öfteren, ob sich dafür die ganze Plackerei in der knüppelharten Ausbildung wirklich gelohnt hatte. Denn wenn er ehrlich zu sich selbst war, so hatte er sich seinen späteren Beruf damals sicherlich nicht vorgestellt. Doch dann kam dieser Tag im November 1967, an dem Schuster und Weller zu einem Leichenfund nach Mayberg gerufen wurden. Freudig erregt aufgrund seines, so wie er sagte, ersten richtigen Falles war Fritz vor Eifer kaum zu bremsen.

Kapitel 2

Kommissar Weller kam es so vor, als sei die Geschichte erst vor kurzem geschehen, denn so präsent waren auf einmal die Bilder in seinem Kopf. Sie beschäftigen ihn so stark, dass er beinahe die Einfahrt nach Mayberg verpasste und daher fast zu einer Vollbremsung gezwungen war. Der hinter ihm fahrende Opel Ascona wurde so zu einem Schlenker nach links genötigt, sonst hätte es mit Sicherheit ordentlich gescheppert. Weller, erleichtert durchatmend, sah noch, wie der Fahrer des Opels wild gestikulierend seinen Weg nach diesem halsbrecherischen Manöver fortsetzte. Den Fundort der Leiche hatte die Bereitschaftspolizei aus St. Josef bereits mit gelbem Kunststoffband abgesperrt und er war somit von der Chaussee aus gut zu erkennen. Die Stelle lag direkt am Ortsrand, links neben der in den Ort führenden Straße. Außer dem Gerichtsmediziner war auch Kommissarin Steffi Franck, seine achtundzwanzigjährige Kollegin, bereits seit einer halben Stunde vor Ort. Zudem hatten sich einige neugierige Dorfbewohner, aufgrund des nicht alltäglichen Spektakels, auf dem gegenüberliegenden Bürgersteig zur Beobachtung des Treibens in Position gebracht. Weil Weller direkt vor ihnen seinen Wagen parkte, erntete er missmutiges Murmeln und Kopfschütteln der Umherstehenden, was diesen aber nicht weiter beeindruckte. »Na, auch schon wach? Da kommt der erst, wenn hier schon die meiste Arbeit getan ist!«, rief seine Kollegin ihm ironisch zur Begrüßung zu. Weller, der sich normalerweise noch über ihre auffällige Kleidung mit einem lockeren Spruch lustig gemacht hätte, schenkte sich das nun, da Steffi aufgrund seines verspäteten Eintreffens verständlicherweise nicht in allerbester Laune war. Da es mittlerweile immer heftiger begann zu regnen, hatte sie die Kapuze ihres gelben Regenmantels über ihren Kopf gezogen, so dass nur die vorderen Strähnen ihrer rotbraunen, langen Haare zum Vorschein kamen. Passend dazu trug sie Gummistiefel in der Farbe des Oberteils, in welche sie die Hosenbeine ihrer blauen Jeans gesteckt hatte. »Sau-Wetter!«, fluchte der Kommissar und kramte seine schwarze, bis zu seiner Hüfte reichende Lederjacke aus dem Kofferraum des Dienstwagens, zog sie eilig über sein gelbes Hemd mit schwarzer Weste und stellte den Jackenkragen zum Schutz vor den widrigen Wetterbedingungen hoch. Auch seine hellbraunen wildledernen Westernstiefel und die hellblaue Jeans, die er darüber trug, waren, wie er zu seinem Leidwesen feststellte, wohl nicht die ideale Kleidung, um sich diesen Tatort aus der Nähe zu betrachten. Die übrigen mit der Leiche beschäftigten Personen hatten inzwischen auch bemerkt, in welcher Aufmachung der Kommissar aufgekreuzt war. Es lag sogar so etwas wie surrender Trommelwirbel in der Luft, als Weller versuchte, den Bach mit einem Satz zu überspringen. Denn dieses Unterfangen war aufgrund der örtlichen Gegebenheiten nicht so leicht, wie es den Anschein hatte. Auf der einen Uferseite des Baches lag die gut einen Meter hohe Böschung zur Dorfstraße hin und gegenüber ein gepflügter, lehmiger Acker, der die komplette Fläche zwischen Chaussee, Dorfstraße und Ortsrand ausfüllte. Bis auf das Stück Kanalrohr, welches quer unter der Bundesstraße hindurch verlief, plätscherte der Bach dann bis zur Mündung in seinem natürlichen Bett dahin. Fritz nahm kurz Schwung, doch schon einen Augenblick später fand er sich mit dem rechten Bein bis zur Wade im kalten Wasser stehend wieder. Mit beiden Händen sich an den Grasbüscheln hektisch hochziehend erreichte er trotzdem, wenn auch ein wenig in Mitleidenschaft gezogen, das rettende Feld. Die Umherstehenden konnten sich ihr Lachen kaum verkneifen, als der Kommissar zu ihnen durch das umgepflügte Feld angestakst kam. Wasser perlte von seiner Nase und der Regen lief unaufhörlich über seine grauen Haare, den Nacken hinab in den Kragen seine Jacke. Weller gesellte sich zu Gerichtsmediziner Doktor Jakob und betrachtete die Leiche, welche sich bäuchlings, mit dem Gesicht von der Gruppe abgewandt, auf einer am Rand des Ackers eilig ausgelegten Plastik-Plane zur Beweissicherung befand. Seine Kollegin, neben dem Toten kniend, blickte auf und berichtete kurz: »Also, gefunden wurde die Leiche im Mayberger Bach liegend, etwa fünf Meter hinter der Austrittsstelle des Flüsschens aus dem kanalisierten Bereich ins Freie. Sie hatte sich im Geäst des entwurzelten Baumes, der da vorne ins Wasser hinein ragt, verfangen. Nach der ersten Bestandsaufnahme haben wir den Toten rausgezogen und hier abgelegt.« »Weiß man schon, wer der Tote ist? Wie lange liegt der schon da? Wer hat ihn gefunden? Was war die Todesursache? Ist er überhaupt ermordet worden, oder ist er womöglich nur mit besoffenem Kopf unglücklich gefallen?« Die letzte Frage hatte Weller, in der Hoffnung, schnell wieder von diesem ungastlichen Ort wegzukommen, nicht so ganz uneigennützig gestellt. »Also, nun mal eins nach dem Anderen«, antwortete Kommissarin Franck betont bedächtig und sich aufrichtend. Sie arbeitete schließlich schon längere Zeit mit Weller zusammen und kannte seine Marotten. »Gefunden wurde er heute Morgen gegen sieben Uhr von einem gewissen Marek Ceplak. Das ist übrigens der ältere Mann in der braunen Cordjacke und der schwarzen Kappe, der bei unseren Kollegen von der Bereitschaftspolizei gerade seine Aussage macht«, fuhr sie in ihrem Bericht fort und deutete auf die Personengruppe, die unter der geöffneten Heckklappe des grün–weißen Ford Sierra Kombi vor dem prasselnden Regen Schutz gesucht hatte. »Er hat den Toten auch direkt erkannt. Es ist ein hiesiger Landwirt Namens Kreismüller, Manfred Kreismüller«, fügte sie hinzu. Als Fritz den Namen des Opfers hörte, versteinerte sich seine Miene. Er beugte sich hinab, so dass er das Gesicht des Toten besser sehen konnte. »Und was sonst noch?«, wollte er monoton und wie in Trance wissen. »Seit wann er hier liegt, können wir noch nicht genau sagen, da es die ganze Zeit geregnet hatte und fast keine Spuren vorhanden waren. Wir haben zwar Schuhabdrücke gefunden, die könnten jedoch auch von Ceplak sein. Genaueres kann ich mit Bestimmtheit sagen, wenn die Laborergebnisse vorliegen«, erklärte die Kommissarin weiter. Doktor Jakob, in Polizeikreisen auch Gruft-Jaki genannt, die ganze Zeit dem Dialog der beiden Polizisten aufmerksam zuhörend, war nun an der Reihe, die ersten gerichtsmedizinischen Erkenntnisse in seiner unverwechselbaren hohen, etwas piepsigen Stimme in die Runde zu werfen. »Dem Mann wurde mit einem stumpfen Gegenstand der Schädel zertrümmert. Nach der Fraktur zu urteilen, könnte es sich um einen Stein oder einen ...« »... oder einen Hammer gehandelt haben«, setzte Weller den Satz des Mediziners fort und blickte ihm ins blasse Gesicht. Und als er noch beifügte, dass die Fraktur eine Fläche von etwa fünf Quadratzentimetern ausmachte, war Gruft-Jaki erst mal sprachlos. Weller war doch erst ein paar Minuten vor Ort und so genau konnte er sich den Toten einfach noch nicht betrachtet haben, dass er dieses Detail schon wusste. »Der Tod müsste wohl nach ersten Einschätzungen in den letzten zehn bis zwölf Stunden eingetreten sein. Alles Weitere wirst du nach der Obduktion erfahren«, beendete Doktor Jakob seine Ausführungen. Und wenn die Kenntnisse bezügliche der Tatwaffe für die beiden Kollegen noch nicht Überraschung genug gewesen waren, legte Weller mit seinem Wissen nach: »Ich kenne den Toten. Sein Vater war das Opfer meines ersten Mordfalles. Und wenn ich mich nicht täusche, dann wurde er damals ebenfalls im November umgebracht.«

Kapitel 3

Hauptkommissar Schuster und sein junger, ehrgeiziger Kollege machten sich gegen neun Uhr eilig in ihrem hellgrauen Opel Rekord von Burgstadt nach Mayberg auf den Weg. Mit Weller als Fahrer jagten sie die einspurige und teilweise recht kurvige Landstraße, immer wieder andere Fahrzeuge waghalsig überholend, dem Tatort entgegen. Schuster, der zwar schon oft als Beifahrer neben Fritz gesessen hatte, wurde es aufgrund des rasanten Fahrstils, den sein Kollege an den Tag legte, von Minute zu Minute immer flauer in der Magengegend. Innerlich hatte er nur den einen Wunsch: »Hoffentlich sind wir bald da!« »Wo soll die Leiche denn gefunden worden sein?«, fragte Schuster seinen Kollegen. »Im Dorf gibt es ein Lokal *Zur Post* oder so ähnlich. Und falls ich den Anrufer, es war wohl der Wirt, richtig verstanden habe, liegt sie hinter den Mülltonnen, die sich rechts vor dem Gebäude befinden«, antwortete Fritz. Nach knapp einer halben Stunde hatten sie schließlich die beschriebene Fundstelle des Toten erreicht. Gleichzeitig mit ihnen trudelte auch die Bereitschaftspolizei aus dem näher gelegenen St. Josef in ihrem VW Käfer in Mayberg ein. Die Polizisten parkten ihre Dienstwagen am Straßenrand und stiegen eilig aus. »Der Begriff Kuhdorf trifft wohl auf diesen Ort besonders zu«, dachte Weller bei sich. Denn die kühle Morgenluft war erfüllt vom betörenden Duft des im benachbarten Bauernhof befindlichen dampfenden Misthaufens. Zudem hatte wohl irgendein Landwirt auf einem der ringsum liegenden Felder Hühnergülle verteilt. Kurz gesagt, für jemanden, der aus einer Großstadt stammt, ein wahrhaft atemberaubendes Erlebnis.

Die Beamten gingen zur Stelle, die ihnen am Telefon beschrieben worden war. Und tatsächlich fanden sie zwischen den aufgereihten Mülltonnen aus Zinkblech und der Hauswand den Toten, mit ausgestreckten Armen auf dem Bauch liegend, den Kopf in einer Blutlache zur Hauswand gedreht. Um die ersten Erkenntnisse einzuholen, begutachteten sie die Leiche genauer. Vorsichtig drehten sie den Kopf und stellten fest, dass dem Mann der Schädel unmittelbar über der rechten Schläfe eingeschlagen worden war. »Ich glaube Selbstmord oder einen natürlichen Tod können wir hier ausschließen«, witzelte Schuster. »Passt auf, dass hier keiner durchlatscht und verständigt den Gerichtsmediziner, er soll die Zinkwanne mitbringen!«, wies Weller die Kollegen aus St. Josef mit befehlsartigem Unterton an. In einem Respektabstand zur Leiche hatte sich inzwischen eine kleinere Gruppe von Dorfbewohnern postiert, die sich mit betroffenen Mienen betont leise im ortsüblichen Dialekt unterhielten. Während die uniformierten Beamten nun den Fundort sicherten wie ihnen, wie sie zu sich sagten, von diesem arroganten Schnösel aufgetragen worden war, gingen die beiden Kommissare auf die Einheimischen zu. »Wer von Ihnen ist der Wirt?« Mit dieser Frage durchbrach Schuster deren Gemurmel. Ein kräftiger Mann in Filzpantoffeln, dunkelblauer Stoffhose und nicht zugeknöpfter, grüner Lodenjacke über dem gerippten, weißen Unterhemd kam einen Schritt auf die Kriminalbeamten zu. »Das bin ich. Ich hatte gerade unseren Ofen gereinigt und wollte die Asche in die Tonne kippen und dann das«, antwortete dieser ganz aufgeregt, indem er mit seiner Nase in Richtung des Toten wies. Seine Sprache klang in den Ohren der Kommissare doch recht ungewöhnlich, denn er kombinierte Platt mit Hochdeutsch, wie es ihm gerade in den Sinn kam. »Was für ein Schock am frühen Morgen«, fügte er noch hastig hinzu. »Nun, wie ist Ihr Name?«, wollte Weller wissen und schaute den Leichenfinder durchdringend an, sodass diesem ein wenig mulmig zu Mute wurde. »Ja, ich heiße Pohlert, Anton. Aber hier im Dorf nennen mich die Leute einfach nur den Tohn«, antwortete der Gastwirt ängstlich, den bohrenden Blicken Wellers schüchtern ausweichend. »Und kennen Sie den Toten?«, hakte nun Schuster, die aufkommende Angst Pohlerts erkennend, ruhig und sachlich nach. Anton hielt kurz inne. »Es ist der Heinrich Kreismüller, ein Bauer. Seiner Familie gehört ein großes Gut etwas außerhalb von Mayberg. Und gestern war er noch in meiner Wirtschaft, wie immer donnerstags abends«, entgegnete er, sich nachdenklich durch die dünnen, grauen Haare mit der rechten Hand streichend. »Und die Familie«, begann Schuster die nächste Frage, doch Pohlert fiel ihm aufgeregt ins Wort. »Ja, Maria seine Frau, die beiden Kinder Rosi und Manfred … und die alte Katharina, die Magd, bewohnen den Hof.« »Um wie viel Uhr hat Kreismüller denn ihr Lokal verlassen?«, schaltete sich jetzt Weller wieder in die Befragung ein. »So spät war es nicht. Eigentlich blieb Heinrich nie so lange. Ich schätze, es war wohl so gegen halb elf, oder so. Ganz genau weiß ich es aber nicht«, antwortete der Wirt nachdenklich. »Vielleicht kann sich seine Tochter, die Rosi erinnern. Sie hilft ein paar Tage in der Woche bei uns aus, wie gestern«, fügte er noch erklärend hinzu. Das rief nun einen der Umherstehenden auf den Plan. Ein Typ Marke Gustav Heinemann mit Hornbrille und dunkel gekleidet trat dicht zu Weller. »Franz-Josef Schmidt, mein Name. Kreismüller hatte Maria geheiratet, da war Rosi acht oder zehn Jahre alt. Rosis eigentlicher Vater, ein gewisser Michael Bergheim, Marias erster Mann, wurde Ende der vierziger Jahre, nachdem er spurlos verschwand, für tot erklärt. Keiner im Dorf weiß irgendwas Genaueres. Aber es wurde Kleidung von ihm an der Nette gefunden. Und da sie zu der Zeit Hochwasser führte, nahmen alle an, er sei ertrunken. Aber unter uns gesagt, ich kannte Michael. Vielleicht ist er auch nach Amerika ausgewandert«, gab er dem Kommissar geheimnisvoll flüsternd zu Protokoll. Fritz zog seinen Kopf zurück, da der strenge Mundgeruch des Heinemann-Verschnitts ihm den

Atem raubte. »Gut gut, haben Sie vielleicht gestern Abend etwas Auffälliges bemerkt?«, wollte der Kommissar von Schmidt wissen. »Nein, ich gehe nur sonntags morgens nach der Messe zum Frühschoppen in die Wirtschaft und auch sonst ist mir nichts Außergewöhnliches aufgefallen.« Diese Antwort wirkte auf den Kommissar fast wie eine Entschuldigung dafür, dass sein Gegenüber nichts zur Aufklärung des Mordfalles beitragen konnte. »Halten Sie sich trotzdem bitte noch bereit, damit einer der Wachtmeister Ihre Aussage und Ihre Personalien aufnehmen kann. Und sollte Ihnen doch noch etwas einfallen, rufen Sie uns jederzeit in Burgstadt an.« Mit diesen Worten wandte sich Fritz naserümpfend von seinem Gesprächspartner ab und begab sich wieder zum Toten. »Habt ihr schon irgendetwas gefunden, das die Tatwaffe sein könnte?«, wollte Weller von den beiden Uniformierten wissen. »Nein, leider nicht. Aber allem Anschein nach ist der Mann nicht hier erschlagen worden. Denn wir haben auf dem Kopfsteinpflaster des Gehwegs Bluttropfen in unregelmäßigen Abständen gefunden«, antworte der Ältere der beiden Bereitschaftspolizisten. »Heinrich kam grundsätzlich mit seinem Auto, obwohl er eigentlich nur knapp einen Kilometer bis nach Hause hatte. Aber zu Fuß gehen wollte er nicht. Ich habe ihm oft genug gesagt, dass er eines guten Tages von den Bullen, äh, ich meine natürlich von der Polizei, angehalten wird und dann ist er seinen Lappen auf jeden Fall los«, warf Gastwirt Tohn, der das Gespräch der beiden neugierig belauscht hatte, in die Runde. Weller blickte ihn, als dieser die Bezeichnung Bullen gebrauchte, messerscharf blinzelnd an, so dass dieser gleich wieder die Furcht vor der Obrigkeit in sich verspürte. »Wo stellt denn Kreismüller seinen Wagen in der Regel ab?«, wollte der junge Kriminalbeamte nun von Anton wissen. »Gleich vorne links rein haben wir ein paar Stellplätze, die zur Kneipe gehören. Ich zeige sie Ihnen«, antwortete Pohlert untertänig. Die beiden Kommissare, Schuster war inzwischen mit der Befragung der übrigen anwesenden Dorfbewohner fertig und hatte sich gerade dazu gesellt, folgten dem Wirt. Wie der Wachtmeister bereits beschrieben hatte, fanden sie auf dem kurzen Weg dorthin weitere Bluttropfen, manche davon verschmiert, über den Gehsteig verteilt vor. Nach gut zehn Metern schwenkte Anton links in einen von hohen Weißdornbüschen umrandeten, mit grobkörnigem Basaltsplitt belegten kleineren Platz ein, auf dem zwei Fahrzeuge, ein weißer Opel Kadett und ein türkisblauer Mercedes 180D abgestellt waren. »Da rechts der Daimler gehörte Heinrich!«, wies Anton die Polizisten ein. Im Schloss der Fahrertür steckte noch der Schlüssel. Die blutverschmierte Motorhaube und dazu zahlreiche Spritzer auf der rechten Seite der Windschutzscheibe und des Daches waren ebenfalls nicht zu übersehen. Zudem führten Schleifspuren von der Front des Wagens weg, zum gepflasterten Gehweg hin. »Ich schätze, das Opfer wurde hier erschlagen und vom Täter dann die paar Meter bis zu den Tonnen geschleift und dort abgelegt«, resümierte Schuster. »Sieht ganz so aus, aber warum hat derjenige den Toten nicht hier hinter den Hecken liegen gelassen? Stattdessen nahm er das Risiko auf sich, gesehen zu werden«, fragte Fritz kopfschüttelnd seinen Kollegen. »Tohn, deine Frau sucht dich. Ihr müsst noch den Saal für den Beerdigungskaffee herrichten!«, rief plötzlich einer der Umherstehenden. Der Wirt, der sich die ganze Zeit immer mit ein paar Metern Respektabstand entfernt von den Polizisten aufgehalten hatte, schlug sich mit der flachen Hand leicht vor seine Stirn: »Ach ja stimmt, das hätte ich bei der ganzen Aufregung doch glatt vergessen.« »Ihr seid ja hier im Ort von der ganz schnellen Truppe, aber den Toten brauchen wir erst noch für weitere Untersuchungen«, machte sich Schuster ein wenig über die plötzliche Hektik des Wirts lustig. Anton, der den Scherz des Kommissars nicht ganz verstanden hatte, blickte ihn ungläubig an. »Nein, nein heute wird der alte Elzer begraben und der ist vor ein paar Tagen ganz friedlich eingeschlafen. Aber es ist schon ein bisschen komisch. Die einzigen Leute, zu denen Elzer nach seinem Unfall noch regelmäßigen Kontakt hatte, waren Kreismüller und dessen Frau. Heinrich versorgte ihn mit Lebensmitteln und manchmal, bei gutem Wetter, wanderte der Alte hinkend zu deren Gehöft, um Maria einen Besuch abzustatten«, erwiderte er, den Polizisten nachdenklich anschauend. »Was hatte er denn für einen Unfall?«, wollte Schuster noch kurz wissen. »Vor drei Jahren im Januar wurde Elzer von einem Auto angefahren, als er abends noch eine Runde durchs Dorf spazierte. Und anstatt sich um ihn zu kümmern und den Krankenwagen zu verständigen, ist der Fahrer einfach abgehauen, der Drecksack! Na jedenfalls haben Ihre Kollegen aus St. Josef in den Tagen darauf ganz Mayberg auf den Kopf gestellt, jedoch ohne Ergebnis. Elzer, der einige Knochenbrüche erlitten hatte, erholte sich nur sehr langsam davon. Aber jetzt hat ihn der da oben erlöst.« Und mit einem Fingerzeig gen Himmel eilte der Wirt zurück in sein Lokal, um die notwendigen Vorbereitungen zu treffen. Nachdem die beiden Kommissare dann ihren uniformierten Kollegen die letzten Anweisungen bezüglich Spurensicherung und Gerichtsmedizin gegeben hatten, begaben sie sich auf den Weg, um der Familie des Toten die schreckliche Nachricht zu überbringen.

»Wurde den Angehörigen des Toten schon mitgeteilt, was passiert ist?«, wollte Weller mit einem Kloß im Hals von seiner Kollegin Franck wissen. »Bislang noch nicht. Ich schließe nur noch die Beweisaufnahme am Fundort ab«, antwortete sie fast ein wenig entschuldigend. »Gut, dann übernehme ich den Teil mit der Familie. Falls sie nicht umgezogen sind, weiß ich wo sie wohnen. Bitte such hier alles gründlich nach weiteren Spuren und der Tatwaffe ab. Auch im Kanalrohr und in den Feldern ringsum. Und fordere zur Not noch Verstärkung aus St. Josef an, damit du bei der Suche genügend Hilfe hast«, wies der Kommissar seine Partnerin mit gedämpfter Stimme eindringlich an. Steffi, die solch einen Gemütszustand bei Fritz noch nicht erlebt hatte, war davon leicht verwirrt und brachte nur ein »Mach dir keine Sorgen, ich erledige das hier schon« heraus. Weller nickte dankend. »Soweit ich weiß, wurde die Tatwaffe damals nicht gefunden und es blieb der einzige Mordfall, den er nicht lösen konnte. Vielleicht erklärt das sein seltsames Verhalten«, flüsterte Doktor Jakob, der alles mit angehört hatte, Kommissarin Franck leise zu, während beide Weller nachschauten. Der hatte, bevor er die Familie des Mordopfers aufzusuchen gedachte, noch das dringende Bedürfnis, den Finder der Leiche zu sprechen. Dieser hatte inzwischen seine Aussage bei den Bereitschaftspolizisten zu Protokoll gegeben und war gerade im Begriff, sich auf den Heimweg zu machen. »Herr Ceplak, ich bin Kommissar Fritz Weller und habe auch noch ein paar Fragen an Sie. Kommen Sie, ich fahre Sie nach Hause. Unterwegs können wir uns dann unterhalten!«, rief der Kriminalbeamte dem etwas verdutzt schauenden Mann nach und beide stiegen in den Wagen. So ganz recht war es dem Alten nicht, dass der Polizist ihn jetzt zu seinem Wohnhaus fuhr, denn er hatte schon förmlich darauf gebrannt, allen die er unterwegs antraf, von den Neuigkeiten brühwarm zu berichten. »Kannten Sie Manfred Kreismüller gut?«, wollte Fritz von Ceplak wissen und blickte ihn fragend von der Seite an. »Mein Gutster, was heißt schon kennen«, antwortete dieser. Marek Ceplak stammte ursprünglich aus Bessarabien, dem heutigen Moldawien. In den Wirren des Zweiten Weltkrieges wurde seine Familie, wie viele andere des gleichen Volksstammes, ins Deutsche Reich gebracht. Nach einer schier endlosen Odyssee fanden er und seine Frau mit samt ihren fünf Kindern schließlich zu Beginn der fünfziger Jahre in Mayberg ihre neue Heimat. Seitdem bewohnten sie ein schlichtes, weiß gestrichenes Eckhaus, mit kleinem Hof und einem Stall, in dem sie ein paar Hühner und zwei Schweine hielten. Seine seltsame Redeweise war eine irre Mischung, bestehend aus dem örtlichen Dialekt, dem Hochdeutschen und der eigenwilligen slawischen Betonung der einzelnen Silben. Fritz musste innerlich ein wenig schmunzeln, als er die ersten Worte Mareks hörte. »Seinen Vater habe ich besser gekannt, aber der ist ja auch bereits einige Jahre tot«, fuhr der Einheimische fort. »Den Manfred haben wir eigentlich nur gesehen, wenn er mit der großen Sonnenbrille auf der Nase in seinem Auto wie verrückt durch das Dorf gerast kam. Wie oft haben sich die Leute darüber beschwert. Ach ja, auf der Kirmes im Mai hatte er sich an Inge, die Frau vom Motorradhändler Krause, herangemacht. Dieser fand das natürlich überhaupt nicht lustig und gab dem Kreismüller ordentlich eins auf die Mütze. Na jedenfalls lief Manfred danach einige Zeit mit einem Veilchen durch die Gegend«, fügte er noch hinzu. Zwischendurch dirigierte Marek den Polizisten immer wieder mit kurzen Richtungsanweisungen, die er mit ausladenden Armbewegungen zusätzlich unterstützte, durch das Dorf, bis sie nach kurzer Fahrt sein Wohnhaus in der Bahnstraße – Ecke Segbachstraße erreicht hatten und dort noch eine Weile im Wagen sitzen blieben. »Also war das Opfer nicht sonderlich beliebt im Ort«, hakte Weller nach. »Man soll über Tote ja nicht schlecht reden, aber wenn ich so recht überlege, hatte Manfred wirklich keine Freunde im Dorf. Wie sein Vater war auch er ein Großmaul und Prahlhans, der es sich mit vielen Leuten verscherzt hatte. Und er war rücksichtslos obendrein.« »Ach so, wie meinen Sie das?« »Ganz einfach. Vor ein paar Tagen habe ich zufälliger Weise gesehen, wie er eine Gruppe von Läufern, die regelmäßig in den Wintermonaten abends im Ort ihre Runden drehen, mit seinem Wagen fast umgefahren hätte. Dabei trugen sie alle solche gelben Leuchtwesten mit Reflektoren. Es wirkte so, als wäre er extra auf die Sportler zugefahren, denn er machte so einen komischen Schlenker. Passiert ist zum Glück nix, denn die Läufer konnten allesamt noch schnell zur Seite springen und bedachten ihrerseits den Kreismüller lauthals mit allerlei Schimpfwörtern, wovon *du dumme Sau* noch eines der harmloseren war. Doch der Manfred fuhr einfach weiter, als sei nichts geschehen. Man erzählt sich auch, er habe große Spielschulden und er wäre eigentlich so gut wie pleite. Denn im Gegensatz zu Heinrich, seinem Vater, war Manfred zudem auch stinkend faul, wenn ich das so sagen darf. Seit dem Tod des Vaters ging es mit dem Hof nur noch bergab. Außer ein paar Milchkühen und wenigen Schweinen gibt es dort schon lange kein Vieh mehr und die meisten Felder hatte er inzwischen auch verkauft. Ich glaube, außer dem Hof gehört dem so gut wie nichts mehr. Doch das richtig Traurige bei der Sache ist, dass Maria, seine Mutter, noch mit über achtzig Jahren auf dem Bauernhof ran musste. Letztlich hatte sie sich einfach zu Tode geschuftet. Und wofür? Nein, das hatte sie wirklich nicht verdient!« Marek, der jetzt in seinem Element war, redete ohne Punkt und Komma, sodass der Kommissar kaum zu Worte kam. »Wann ist Maria denn gestorben und was ist mit ihrer Tochter, wie war noch gleich ihr Name ... Rosi, richtig? Lebt sie auch noch hier?« Mit diesen für Ceplak teils unerwarteten Fragen, besonders was die Tochter anbetraf, unterbrach Fritz den Redeschwall seines Gegenübers. Der stutzte und sah den Polizisten mit großen Augen an. Fritz registrierte Mareks überraschten Gesichtsausdruck und deswegen erklärte er ihm, dass er die beiden bereits von den Ermittlungen im Mordfall Kreismüller Senior her kannte. »Maria wurde vor gut einem halben Jahr beerdigt. Sie hat sich Zeit ihres Lebens immer für ihre Kinder und später auch für ihr Enkelchen aufgeopfert«, berichtete der Alte seufzend. »Ich will da auch nicht zu viel sagen, aber Manfred hatte alles andere im Sinn, als regelmäßiger Arbeit nachzugehen und die Frauen waren eigentlich mit der Hofarbeit auf sich gestellt. Und um zu Ihrer Frage zurückzukommen, ja klar, Rosi wohnt auch noch dort, mit Alexandra, ihrer Tochter, die aber von allen nur Sandra gerufen wird«, schob Ceplak noch hinterher. »Aha, Rosi hat eine Tochter? Wie alt ist sie denn?«, fragte Weller erstaunt. »Jaja, mein Gutster, Sandra ist so 20, 22«, schätzte der Alte. »Und der Vater?«, bohrte Fritz neugierig geworden nach. »Keine Ahnung, na jedenfalls hat Rosi nie geheiratet, obwohl es genügend Interessenten gegeben hätte. Mein ältester Sohn Max beispielsweise, war damals auch hinter ihr her. Hatte aber nicht sollen sein«, erklärte der nachdenklich schauende Fast-Schwiegervater. »Sandra studiert in Burgstadt, glaube ich zumindest. An zwei, drei Abenden pro Woche steht sie in der Wirtschaft vom alten Thon hinter der Theke. Wohl um sich ein paar Mark nebenbei zu verdienen«, fügte Ceplak noch spekulierend hinzu. Alles in allem hatte Weller mehr Informationen von dem Alten erhalten, als er sich erhofft hatte. Und nachdem ihm der Eingeborene noch die Adresse von Manfreds Kirmeskontrahent genannt hatte, bedankte er sich kurz bei Ceplak, der sich seinerseits, wie es seine freundliche Art nun mal war, höflich vom Kommissar verabschiedete. Beim Aussteigen aus dem Dienstwagen bot er Weller noch an, dass sich dieser bei weiteren Fragen selbstverständlich gerne jeder Zeit an ihn wenden könnte, schlug die Tür zu, und verschwand winkend in seinem Hof. Unterwegs zum Kreismüller-Hof nahm Weller mittels Funktelefon Kontakt zu seiner Kollegin auf, um ihr alles Wissenswerte zum eben geführten Gespräch mitzuteilen. Außerdem sollte sich Steffi einmal den Motorradhändler Krause aus der Frankenstraße in Mayberg mit samt seiner Gattin etwas genauer anschauen und die Läufer ausfindig machen, um auch deren Alibis zu überprüfen. Kommissarin Franck hatte indes nur bedingt gute Nachrichten für Weller. Denn die Arbeiten an der Fundstelle des Toten waren inzwischen beendet und alle Spuren gesichert. Der Leichnam wurde zur genaueren Obduktion in die Gerichtsmedizin nach Burgstadt gebracht. Doch die Tatwaffe konnte, trotz Unterstützung durch weitere Kollegen der Bereitschaftspolizei aus St. Josef, nicht gefunden werden. Sogleich stiegen in ihm wieder die Erinnerungen an den ungelösten Mordfall Heinrich Kreismüller auf und ließen ihn nachdenklich in den Fahrersitz sinken. Bei seiner Fahrt durchs Dorf bemerkte er zudem, dass sich im alten Ortskern seit damals kaum etwas verändert hatte. Unter all diesen Eindrücken musste man sich unweigerlich ins Jahr 1967 zurückversetzt fühlen. Weller hatte die Lautstärke des Autoradios während des Gesprächs mit Ceplak reduziert und die Musik plätscherte so eine ganze Weile vor sich hin ... bis ein Gitarrensolo von Brian May den Kommissar wieder in die Realität zurückholte. Nun bemerkte er auch, dass im Gebiet hinter der Bahnlinie, wie es den Anschein hatte, in den letzten Jahren kräftig gebaut worden war. Die Gleise bildeten dabei eine Barriere zwischen traditionellen Basaltstein-Häusern und neumodischen Bungalows in Fertigbauweise. Einzig unterbrochen durch die Verlängerung der Frankenstraße, die aus dem Ortskern über einen beschrankten Bahnübergang ins neue Wohngebiet führte und einen Fußgängerüberweg, der mit einem Drehkreuz auf jeder Seite gesichert war, welcher von der Segbachstraße abzweigte. Am Ortsrand hatte die Gemeinde eine Mehrzweckhalle errichtet, wobei man deren Fertigstellungsjahr 1983 anhand einer Steintafel, die über dem Eingangsbereich angebracht war, im Vorbeifahren gut erkennen konnte. Kurz hinter der Halle zweigte dann der inzwischen asphaltierte Feldweg zum Gehöft der Kreismüllers nach rechts von der Dorfstraße ab. Als der Kommissar das letzte Mal diesen Weg befuhr, war er noch ein Holperpfad, übersät von Pfützen.

Kapitel 4

»Mensch Winfried, wo wohnen die hier nur? Dieser schlammige Morast soll eine Straße sein? Wir müssen aufpassen, dass wir nicht darin stecken bleiben!« Die beiden Kommissare waren, wie ihnen vom Wirt beschrieben wurde, von der Straße, die aus Mayberg hinaus in Richtung Kottenhausen führte, kurz hinter dem Ortsschild rechts in den Feldweg abgebogen. Dieser schlängelte sich zwischen Feldern und Wiesen hindurch, direkt zum Gehöft des Toten. Sie befanden sich gut dreihundert Meter vor dem Grundstück, als sie von einer Reiterin, die ihr schwarzes Pferd in scharfem Galopp über die rechts vom Weg liegende Wiese jagte, überholt wurden. Kurz nachdem sie den hellgrauen Dienstwagen der beiden Polizisten passiert hatte, verringerte sie ihr Tempo und blickte mit einem verschmitzten Lächeln im Gesicht in das Fahrzeuginnere zurück, um dann frei nach dem Motto »jetzt zeig ich euch mal, wer schneller ist« dem Ross die Sporen zu geben und die letzten Meter zum Hof im Eiltempo zurückzulegen. Die Beamten waren so darauf bedacht sich in der schlammigen Piste nicht festzufahren, dass sie zunächst überhaupt nicht bemerkt hatten, wer da von hinten angerauscht kam. Doch der Schreck machte dann sehr schnell, besonders bei Fritz, einer Bewunderung für die zierliche Frau Platz, da sie scheinbar mühelos das kräftige Pferd zu bändigen wusste. Als sie in den Hof einfuhren, war die Reiterin bereits abgestiegen und befestigte soeben die Zügel am eigens dafür in der Hauswand eingelassenen Eisenring, im linken hinteren Bereich des Gehöftes. Während das Pferd nun aus einem großen Basalt-Trog Wasser trinkend seinen Durst löschte, begann sie sofort das Tier zu reinigen und trockenzureiben. Ihr blondes, bis zur Mitte ihres Rückens reichendes glattes Haar glich einem leuchtenden Stern, inmitten dieser dunkelgrauen Umgebung. Denn das Haupthaus, wie auch die umliegenden Ställe, waren wie viele Gebäude in der Gegend, die um die Jahrhundertwende errichtet wurden, aus schuhkartonförmigen Basalt-Blöcken gebaut. Dazu die Dächer mit grauem Naturschiefer eingedeckt und die Eingangstür sowie sämtliche Fensterrahmen aus dunkelbraunem, massivem Eichenholz gefertigt. Der Hof selbst war komplett mit Kopfsteinen gepflastert. Auch die grasgrün gestrichenen, hölzernen Fensterläden vermochten dieses trübe Szenario nicht wirklich freundlicher zu gestalten. Und als Krönung hatte sich auch das Tageslicht der tristen Umgebung nahtlos angepasst, so dass, obwohl es erst gegen Mittag war, die Vermutung nahe lag, die Dämmerung sei bereits angebrochen.

Die beiden Kommissare stiegen aus ihrem Fahrzeug, stellten sich der jungen Frau vor und fragten sie nach Maria Kreismüller. »Kreismüller ist schon richtig, aber ich bin ihre Tochter Rosi. Meine Mutter müsste eigentlich im Kuhstall beim Ausmisten sein. Was wollen sie denn von ihr?« Rosi zeigte sich sehr überrascht und wusste nicht so recht, was sie davon halten sollte, dass die Polizisten ausgerechnet zu ihnen gekomken waren und dann noch gezielt nach ihrer Mutter fragten. Maria, die durch das mit Dunst beschlagene Fenster des Stalls gesehen hatte, dass sich ihre Tochter mit Fremden unterhielt, kam in Stiefeln und beschmutzter Arbeitskleidung, die blonden mit grauen Strähnen durchzogenen Haare zu einem Dutt zusammengedreht, heraus und mit eiligen Schritten auf die Unbekannten zu. Sie beabsichtigte eigentlich, ihrer Tochter erst mal ordentlich die Leviten zu lesen, da sie, anstatt ihr bei der Arbeit zu helfen, lieber mit dem Pferd in der Weltgeschichte unterwegs war. Doch Rosi kam ihr zuvor: »Mama, das sind Polizisten aus Burgstadt. Sie haben nach dir gefragt.« Maria blickte die Männer wortlos an, bis Hauptkommissar Schuster das Wort ergriff und den beiden Heinrichs Tod mitteilte. Die Polizisten hatten auf der Hinfahrt vereinbart, dass Winfried, da er die weitaus größere Berufserfahrung mit sich brachte, die Überbringung der traurigen Nachricht übernahm. Viele Morde hatte er zwar in seiner langen Dienstzeit, zum Glück wie er immer sagte, nicht aufklären müssen, doch fand er scheinbar mühelos die richtigen Worte, um den Angehörigen das Geschehene einfühlsam mitzuteilen. Maria sank, direkt nachdem sie die Nachricht vom Tode ihres Ehemannes vernommen hatte, weinend in Rosis Arme, den beiden Polizisten dabei ihren Rücken zuwendend. »Wohnen denn hier auf dem Hof noch weitere Personen?«, wollte Kommissar Weller wissen und blickte dabei Rosi ins Gesicht. Heinrichs Stieftochter machte zwar auch einen betroffenen Eindruck, jedoch so niedergeschlagen wie ihre Mutter wirkte sie auf die beiden Beamten bei weitem nicht. »Nur Manfred, mein Stiefbruder, und Katharina, unsere Magd«, war ihre knappe Antwort. »Manfred wurde Anfang September zur Bundeswehr eingezogen und leistet zurzeit seinen Grundwehrdienst in Bremen ab. Die Woche über ist er immer fort. Freitags abends kommt er dann fürs Wochenende mit dem Zug nach Hause. Er müsste so gegen neunzehn Uhr hier eintreffen. Und Katharina, unsere alte Magd, ist drinnen. Sie ist mit Sicherheit dabei das Mittagessen zu kochen«, erklärte Rosi weiter. »Kommen Sie mit, wir gehen ins Haus.« Nach diesem Vorschlag drehte sich Rosi, ihre weinende Mutter immer noch im Arm haltend, um und die Kommissare folgten ihnen hinein. Die Magd nahm sie in Empfang und brachte die Mutter ins Wohnzimmer, das sich im Erdgeschoss des Hauses befand, damit sie sich aufgrund des Schocks, den diese Nachricht bei ihr ausgelöst hatte, auf das Sofa legen und ausruhen konnte. Währenddessen ließen sich Rosi und die Polizisten auf der in der Diele platzierten Sitzgruppe nieder. Die Tochter saß dabei in einem schweren, mit braunem Stoff bezogenen Sessel den Zweien gegenüber, die auf der Recamiere gleicher Machart Platz genommen hatten. Fritz wollte sich eben leger zurücklehnen. Jedoch hatte er dummerweise den Bereich des Möbelstücks erwischt, an dem die Rückenlehne schräg nach unten verlief, so dass er leicht ins Leere nach hinten weg kippte. Wäre die Gesamtsituation nicht so ernst gewesen, man hätte über diese Slapstick-Einlage Wellers echt lachen können. Winfried Schuster übernahm nun wieder die Initiative und teilte Rosi ruhig und sachlich mit, dass es, so wie es den Anschein hatte, sich um einen Mord handelte, da die Spuren eindeutig darauf hinwiesen. Die Stieftochter des Toten blieb von dieser Tatsache sichtlich unberührt. So als wenn die Polizisten just vor einer Sekunde nach einer Erklärung für ihr ungewöhnliches Verhalten gefragt hätten, gab sie ihnen diese postwendend: »Wissen Sie, mein richtiger Vater ist im Krieg gefallen. Kreismüller hatte uns nach dem Krieg bei sich aufgenommen, um uns zu helfen. Dann wurde meine Mutter schwanger und die beiden heirateten. Die erste Zeit hat sich Heinrich wirklich liebevoll um uns gekümmert. Aber irgendwann änderte sich sein Verhalten meiner Mutter und mir gegenüber. Während mein Stiefbruder alles bekam was er wollte und so gut wie nichts dazu hier auf dem Hof beitragen musste, hatten wir nicht viel zu lachen. Während ich nach der Volksschule meine Ausbildung zur Hauswirtschafterin in Köln machte, war meine Mutter seinen ständigen Nörgeleien und Beschimpfungen ausgeliefert. Sie schuftete Stunde um Stunde und rieb sich förmlich auf. Einmal hatte sie ein blaues Auge, als ich in den Ferien nach Hause kam. Und nachdem ich sie nach der Ursache dafür fragte, sagte sie nur, dass sie nicht aufgepasst habe, im Schweinestall gestolpert und mit dem Gesicht auf das eiserne Gatter geschlagen sei. Na ja, so richtig habe ich ihr das damals jedenfalls nicht geglaubt. Mich hat Kreismüller nicht weiter beachtet. Und immer wenn es Streit zwischen mir und Manfred gab, hat er sich grundsätzlich auf dessen Seite gestellt. Nein, wenn Sie mich so fragen, ich weine ihm keine Träne nach!« Mit diesem Satz beendete Rosi ihre resolute Rede und blickte die Kriminalbeamten mit ihren stahlblauen Augen erwartungsvoll an. »Hatte der Tote denn Feinde?«, hakte nun Weller nach. »Feinde? Heinrich konnte sich nach außen hin immer sehr gut verkaufen. Er gab sich großspurig als Gönner und Freund aller aus. Aber Feinde, die ihn umbringen würden, nein ich wüsste keinen ... außer vielleicht ...« Rosi stockte kurz bei ihrer Antwort. »Er hatte ständig Ärger mit Werner Maier. Aber ich weiß nicht, ob der ihn umbringen würde«, beendete sie grübelnd ihre Ausführungen. Als Grund für den Streit gab sie anschließend noch zu Protokoll, dass es um das neue Industriegebiet ginge. »Maier, der auch Landwirt ist, besitzt wie Kreismüller einige Felder, genau in dem dafür geplanten Bereich an der Landstraße nach St. Josef. Mein Stiefvater war grundsätzlich gegen dieses Vorhaben. Maier hatte zwar auch so seine Bedenken, aber so wie im Dorf erzählt wurde, sei er nahezu pleite und so auf das Geld aus dem Verkauf angewiesen. Nur ist die Lage der Felder so, dass der Eine nicht ohne den Anderen kann. Werner war oft hier bei uns, hat mit meiner Mutter gesprochen, dass sie Heinrich umstimmen sollte, aber genützt hatte dies nichts.« Rosi legte eine kurze Pause ein, um dann weiter zu berichten: »Sie müssen wissen, ich helfe an einigen Tagen in der Wirtschaft beim Tohn aus und stehe hinter der Theke. Und vor gut vierzehn Tagen sind sich die beiden mächtig in die Haare gekommen. Na jedenfalls konnten die anderen Gäste die Streithähne nur mit Müh und Not voneinander trennen. Maier schrie beim Hinausgehen noch: ›Demnächst hilft dir keiner, dann bist du fällig Kreismüller!‹ Doch der lachte nur verächtlich und rief seinerseits ›noch einen schönen Gruß an die Frau Gemahlin‹ hinterher.« Nachdem sie den beiden Beamten die Anschrift von Maier gegeben hatte, verabschiedeten sie sich. »Fürs Erste genügen uns die Informationen. Wir müssen jedoch auf jeden Fall mit Ihrer

Mutter und Ihrem Stiefbruder sprechen. Sagen Sie den beiden, dass wir morgen Vormittag wiederkommen«, kündigte Weller beim Hinausgehen an. Rosi begleitete sie noch bis zum Fahrzeug. Die junge Frau hatte eine seltsame Faszination auf Fritz ausgestrahlt, sodass bei der Fahrt zu Maiers Anwesen seine Gedanken stärker um sie kreisten, als um die eigentliche Sache. Auf der einen Seite eiskalt angesichts des Todes ihres Stiefvaters, doch auf der anderen Seite der Blick ihrer leuchtenden Augen. Aber Fritz riss sich zusammen und sagte zu sich: »Zum einen hab ich hier einen Mordfall zu klären und sie könnte verdächtig sein, und zum anderen bin ich verlobt und Karin zieht demnächst zu mir.«

Kapitel 5

Fritz fuhr mit seinem Passat durch den steinernen Torbogen. Augenscheinlich war hier in den letzten vierundzwanzig Jahren die Zeit stehen geblieben. Doch bei näherem Betrachten konnte man sich des Eindrucks nur schwer erwehren, dass das gesamte Gehöft ziemlich heruntergekommen war. So war die grüne Farbe von den hölzernen Fensterläden großflächig abgeplatzt und zahlreiche Lamellen waren herausgebrochen. Die Dachrinne, welche auf der Vorderseite des Haupthauses oberhalb des Eingangsbereiches angebracht war, hatte einige Löcher, sodass das Regenwasser unmittelbar vor die Haustür plätscherte. Und auch die Fenster der angrenzenden Stallungen waren nahezu alle zerbrochen. »So trostlos«, murmelte Weller und stieg aus. Außer den Geräuschen des Regens war nur das leise Grunzen der wenigen verbliebenen Schweine zu vernehmen. Ganz im Gegensatz zum letzten Mal, als sie noch ein Wirrwarr aus Hühner-Gegacker, dem Muhen der Milchkühe und dem Quieken der gut 200 Mastschweine lautstark willkommen hieß. Er lief die paar Schritte zur Haustür und klopfte, da die elektrische Türklingel nicht funktionierte, mit seiner Faust kräftig dagegen. Nach wenigen Sekunden schaute eine Frau durch das Fenster im oberen Teil der Tür und öffnete sie. Vor ihm stand Rosi. Ihr blondes, mit zahlreichen grauen Strähnen durchsetztes Haar hatte sie mittels Gummi zu einem einfachen Zopf zusammengebunden. Nur ein paar seitliche Haarsträhnen ragten in ihr blasses Gesicht und bedeckten Teile der rechten Wange. Ihre schlichte Kleidung bestand aus einer grauen Wolljacke über dem dunkelroten Rollkragenpulli, dazu trug sie eine hellblaue, verwaschene Jeans und an den Füßen geschlossene Hausschuhe aus schwarzem Leder. Gebannt starrte er nun in die strahlend blauen Augen, in die er seit fast einem Viertel Jahrhundert nicht mehr geblickt hatte. Weller war im

Laufe seines Lebens zu einem hartgesottenen Menschen geworden, den nichts und niemand so leicht aus der Fassung bringen konnte. Doch in diesem speziellen Fall war es wie eine Art von Zauber, der urplötzlich zwei Herzen in ihm schlagen ließ. Das berufliche, kühl abwägende, welches von ihm schlichtweg nur die Ausübung seines Jobs verlangte und das persönliche, gefühlsbetonte, welches diese tiefgreifenden, emotionalen Momente, seien sie auch noch so lange her, nie vergessen hatte. Unweigerlich stiegen zahlreiche Erinnerungen an damals in ihm auf und diese sorgten dafür, dass er außer einem einfachen »Hallo Rosi« zunächst nichts über seine Lippen brachte. So als wenn Rosi ihn bereits erwartet hätte, bat sie ihn ohne viele Worte der Begrüßung zu verlieren hinein ins Haus. Fritz folgte ihr zur Küche, die sich nach wie vor auf der rechten Flurseite des Erdgeschosses befand. Das Feuer loderte im schweren gusseisernen, weiß-emaillierten Ofen, an dessen Reling aus poliertem Eisen einige karierte Küchenhandtücher zum Trocknen aufgehängt waren. Links daneben stand ein Weidenkorb, gefüllt mit Brennholz und Briketts. Das mit Silberbronze gestrichene Ofenrohr stieg noch immer parallel zur Wand empor, knickte dann rechtwinklig ab und verschwand gut einen Meter unterhalb der Zimmerdecke im Kamin. Auf den ersten Blick schien sich hier nichts verändert zu haben. Doch nahm man sich etwas Zeit, so entging einem nicht, dass auch hier der Zerfall bereits Einzug gehalten hatte. Der ramponierte schwere Küchentisch war umrandet von einer billigen, mit rotschwarzem Kunststoff überzogenen Eckbank. Und auf der anderen Seite befanden sich zwei Holzstühle, Marke *Eiche Rustikal*, auf denen je ein mit braunem Stoff bezogenes, durchgesessenes Sitzkissen lose lag. Die rissigen, hölzernen Dielen des Fußbodens waren übersät von Kerben und Macken. Und auch über die altmodische hellgrüne Wandtapete hatte sich ein schmutzig grauer Schleier gelegt. Rechts an der Wand, im offenen Regal des ebenfalls aus dunkler Eiche bestehenden Küchenschranks, dudelte leise ein kleines Koffer-Radio vor sich hin. Rosi reichte Weller ein Frottee-Handtuch, damit er sich seine klatschnassen Haare trockenrubbeln konnte. »Es ist der einzige Raum, den ich beheize. Wenn du willst, kannst du mitessen. Es ist zwar nur Kartoffelsuppe, aber mehr habe ich leider nicht«, bot sie Fritz an, lächelte verlegen und schien sich dabei für ihre derzeitige Lebenssituation zu schämen. Der nahm, da er außer einer Tasse schwarzen Kaffee heute noch nichts zu sich genommen hatte, diese Einladung gerne an. »Aber was treibt dich denn nach all den Jahren hierher?«, wollte Rosi nun vom Polizisten wissen. Diese Frage rüttelte den Kommissar wieder wach, der angesichts dieser Umgebung und nicht zuletzt wegen Rosis Anwesenheit gedankenverloren in die Vergangenheit abgetaucht war. »Manfred ist heute Morgen tot aufgefunden worden«, sagte er nun nüchtern und blickte ihr ins Gesicht. »Ist er …?«, fragte Rosi und stoppte dann abrupt. »Ja, es deutet alles darauf hin, dass er umgebracht wurde«, antworte er leise. Ihre Reaktion und das an den Tag gelegte Verhalten erinnerten Weller stark an 1967, als sie der Familie die Nachricht vom Mord an Heinrich Kreismüller, Rosis Stiefvaters überbrachten. Keine Tränen, kein Niedersinken und nicht die üblichen Anzeichen von Trauer, da man soeben vom Verlust eines nahestehenden Menschen erfahren hatte. War sie wirklich so eiskalt, oder schockierte sie diese Nachricht so sehr, dass es ihr einfach nicht möglich war, in diesem Augenblick ihren wahren Gefühlen freien Lauf zu lassen? Sie drehte sich nur um, schaute aus dem Fenster und sprach monoton vor sich hin: »Das musste ja irgendwann passieren. Er hat es ja förmlich herausgefordert. Mit jedem hat er sich angelegt.« Weller drehte sie energisch zu sich um und hielt sie mit beiden Händen fest. »Rosi, die gleiche Todesursache wie bei deinem Stiefvater!« Weller war mulmig zu Mute, als er dies sagte. Sie blickte ihn ungläubig an. »Hatte dein Bruder Feinde, die ihn tot sehen wollten?«, hakte er eindringlich nach. Rosi machte sich mit einer kurzen drehenden Bewegung aus Wellers Griff frei und senkte ihren Kopf. Sie hielt für einen Moment inne, um dann die Frage des Polizisten zu beantworten. »Manfred trieb sich in den letzten Jahren mit zwielichtigem Gesindel herum, das er in irgendwelchen Spelunken kennen gelernt hatte. Ich hatte vor kurzem zufälligerweise mitbekommen, dass er sich am Telefon mit einem Heinzi oder so ähnlich in der *Roxy-Bar* in St. Josef verabredet hatte. Du musst wissen, dass uns außer dem Hof nichts mehr gehört. Vieh halten wir kaum noch und auch die Felder wurden allesamt in den letzten Jahren von meinem Stiefbruder verhökert. Um wenigsten ein paar Mark fürs Notwendigste dazuzubekommen, haben wir erst vor wenigen Tagen den alten Traktor an einen Sammler aus der Nähe von Köln verkauft und gleich kommen noch welche aus St. Josef, die den monströsen Schreibtisch abholen wollen.« Just in dieser Sekunde klopfte es an die Haustür. Rosi blickte aus dem Küchenfenster. »Wenn man vom Teufel spricht, da sind die beiden schon. Ich zeige ihnen gerade, wo das Ding zu finden ist. Runtertragen können sie ihn dann alleine.« Mit dieser Ansage verschwand sie aus der Küche, öffnete den Käufern die Tür und führte sie in das im ersten Stock gelegene Büro. Nach zwei Minuten erschien sie wieder in der Küche und lachte hämisch: »Ich bin ja nur mal gespannt, wie die zwei Handtücher den schweren Koloss getragen bekommen. Na ja, mir kanns egal sein. Hauptsache weg damit!« Dann verstummte sie ihre Stirn runzelnd für einen kurzen Moment, um sich anschließend Fritz wieder zuzuwenden, der inzwischen seine Kartoffelsuppe ausgelöffelt hatte. »Wo waren wir eben stehen geblieben? Ach ja, ich weiß schon.« Wir haben hier jeden Pfennig dreimal umgedreht und was machte dieser Hallodri? Alles verzockt hatte er und in den Nachtclubs der Umgebung mit irgendwelchen Nutten durchgebracht! Vielleicht solltest du *dort* einmal nachfragen!« Und mit besonderer Betonung auf *dort* redete sich Rosi allmählich in Rage. »Der alte Bastard«, gemeint war Heinrich Kreismüller, »hatte ein Testament aufgesetzt, wovon bis zu seinem Tode niemand in der Familie etwas wusste. Demnach gingen nahezu das ganze Geld und der Besitz an Manfred. Für meine Mutter und mich blieb außer lebenslangem Wohnrecht auf dem Hof nichts übrig. So hatten wir auch keine Handhabe, den Verkauf der Felder und des Viehs zu stoppen!« Sie blickte Weller hilflos an. »Vor ungefähr vierzehn Tagen kam Manfred an und sagte, dass es bald wieder aufwärts gehen werde, denn er habe ein gutes Geschäft in Aussicht, bei dem dann wieder genügend Geld fließen würde. Er wollte jedoch nicht mit der Sprache rausrücken, worum es sich dabei handelte. Na ja, eine ordentliche Arbeit wirds bestimmt nicht gewesen sein. Vielmehr hatten Sandra und ich schon die Befürchtung, dass er einfach über unsere Köpfe hinweg versuchte, das Gehöft auch noch zu verscherbeln. Wo wurde er denn gefunden?« Mit dieser Frage beendete Rosi unverhofft ihren Redeschwall. Der Kommissar beantwortete ihre Frage, ohne auf Einzelheiten näher einzugehen. »Alle Details erfahre ich erst nach der Autopsie. Wo warst du eigentlich gestern Abend?« Fritz war selbst von sich überrascht und schockiert zugleich, dass er ihr diese Frage so direkt und unverblümt förmlich ins Gesicht geschleudert hatte. »Hier zu Hause, wo sonst!«, antwortete sie harsch. »Und kann das jemand bezeugen?«, bohrte Weller nach. »Sandra, meine Tochter und jetzt geh bitte.« Rosi wies mit einem Kopfnicken in Richtung der Küchentür, jeglichem Blickkontakt nun krampfhaft ausweichend. Fritz hatte ein Einsehen und ließ es damit für den Moment auf sich beruhen. Er war innerlich hin und her gerissen. Denn tief in ihm tobte ein Kampf zwischen der Zuneigung, die er anscheinend immer noch für Rosi hegte, und dem Verdacht, sie könnte in irgendeiner Form in den Fall verwickelt sein. »Okay, geht klar. Wann kann ich denn mit deiner Tochter sprechen?«, wollte er noch vor dem Rausgehen wissen. »Sandra studiert an der Fachhochschule in Burgstadt, aber für gewöhnlich ist sie abends immer zu Hause. Von Donnerstag bis Sonntag hilft sie beim alten Tohn in der Kneipe aus«, entgegnete sie. Als Fritz die Frage nach Sandras Alter und deren Vater stellte, blickte Rosi auf und schaute ihn mit weit aufgerissenen Augen an. Dass sie im August dreiundzwanzig geworden sei und dass sie in all den Jahren keinen Vater gebraucht habe, war Rosis knappe und auf Fritz äußerst unterkühlt wirkende Antwort.

Plötzlich krachte es im Hausflur. Aufgeschreckt eilten sie hinaus aus der Küche. Wie befürchtet, war das enorme Gewicht des sperrigen Schreibtisches für die hageren Männer nur schwer zu händeln gewesen. Beim Hinuntertragen glitt dem Vordermann das Möbelstück aus den verschwitzten Händen und es donnerte mit einem lauten Schlag auf den steinernen Fußboden. Bis auf eine hölzerne Seitenabdeckung, die dabei abgefallen war, hatte das antike Stück den Unfall gottlob unbeschadet überstanden. »Was haben wir denn da?« Einer der erschöpften Käufer hatte sich gebückt und ein kleines, dunkelgrün bedecktes Notizbuch aufgehoben, welches er nun neugierig durchblätternd in seinen Händen hielt. »Darf ich es mal sehen!«, forderte Rosi ruppig dessen Herausgabe. Eingeschüchtert von diesem herrischen Befehl, gab es der Mann ihr sofort. »Es stammt von meinem Stiefvater. Wie könnte ich je seine Handschrift vergessen!« Fritz, der die ganze Zeit über abseits gestanden hatte, kam als er dies hörte direkt zu ihr und linste von der Seite hinein. »Hmm, seltsam, es steht eigentlich kaum was darin. Das Einzige, was seit Anfang 1964 bis zu seinem Tode im November 1967 jeden Monat wiederkehrte, war der Eintrag *ME 500 Mark*. »Darf ich es mitnehmen, um mir das Teil mal in Ruhe anzusehen?« Kommissar Weller war ganz verpicht darauf, dieses unerwartete

Fundstück einer gründlichen Untersuchung zu unterziehen. Er konnte auf die Schnelle zwar nicht abschätzen, ob es überhaupt von einer Bedeutung in den beiden Mordfällen war, aber grundsätzlich war er für selbst den kleinsten Ansatz überaus dankbar. Im Gegensatz zu ihm war Rosi das Büchlein ihres getöteten Stiefvaters völlig egal und sie antwortete gleichgültig. »Ich brauche es nicht. Mach damit was du willst.« Fritz nickte zum Dank und verabschiedete sich bei Rosi mit der unvermeidlichen Notwendigkeit, dass sie trotz allem den Toten morgen früh noch in der Gerichtsmedizin in Burgstadt identifizieren müsse, was von ihr nur mit einem widerwilligen »Wenns denn unbedingt sein muss« quittiert wurde. Gleich darauf machte er sich auf nach St. Josef, um seinem *alten Bekannten* Heinzi einen Besuch abzustatten. »Mensch, genau wie beim alten Kreismüller!« Während der knapp fünfzehnminütigen Fahrt kreisten seine Gedanken immer wieder um Rosis Reaktionen bezüglich der Todesnachricht ihres Stiefbruders. »Aber dieses Mal lässt du dich nicht von ihr einlullen, so viel steht fest!« Fritz zweifelte, ob er diesen guten Vorsatz tatsächlich ernst meinte. Schließlich hatte er eben wieder am eigenen Leib erfahren, welchen Einfluss ihre bloße Anwesenheit auf ihn immer noch zu haben schien.

Kapitel 6

Es war früher Nachmittag, als Kommissar Weller den Nachtclub in St. Josef erreichte. Dieser befand sich in einer schmalen Seitengasse in Bahnhofsnähe. Im Schaukasten, der rechts neben dem Eingang an der Hauswand befestigt war, wurden neben der Getränkekarte auch Fotografien der aktuellen weiblichen Attraktionen präsentiert. Über der Tür in geschätzten drei Metern Höhe war eine überdimensionale Leuchtreklame angebracht, auf der in schwarzen geschwungenen Lettern der Schriftzug *Roxy-Bar* und die Silhouette einer unbekleideten Dame prangten. Eine der Neonröhren hatte wohl eine Macke. Der elektronische Starter versuchte andauernd, summend das Licht in der Röhre zu entfachen, mit dem für Fritz nervtötenden Ergebnis des ständigen An- und Ausgehens der Lampe. So öffnete er eilig die wenig einladende graue Metalltür des Lokals und ging an der Garderobe samt Zigarettenautomat vorbei. Er schob den als Windfang gedachten zweigeteilten, aus schwerem, dunkelrotem Stoff bestehenden Vorhang mit beiden Händen auseinander und schritt hindurch. Die drei Stufen hinunter zum eigentlichen Barbereich nahm Weller aufgrund der schummrigen Beleuchtung sehr bedächtig. Rings um die Tanzfläche waren einige Sitzgruppen mit niedrigen Tischen aufgestellt. Dahinter befanden sich zudem ein paar kleinere, mit schilfartigem Sichtschutz verdeckte Nischen. Trotz der spärlichen Beleuchtung erkannte Fritz, dass das im gesamten Fußbodenbereich ausgelegte Parkett reichlich ramponiert war und eigentlich einer umgehenden Aufarbeitung bedurfte. Die Stange aus silbrig glänzendem Edelstahl fehlte genauso wenig wie die obligatorische glitzernde Disco-Kugel an der Decke sowie entsprechende bunte Lichtstrahler. Des Weiteren war der Nachtclub mit allerlei erotischem Sammelsurium, angefangen von mehr oder weniger geschmackvollen Aktbildern in Ölfarbe, und so manch einer kitschigen Nachbildung von antiken Frauenbüsten überladen. Gegenüber auf der anderen Seite des Tanzbereichs befand sich die Theke, vor der fünf Stehhocker parallel dazu aufgestellt waren. Die im dahinter liegenden Schrank angebrachten Halogen-Strahler tauchten diesen Ort in weißes Licht und machten ihn damit zum hellsten Platz des gesamten Innenbereichs. Rechts an der Theke vorbei gelangte man zum einen zu den Toiletten sowie ins Büro des Chefs und zum anderen führte der Weg in die beiden oberen Stockwerke des Gebäudes. Der Geruch von kaltem Zigarettenqualm, Alkohol und billigem Parfüm unterstrich das schmuddelige Gesamtbild des Ladens. Und zur Untermalung der ganzen Szenerie quoll aus den Lautsprecherboxen seichte deutschsprachige Schlagermusik, die wie Weller empfand, vor Schmalz nur so triefte.

Der Kommissar konnte zunächst niemanden im Saal erspähen und rief daher laut den Namen des Besitzers. Der schnellte einen Moment später blitzartig hinter der Theke empor, um zu sehen, wer da so schroff nach ihm verlangte. Sein angespannter Gesichtsausdruck wich jedoch sofort einem sichtlich erleichterten Grinsen, nachdem er den Rufer erkannt hatte und er atmete kräftig durch. »Der Piefke, lange nicht mehr gesehen! Und wie ist das werte Befinden?«, hieß er Weller willkommen und kam um die Theke herum an die Tanzfläche gestiefelt. Da stand Heinzi, eigentlich lautete sein bürgerlicher Name Bernhard Schraffelhuber, dem Beamten nun in seiner ganzen Pracht gegenüber. Aus Gründen, die keiner so recht kannte, hatte es ihn in den frühen Siebzigern aus der Wiener Gegend nach St. Josef verschlagen. Und für Kommissar Weller war er beileibe kein Unbekannter. Denn Heinzi hatte in den letzten Jahren so manch krummes Ding gedreht. Einmal wurde er für mehrere Jahre eingebuchtet, weil er mit seiner Gang im großen Stil Bagger, Raupen und Ähnliches von Baustellen gestohlen und ins Ausland verschoben hatte. Dazu kamen noch mehrere Anzeigen wegen Körperverletzungen und Beleidigungen. Aber seitdem er ins Nachtclub-Geschäft eingestiegen war schien es, wie er auch bei allen Gelegenheiten extra betonte, als sei aus ihm ein ehrenwerter Geschäftsmann geworden. Vom Typ her wirkte Schraffelhuber wie der ältere Bruder des österreichischen Sängers Falco. Sonnenbankgebräunte Haut, die schwarz gefärbten Haare mit reichlich Pomade zurückgeklatscht, ein schwarzes hautenges Lederhöschen mit breitem Gürtel und darunter weiße Slipper. Gekrönt wurde das Ensemble durch das kurzärmlige, bis zur Mitte seiner Brust aufgeknöpfte Hemd im Tigerlook, welches genauso spack wie die Hose saß. So musste man bei jedem Atemvorgang Heinzis zwangsläufig damit rechnen, dass die Hemdsknöpfe auf Dauer diesem enormen Druck nur schwer Stand halten konnten und sie daher eines unverhofften Augenblicks einem mit Karacho ordentlich um die Ohren fliegen würden. Eine massive, goldfarbene Kette mit Kreuz um den faltigen Hals und der protzige Siegelring am Ringfinger der linken Hand rundeten das Gesamtkunstwerk ab. Und wirkte der Wiener Dialekt für bundesdeutsche Ohren, besonders wenn man wie Fritz ursprünglich aus Berlin stammte, extrem cool und lässig, so verstand sich Heinzi als wahrer Meister des *Schmähs*, indem er leicht nasal fast jedes Wort schier endlos in die Länge zog. Bei manchen seiner Ausdrücke oder Redewendungen fühlte man sich gar ins Wien des 19. Jahrhunderts zurückversetzt. »Mensch Schraffelhuber, mach erst mal das Gejohle aus, damit wir uns normal unterhalten können, ohne uns dauernd anschreien zu müssen!«, begrüßte Weller den Nachtclub-Besitzer in schroffem Befehlston. Der folgte der Aufforderung, wenn auch etwas widerwillig, da er nur sehr ungern mit seinem Familiennamen angesprochen werden wollte. »Kennst du einen Manfred Kreismüller?«, wollte der Kommissar nun, nachdem Ruhe eingekehrt war, wissen. »Nie von dem gehört«, lautete Heinzis kurze Antwort, wobei er ihn schulterzuckend anblickte und auch bei wiederholtem Nachhaken seitens des Polizisten bei dieser Aussage blieb. »Okay, ich glaube meine Kollegen von der Sitte haben dich schon lange nicht mehr besucht und auch das Gesundheitsamt könnte deinen Laden mal etwas genauer unter die Lupe nehmen. Mal sehen, wie lange dann deine Konzession noch gültig ist.« Mit dieser ein wenig gleichgültig wirkenden Androhung drehte sich Fritz um und tat so, als wollte er den Nachtclub wieder verlassen. Bei dessen Besitzer zeigten die in Aussicht gestellten polizei- und behördlichen Aktivitäten nun endlich die von Weller erhoffte Wirkung. »Ja, der ist öfters hier«, gab er kleinlaut zu. »Ja und weiter? Muss ich dir jeden einzelnen Satz aus der Nase ziehen?«, setzte Fritz energisch nach. »Ab und zu vergnügt er sich mit unserer Tina. Doch die meiste Zeit pokert er, oben im zweiten Stock. Aber warum will die Gendarmerie das wissen?«, entgegnete Schraffelhuber neugierig. »Warum ich das wissen will? Ganz einfach, ich sags dir, weil wir ihn heute Morgen tot aus dem Mayberger Bach gefischt haben und es verdammt nochmal stark danach riecht, dass bei dessen Ableben jemand kräftig nachgeholfen hat!« Diese Antwort saß. »Nein, nicht der Manfred, das kann nicht sein, nicht der Manfred.« Ungläubig schüttelte Heinzi seinen Kopf und setzte sich auf einen der Barhocker. »Ich habe gehört, dass Manfred Spielschulden hatte. Stimmt das?« Fritz hatte sich nun festgebissen und ließ zum Bedauern des Barbetreibers einfach nicht locker. »Ja ja, er stand bei mir mit 5.000 Mark in der Kreide. Das war aber glaube ich nicht der dickste Brocken. Denn vor gut einem Monat hatte er beim Pokern gut 40.000 Mark verzockt, die er natürlich nicht mal eben so bei sich hatte«, erklärte er nachdenklich geworden weiter. »Und bei wem hatte er die Schulden? Mann, rück schon raus mit der Sprache!« Aufgrund der immer nur tropfenweisen Preisgabe von Information durch seinen geschniegelten Gesprächspartner wurde Weller so langsam sauer. »Beim Müller Gerd. Dem gehört eine Gebäudereinigungsfirma hier in der Stadt«, rückte Schraffelhuber nun sichtlich missmutig die geforderten Details heraus. »Ich weiß zwar nicht, wo er die Kohle so schnell aufgetrieben hatte, jedenfalls hatte der Kreismüller mir vor zwei Wochen einen Teil bereits zurückgezahlt. Dabei war doch bekannt, dass er ständig klamm war. Und als ich ihn danach fragte, lachte er nur und sagte, dass er eine Quelle aufgetan habe, die ab sofort kräftig sprudeln würde. Naja, mir konnte es ja auch eigentlich egal sein. Ich hoffe nur, dass Manfred das Geld rechtmäßig erworben hatte, Herr Kommissar.« Mit dieser ironischen Bemerkung beendete Heinzi vorerst seine Ausführungen. »Ach ja, bevor ich es vergesse, wo warst du eigentlich gestern Abend?« Nachdem Weller diese Frage gestellt hatte, war Heinzi urplötzlich wieder in seinem Element. Er griff zum Hörer des Haustelefons, das sich auf der Theke befand, säuselte irgendetwas Unverständliches in die Sprechmuschel und kurz darauf erschienen drei leichtbekleidete junge Damen auf der Tanzfläche. »Darf ich vorstellen: Tina, Susi und die Mausi. Und das hier ist der böse Kommissar, der wissen möchte, wo ich denn gestern Abend und die ganze Nacht gewesen bin.« Heinzi machte sich nun einen Spaß aus der Sache und betonte seine Wörter so, als erzählte er ein Märchen der Gebrüder Grimm. Alle drei bestätigten dem Polizisten, dass ihr Chef im genannten Zeitraum ständig in der Bar anwesend war. Nachdem Kommissar Weller auch die Tina zu Manfred Kreismüller befragt hatte, was zwar Details zu dessen Liebesleben ans Tageslicht brachte, jedoch sonst keine neuen zweckdienlichen Erkenntnisse ergab, beendete er seine Vernehmungen und wies die Anwesenden auf die genaue Überprüfung der genannten Sachverhalte hin. Als Weller den Saal verließ und die Stufen nach oben stieg, hatte Heinzi für ihn noch einen netten Abschiedsgruß auf Lager. Unter musikalischer Untermalung des Falco-Hits *Der Kommissar* verließ Fritz bei den Zeilen *Drah di net um, der Kommissar geht um* schmunzelnd den Nachtclub.

Kapitel 7

Es war bereits später Nachmittag an diesem 25. November und das spärliche Tageslicht war dem Dunkel der aufkommenden Nacht längst gewichen, als Weller ins Polizeipräsidium nach Burgstadt zurückkehrte. »Ich muss mir die Akte des Mordfalls Heinrich Kreismüller zur Brust nehmen. Vielleicht enthält sie ja Information, die ich nun verwerten kann.« Doch bevor er sich den alten Unterlagen widmete, führte ihn sein Weg zuerst in die Gerichtsmedizin. Dazu stieg er im Haupthaus vom Erdgeschoss die aus hellen Granitstufen bestehende Treppe hinab in den Kellerbereich und eilte durch den mit grellem Neonlicht durchfluteten, weiß gestrichenen, mit grauem PCV ausgelegten dreißig Meter langen Gang, der unterhalb des Parkplatzes verlief und so das Neben- mit dem Hauptgebäude verband. Dieser Korridor bildete die einzige Möglichkeit, um in Doktor Jakobs *Gemächer* zu gelangen. Vor drei Jahren hatte man zudem, zur einfacheren Anlieferung der zu untersuchenden Leichen, im Haupthaus einen Lastenaufzug installiert. Die Luft im Flur, welche dem Kommissar entgegenströmte, wurde von Schritt zu Schritt stetig schlechter und sie erinnerte ihn jedes Mal an den eigentümlichen Geruch, wie er auch Besuchern von Krankenhäusern zuteil wird. Er drückte die am Ende des Ganges angebrachte zweigeteilte Aluminiumpendeltür mit beiden Händen nach vorne auseinander und befand sich nun mitten im sterilen, weiß gekachelten, hochglanzpolierten Edelstahl-Reich von Gruft-Jaki. Und wenn einem das Atmen vor der Eingangstür schon schwer fiel, so war es dahinter für jeden, der sich nicht ständig in diesem Bereich rumtrieb, fast unmöglich. Zwar war Fritz natürlich bewusst, was ihn hier erwarten würde, doch gegen das flaue Gefühl in der Magengegend war einfach kein Kraut gewachsen. »Mensch Jaki, ich weiß nicht, wie ihr es hier bloß aushaltet«, sagte Weller naserümpfend zu Doktor Jakob, der den Toten aus Mayberg vor sich auf dem Seziertisch liegen hatte. Seinen weißen Arztkittel hatte er komplett zugeknöpft, sodass nur noch der hellblaue Hemdskragen und die blaurot-karierte Fliege hervorschauten. Die runde Nickelbrille hing fast auf der Nasenspitze, sodass er darüber hinweg lugte. Beide Arme rechtwinklig angehoben und die mit blutverschmierten Gummihandschuhen geschützten Hände nach oben gerichtet, so dass deren Außenseite in Wellers Richtung zeigte, kam er um den Tisch herum und baute sich unmittelbar neben dem Polizisten auf. »Alles eine Frage der Gewöhnung und meines Geheimrezeptes. Möchtest du was?«, entgegnete der Mediziner in seiner markant hohen Stimme. »Nee, lass mal. Dein widerliches Mentholzeug, was du dir da unter die Nase reibst, treibt einem höchstens Tränen in die Augen und macht das Ganze für mich nicht wirklich angenehmer«, winkte Fritz mit einer Handbewegung dankend ab. Der Kommissar hatte es aus den genannten Gründen natürlich sehr eilig, diesen Ort so schnell wie möglich wieder zu verlassen und drängte den Arzt, ihm die bisherigen Obduktionsergebnisse mitzuteilen. »Aufgrund der durchgeführten Analysen an den inneren Organen, wie zum Beispiel der Leber und der daraus resultierenden Werte, konnte ich mit äußerst hoher Wahrscheinlichkeit den Zeitpunkt seines Ablebens auf dreiundzwanzig Uhr des gestrigen Abends festlegen. Die Todesursache war, wie bereits vermutet, ein schweres Schädel-Hirn-Trauma, infolge massiver Gewalteinwirkung durch einen stumpfen Gegenstand auf den Hinterkopf des Opfers«, erläuterte Jaki dem Polizisten die analysierten Fakten und berichtete dann weiter: »Der Mörder griff unseren Freund hier wohl von hinten an und der hatte absolut keine Chance sich zu verteidigen. Das erklärt dann auch, warum wir keine Abwehrverletzungen, zum Beispiel an den Händen des Toten, gefunden haben. Durch das Wasser wurde zwar das meiste Blut abgewaschen, jedoch konnte ich in der Kopfwunde winzige Rostpartikel finden. Diese werden allerdings derzeit noch im Labor genauestens untersucht und mit ein bisschen Glück haben wir morgen die Ergebnisse vorliegen.« Um seine Ausführungen eindrucksvoll zu untermalen, umkreiste der Doktor ständig den Untersuchungstisch wie ein Satellit die Erde und drehte den nackten Körper des Toten immer wieder entsprechend in Wellers Blickrichtung, damit der sich auch, sozusagen *live*, von den beschriebenen Tatsachen überzeugen konnte. »Und ehe seine Klamotten zu den Kriminaltechnikern wandern, nehme ich mir das Gelump gleich noch vor. Vielleicht hat der Täter hierauf Spuren hinterlassen, die uns weiterbringen«, grübelte Jaki. »Ist schon okay, Hauptsache wir halten später ein brauchbares Resultat in den Händen. Aber Jaki, mal was anderes. Dafür, dass der Knabe nur so kurze Zeit im Wasser gelegen hat, stinkt er echt bestialisch.« Fritz drehte sich angewidert vom Toten weg. »Nein, ER ist nicht die Ursache für diesen angenehmen Wohlgeruch«, lachte Gruft-Jaki, zog im gleichen Moment mit seiner Linken den Stoffvorhang, der hinter ihm den Raum teilte, mit einem Ruck zur Seite, sodass Weller nun mit blankem Entsetzen die Ursache des Ekel erregenden Gestanks erblickte. Denn ein Kollege von Doktor Jakob stand da in voller Montur, das bedeutete grüne Arzt-Klamotten, Mundschutz, Brille, Gummihandschuhe und schwarzes Kopftuch mit weißen Totenköpfen, wie es normalerweise von Motorradfahrern gerne getragen wird, und war gerade eifrig damit beschäftigt, den Brustkorb einer schaurig entstellten Wasserleiche zu öffnen. »Die Lady haben sie heute Morgen aus einem Fischteich geangelt, lag wohl schon etwas länger darin«, schmunzelte der Mediziner. Weller, dem es bei diesem Anblick endgültig speiübel wurde, brachte nur noch »Okay, schick mir die Ergebnisse« und »bis morgen« heraus und verließ fluchtartig den Raum. Fritz, der als *harter Hund* bei seinen Kollegen galt, konnte eigentlich so schnell nichts umhauen. Aber es gab Dinge, an die konnte oder wollte er sich einfach nicht gewöhnen.

Wieder zurück in seinem Büro, musste sich Kommissar Weller zunächst einmal von den Erlebnissen der letzten Minuten erholen. Die beiden parallel zueinander angebrachten Neondeckenleuchten tauchten den Raum in ihr weißes, kalt wirkendes Licht. Nachdem er seine, immer noch klamm vor Regennässe, schwarze Lederjacke an den hinter der Tür befindlichen Kleiderhaken gehängt, das Thermostat des Wandheizkörpers auf die maximale Leistung gedreht und die Kaffeemaschine angeworfen hatte, schaltete er seinen Stereoradiorecorder ein, denn für den Abend wurde eine zweistündige Sondersendung bezüglich des musikalischen Schaffens der Rockband Queen und deren verstorbenen Sängers Freddie Mercury ins Programm seines Lieblingssenders aufgenommen. Die Wettervorhersage, welche für die nächsten Tage die gleichen miesen Bedingungen verhieß, beendete soeben die neunzehn Uhr Nachrichten, als nun die angekündigte Reportage begann und er sich sprichwörtlich wie ein nasser Sack in seinen Bürostuhl fallen ließ. Er tat dies mit einem langen Seufzer, schloss seine Augen, bettete sein Haupt in die dahinter gefalteten Hände, welche so wie eine Kopfstütze wirkten und lege seine Füße mit ausgestreckten Beinen auf den rechts unter dem Schreibtisch stehenden Rollcontainer. In dieser Position verharrte er eine ganze Weile und lauschte sichtlich relaxend den Worten des Sprechers, bis das kraftvolle Klavier-Intro von *Seven Seas of Ryhe* ihn wieder zurück ins Hier und Jetzt holte. Fritz erhob sich sogleich aus dem Sitz, drehte sich um und zog das mit reichlich Hängeordnern gefüllte Ausziehregal des Wandschranks nach vorne, worin er persönliche Notizen und Aufzeichnungen einiger seiner alten Fälle aufbewahrte. Ein Griff und in den Händen hielt er eine dicke rote Mappe, auf deren Deckblatt in großen schwarzen Buchstaben die Aufschrift

Heinrich Kreismüller November 1967 zu lesen war. Anschließend versetzte er dem Regal mit dem rechten Oberschenkel einen leichten Kick, sodass es wieder knarrend in die Grundstellung zurück glitt, löschte das grelle Zimmerlicht und schaltete die auf dem Schreibtisch platzierte Leselampe ein. Er legte die Akte vor sich auf den Tisch und betrachtete sie ungläubig mit einem Kopfschütteln. »Ich bekomme tatsächlich eine zweite Chance«, dachte er sich und sogleich wurden in ihm wieder Erinnerungen geweckt, welche er eigentlich für nicht mehr vorhanden wähnte. Ehrgeizig wie Weller als junger Kommissar seinerzeit war, setzte er damals seine ganze Energie daran, den Mörder zu finden und schuftete beinahe rund um die Uhr. Doch je länger die ergebnislose Suche dauerte, umso unzufriedener wurde er mit sich selbst und diese Schmach nagte, wie er innerlich empfand, sehr an seinem schier unerschütterlichen Ego. Doch am Ende blieb ihm, trotz all der Anstrengungen, nichts Anderes übrig, als die Tatsache zu akzeptieren, dass es wohl doch so etwas wie das perfekte Verbrechen gab, welches offensichtlich nicht gelöst werden konnte. *Bewaffnet* mit einer Tasse schwarzem Kaffee, einem Schokoladenriegel, von denen Fritz *für den Notfall* immer welche im Erste-Hilfe-Kästchen aufbewahrte und die dicke Akte vor sich auf dem Schreibtisch liegend, klappte er nun die Deckpappe des Ordners fast ein wenig ehrfurchtsvoll auf. Mit seiner Lesebrille auf der Nase, schluckweise den heißend Kaffee trinkend und den Riegel kauend, begann er sich im faden Licht der Tischfunsel durch das Papier-Sammelsurium zu wühlen. Zuoberst lagen einige Aufnahmen des Tatortes, gefolgt von diversen Zeugenaussagen, sowie handschriftlichen Vermerken und Notizen, welche Fritz im Laufe der Ermittlungen an die Seitenränder der Dokumente gekritzelt hatte. Dazu noch ausgeschnittene Artikel der örtlichen Zeitungen, inklusive einer Mitschrift der vom damaligen Polizeipräsidenten abgehaltenen Pressekonferenz.

Hastig überflog er zunächst die Unterlagen, in der bloßen Hoffnung, den vielleicht entscheidenden Hinweis für seinen aktuellen Fall schnell daraus erhaschen zu können. Doch wie Weller insgeheim befürchtet hatte, war dem leider nicht so und daher breitete er die Dokumente vor sich auf dem Tisch nun großflächig aus. Sein erstes Augenmerk legte er jetzt gezielt auf die einzelnen Zeugenaussagen und begann mit jener eines gewissen Werner Maier.

Kapitel 8

Ungefähr fünf Kilometer vor Burgstadt konnte Kommissar Weller, auch durch noch so heftiges Treten der Fußpumpe, dem Behälter der Wischanlage keinen Tropfen klaren Wassers mehr entlocken, um die Windschutzscheibe vom aufgewirbelten Schmutz der vorausfahrenden Fahrzeuge zu befreien. So mussten sie gezwungenermaßen immer wieder am Fahrbahnrand anhalten, um mit Winfrieds gutem Stofftaschentuch, welches er von seiner Frau letztes Jahr zu Weihnachten geschenkt bekommen hatte, und reichlich Spucke ein ausreichend großes Guckloch freizuhalten, bis sie letztlich fast im Blindflug in ihrem völlig verdreckten Opel Rekord in die, neben dem Präsidium gelegene, polizei-eigene Waschhalle einbogen. »An welcher Rally habt ihr den teilgenommen?«, begrüßte Kfz-Meister Felix Klein die beiden lachend und mit einem ironischen Unterton in seiner Stimme. Hauptkommissar Schuster, der Klein schon seit vielen Jahren kannte, hatte sein Seitenfenster bereits heruntergekurbelt und entgegnete seinerseits übertrieben vornehm, als wenn ein aristokratischer Herr seinem Diener eine Anweisung mit auf den Weg geben wollte, dass schließlich doch nichts über eine ordentliche Landpartie ginge und sie sich gerne in der freien Natur aufhalten würden. Und wenn er schon einmal dabei wäre, ihr Gefährt vorzeigefähig herzurichten, so könnte er auch gleich noch etwas von seinem hausgemachten Wischwasser nachfüllen. »Aber einen guten Jahrgang bitte schön«, fügte er noch mit einer majestätischen Handbewegung untermalend hinzu. Felix in seinem grauen Arbeitskittel machte den Spaß seinerseits mit, verbeugte sich überschwänglich samt Kratzfuß und antwortete untertänig: »Ja Herr, sofort Herr.« Fritz, der immer sehr kontrolliert und anderen Mitarbeitern gegenüber recht distanziert auftrat, hatte während des Dialogs der beiden seine liebe Not, nicht lauthals loszulachen, was ihm sichtlich schwer fiel. Nachdem nun die Grundreinigung ihres Dienstfahrzeuges ordnungsgemäß durchgeführt worden war, begaben sie Winfried Schuster und Fritz Weller in ihr Büro, um die gewonnenen Erkenntnisse des Tages, insbesondere die Zeugenaussagen der Familie des Mordopfers beziehungsweise seines Kontrahenten Werner Maier näher zu beleuchten und daraus ihr weiteres Vorgehen in dem Fall abzuleiten. »Wie schätzt du denn den Maier und seine Frau ein?«, wollte Winfried von seinem ehrgeizigen jungen Kollegen wissen, während sie sich an ihren Schreibtischen gegenübersaßen. Alle Dörfler, welche die Beamten im Zuge ihrer Ermittlungen heute in Mayberg kennen gelernt hatten, waren, mit Ausnahme von Rosi vielleicht, besonders dem jungen Kommissar in ihrer bauernschlauen Art ein wenig suspekt. Doch Maier setzte mit seinen kautzigen Antworten und dem gezeigten Verhalten dem Ganzen noch die Krone auf und Weller traute ihm vom ersten Moment an, als sie dessen Haus betraten, nicht für fünf Pfennige über den Weg. »Es ist schon merkwürdig, dass er zunächst überhaupt nichts zum Tode von Kreismüller gesagt hatte und es ihn auch nicht weiter zu interessieren schien. Stattdessen legte er uns direkt die Pläne und Skizzen der Felder im Bereich des geplanten Industriegebietes vor die Nase und war bei seinen Erläuterungen ja kaum zu bremsen. Erst als du ihm nochmals mit Nachdruck zu verstehen gabst, dass er aufgrund von Zeugenaussagen durchaus zum Kreis der Verdächtigen zählte und diese Tatsache dann endlich von seinem sturen Bauernschädel realisiert wurde, zeigte er die Reaktion, welche mich in meiner Meinung ihm gegenüber noch mehr bestärkte, dass er schließlich nicht nur ein Motiv, sondern auch den nötigen Antrieb zu diesem Mord hatte. Denn als Maier von seinem Küchenstuhl aufsprang, uns beschimpfte und die Faust ballte, hätte ich ihn am liebsten sofort gepackt und mit dem richtigen Griff ganz fix ruhig gestellt. Und deswegen war ich auch zunächst ziemlich sauer auf dich, als du mich zurückgehalten hast und nur mit scharfen Worten auf den tobenden Querulanten einschlugst«, beschrieb Weller seine Eindrücke. »Doch es hat ja funktioniert!«, warf Schuster kurz in die Ausführungen seines Kollegen ein. »Ja, stimmt. Ich kann doch noch was von den alten Kollegen lernen«, nickte Fritz seinem Gegenüber zu und fuhr mit seinen Ausführungen fort: »Ich befürchtete, dass er im nächsten Augenblick einen Herzinfarkt bekommt. Wie er dann da stand, schwer atmend mit hochrotem Kopf über den Küchentisch gebeugt und sich mit den Händen darauf abstützend. Aber wie gesagt, deine Worte haben zum Glück bei ihm gewirkt. Und wie er dann weiter erzählte, dass sie ihr gesamtes Vieh durch die Maul- und Klauenseuche verloren hatten und auch die Getreideernten in den letzten beiden Jahren sehr mager waren, taten er und seine Frau mir fast ein bisschen leid. Sag mal, welchen Eindruck hattest du eigentlich von seiner Frau?«, spielte Fritz nun den Ball seinem erfahrenen Kollegen zu. »Ihr Verhalten kann ich noch nicht richtig einschätzen. Denn sie hielt sich die ganze Zeit über merkwürdig passiv im Hintergrund auf und erst als ihr Mann ausrastete, musste sie ja zwangsläufig ihr Schneckenhaus verlassen und helfen ihn zu besänftigen. Auch ihre Aussagen zum Alibi ihres Mannes bezüglich der letzten Abende wirkten auf mich, als wenn da noch was fehlte und sie innerlich mit sich ringen würde, ob sie es uns nun mitteilen sollte oder nicht. Ich persönlich halte den Maier zwar für einen aufbrausenden Choleriker, aber ob er auch zu einem Mord fähig ist, ich weiß nicht, ich weiß nicht«, grübelte Hauptkommissar Schuster, indem er seine Stirn in Falten legte und seinen jungen Kollegen mit erwartungsvollem Blick ansah. Winfried wurde nachdenklich und nach einer kurzen Pause sagte er noch: »Ich glaube, der Maier ist nervlich einfach nur fertig. Wenn dem finanziell betrachtet das Wasser wirklich bis zum Halse steht und der Verkauf der Felder an die Gemeinde der letzte Strohhalm war, an den er sich klammerte, um aus dieser Misere wieder herauszukommen, könnte ich seinen Gemütszustand sogar nachvollziehen. Na, auf jeden Fall müssen wir Kontakt mit seiner Hausbank aufnehmen, um uns ein genaues Bild darüber machen zu können.« Das rege Gespräch wurde durch den schrillen Klingelton des Telefons jäh unterbrochen. Beide Polizisten langten nahezu zeitgleich nach dem Hörer, doch Fritz war etwas schneller. Er drehte den Auszieharm einfach mit einem raschen Griff zu sich, sodass sein Gegenüber sich schon mit einem Hechtsprung über den Tisch hätte werfen müssen, um daran zu gelangen, und hob dann den Hörer aufreizend langsam ab. Nach dem kurzen Telefonat berichtete er seinem Kollegen, dass es die Gerichtsmedizinerin gewesen sei und der Todeszeitpunkt gegen Mitternacht vom 23. auf den 24. November, das bedeutete von gestern auf heute, festgelegt werden konnte. Spuren oder Hinweise auf einen möglichen Täter hätten die Untersuchungen zwar noch nicht erbracht, sie würde sich jedoch wieder bei ihnen melden, sobald es was Neues gäbe. »Na ja, wenn dem so ist und die Aussage von Maiers Frau stimmt, könnten wir den als Täter ausschließen. Bliebe also noch die Familie des Opfers. Was sagte die Tochter noch? Ach ja, sie bedient in der Dorfkneipe, und was ist mit der Mutter? Der Sohn kann es eigentlich nicht gewesen sein, der scheint doch ein wasserdichtes Alibi zu haben, das aber sicherheitshalber noch überprüft werden muss. Oder vielleicht gibt es ja noch jemanden, dem Kreismüller ein Dorn im Auge war? Fragen über Fragen!«, fasste Schuster die Lage resümierend zusammen. »Ja, in der Tat, Fragen über Fragen. Ist nur reichlich seltsam, dass die Tochter uns erzählt, ihr leiblicher Vater sei im Krieg gefallen und man im Dorf hinter vorgehaltener Hand tuschelte, er sei erst nach dem Krieg auf mysteriöse Weise verschwunden. Aber vielleicht habe ich mich ja auch nur verhört, als Rosi davon sprach.« Fritz grübelte für einen kurzen Moment wegen dieser scheinbaren Ungereimtheit vor sich hin. Überhaupt missfiel ihm die bloße Vorstellung, dass Rosi auch nur das Geringste mit dem Mord an ihrem Stiefvater zu tun haben könnte. Nach dieser gedanklichen Auszeit wies er daher seinen erfahrenen Kollegen nochmals energisch darauf hin, dass man den Maiers absolut nicht trauen könne und seines Erachtens der Hebel gezielt bei denen angesetzt werden müsse. Hauptkommissar Schuster merkte seinem sonst so nüchtern agierenden Partner deutlich an, dass der Fall ihn offenbar emotional ergriffen und er richtig Blut geleckt hatte. Also beschlossen sie, dass Weller am nächsten Tag die betreffenden Personen und den Tatort in Mayberg nochmals genauer unter die Lupe nimmt, während sich Schuster um den lästigen Schreibkram kümmern und der Rechtsmedizin Dampf machen sollte. Außerdem waren die Kriminaltechniker bereits seit dem frühen Nachmittag damit beschäftigt, den Mercedes des Toten haargenau zu untersuchen, um den beiden Kommissaren die vielleicht entscheidende Spur zum Täter liefern zu können. Die Erarbeitung dieser Ergebnisse nahm jedoch erfahrungsgemäß einige Tage in Anspruch, sodass frühestens zum Beginn der kommenden Woche damit zu rechnen war. Hauptkommissar Schuster, dem der lange, intensive Arbeitstag nun doch sichtlich anzumerken war, stand müde auf, zog sich seinen hellgrauen Mantel über und beendete für heute die Untersuchungen. »Komm, Feierabend, genug für heute, morgen ist auch noch ein Tag und außerdem läuft uns der Tote nicht davon«, mit diesen Worten öffnete er die Zimmertür. Kommissar Weller winkte nur kurz ab, dass er sich noch ein paar Gedanken zu der Sache machen wolle, aber auch nicht mehr allzu lange blieb und dass er sich morgen telefonisch aus Mayberg melden würde. Winfried Schuster ließ seinen Kollegen darauf alleine im Büro zurück und verabschiedete sich von ihm mit einem freundlichen »Dann gute Nacht, Fritz!«.

»Fritz, schön dich noch anzutreffen, ich habe eine Menge Neuigkeiten.« Steffi Franck war gegen zwanzig Uhr endlich aus Mayberg zurück und begrüßte ihren Kollegen, der vorgebeugt über einem Berg von Papieren brütete. Seine Antwort blieb jedoch aus. Irgendwo mitten im Wust der einzelnen Dokumente hatte er ein Schwarz-Weiß-Foto von Rosi entdeckt, auf dem sie im Alter von etwa fünfundzwanzig Jahren abgelichtet war. Es zeigte sie mit offenen, mittellangen, blonden Haaren und einer dunklen Spange, mit deren Hilfe die rechten Strähnen zurückgesteckt waren. Dazu trug sie eine helle Bluse, wobei der oberste Knopf geöffnet war. Er hielt das kleine Bild in seiner rechten Hand und starrte es so intensiv an, dass er seine Partnerin zunächst nicht bemerkte. Erst als Steffi mehrfach hintereinander kräftig niesen musste und sie parallel dazu die grelle Deckenbeleuchtung anknipste, wurde Weller jäh aus seinem Tagtraum gerissen. »Ach du bist es, was gibts Neues?«, begrüßte er sie, als wenn er soeben bei einer Sache, die eigentlich verboten war, von ihr ertappt worden wäre. »Guten Abend erst mal!«, antwortete die Kommissarin energisch. »Ja sorry, guten Abend, schön dich zu sehen«, entschuldige sich Fritz postwendend und erklärte, dass er sich die Unterlagen von damals schon mal vorgenommen habe, aber irgendwie ihn die alten Erinnerungen wieder eingeholt hatten. Er nahm einen großen Schluck Kaffee aus seiner Tasse, musste jedoch feststellen, dass der inzwischen eiskalt geworden war. Weller kommentierte diese Tatsache zischend mit den Worten: »Puuh, das ist harter Stoff! Willst du auch einen?« Doch Steffi, die das herbe Gebräu ihres Kollegen kannte, winkte dankend ab. Mit der Linken wischte sie ihre roten Haarsträhnen aus dem Gesicht und konnte nun endlich die gewonnenen Erkenntnisse des Tages an den Mann bringen. »Zuerst hatte ich mir den Motorradhändler Peter Krause und dessen Frau Inge vorgenommen. Eigentlich hatten sie, wie beide einstimmig zu Protokoll gaben, mit dem Toten kaum Berührungspunkte. Außer der Sache bei der letzten Kirmes, bei der sich Manfred Kreismüller an Frau Krause rangemacht hatte, was dem, wie ihr Mann triumphierend bestätigte, ein ordentliches Veilchen einbrachte. Danach habe der jedoch keine Anstalten mehr gemacht, seine Frau anzugraben. Hm, der Krause schien wirklich davon überzeugt zu sein, aber ihr Blick verriet mir, dass sie nicht unbedingt die Aussage ihres Gatten teilte. Außerdem kam sie mir zudem von Anfang an bekannt vor. Irgendwo hatte ich sie vorher schon mal gesehen, doch nicht in deren Laden, denn dort war ich heute das erste Mal in meinem Leben. Und was soll ich dir sagen, eben auf der Heimfahrt fiel es mir wieder ein.« Sie hielt kurze inne, um Wellers Neugier zu wecken. »Komm mach es nicht so spannend, rück schon raus mit der Sprache«, forderte der leicht genervt auf. »Sicherlich kannst du dich noch an die *Heiße Biker-Braut*, das *Mädchen von Seite 1* unserer Tageszeitung, von vor ungefähr einem halben Jahr erinnern. Bevor ich zurück ins Büro fuhr, habe ich noch extra einen Abstecher in der Redaktion gemacht, um mir die entsprechende Ausgabe raussuchen zu lassen«, schmunzelte sie. Aus der hinteren Hosentasche zog sie flugs das entsprechende Exemplar hervor und legte es Fritz auf den Tisch. »Natürlich, wer kann sich daran nicht erinnern«, zumal wir damals noch so unsere Späße machten, dass wir künftig unsere Polizei-Maschinen nur noch in Mayberg kaufen würden. Ja, da schau an.« Die offensichtlichen Qualitäten Frau Krauses hatten, wie festzustellen war, bei Fritz einen bleibenden Eindruck hinterlassen. »Und was hat das nun mit unserem Toten zu tun?«, mit dieser Frage kehrte Kommissar Weller nach diesem kleinen Exkurs wieder zum Fall zurück. »Für mich schien es zunächst durchaus plausibel, dass wenn jemand so freizügig ist wie sie, auch ein möglicher Liebhaber nicht auszuschließen ist und ihr Mann den beiden vielleicht auf die Schliche kam«, spekulierte die Polizistin.

»Hm, könnte natürlich sein. Hast du denn, außer deiner weiblichen Intuition, für diese These schon Beweise?«, hakte Weller nach. Die Kommissarin zuckte mit den Schultern und berichtete weiter. »Die Vermutungen bezüglich des gehörnten Gatten haben sich kurze Zeit später förmlich in Luft aufgelöst, denn Krause war, so wie er sagte, den gestrigen Abend bei einem Gewerbetreffen in der Handwerkskammer St. Josefs. Und weil es reichlich Themen gab, die abgehandelt werden mussten, hätte das Ganze nach seinen Angaben bis circa ein Uhr in der Nacht angedauert. Anschließend wäre er direkt nach Hause gefahren, wo er fünfzehn Minuten später eingetroffen sei. Seine Frau konnte dies allerdings nicht bestätigen, weil die beiden seit Kurzem getrennte Schlafzimmer haben. Obwohl ich sie selbstredend nicht nach ihren Gründen fragte, erklärte Frau Krause, dass diese Maßnahme nichts mit ihrer Ehe zu tun habe, sondern lediglich der Tatsache geschuldet sei, dass er unerträglich laut schnarchen würde. Na ja, und da Doktor Jakob als Zeitpunkt des Todes schon den späten gestrigen Abend grob ins Auge gefasst hatte, können wir wohl eine Tat aus Eifersucht durch Herrn Krause ausschließen.« Kommissarin Franck legte eine kurze Pause ein, um in ihren Notizen nachzulesen, ob sie auch nichts vergessen hatte, während ihr Kollege nun anmerkte, dass er eben noch eine Audienz in Jakis Gemächern hatte und der ihm mit dreiundzwanzig Uhr des Vorabends bereits den genauen Zeitpunkt von Manfreds unfreiwilligem Ableben hieb- und stichfest präsentieren konnte. Dieser Fakt passte natürlich zu Steffis Vermutungen und sie legte sogleich mit ihren Aufzeichnungen nach. »Das Alibi von unserer Biker-Braut war allerdings ein wenig dürftig, um es vorsichtig zu formulieren. Denn nachdem sie ihren siebenjährigen Sohn so gegen zwanzig Uhr ins Bett gebracht hatte, war sie den ganzen Abend alleine zu Hause und sei, nachdem sie ungefähr zwei Stunden gelesen habe, dann ebenfalls schlafen gegangen. Da sich ihr Zimmer im zweiten Stock des Hauses befände, hatte sie selbstverständlich auch nicht registriert, wann ihr Mann in der Nacht nach Hause gekommen war, fügte das *schwarzhaarige Leder-Luder* noch völlig ahnungslos schauend hinzu. Die ersten Leute, mal abgesehen von ihrem Sohn, mit denen sie dann wieder Kontakt hatte, waren die beiden Mechaniker ihres Betriebs, die wie immer um halb acht mit der Arbeit begannen. Ihren Mann habe sie an dem Morgen nicht mehr gesehen, denn der war schon früh aus dem Haus, um sich in der Nähe von Aachen ein paar neue Enduro-Maschinen anzusehen. Ist schon ziemlich komisch, die Sache. Einerseits würde ich meinen letzten Groschen darauf verwetten, dass sie etwas vor mir verbirgt. Ich weiß bloß noch nicht was. Doch befürchte ich auch anderseits, dass ich mich hier wohlmöglich nur verrenne und ich mit meinen Einschätzungen was sie anbetrifft komplett auf dem Holzweg bin. Na jedenfalls werde ich ihr, um auf Nummer sicher zu gehen, nochmals auf den Zahn fühlen sobald uns alle Obduktionsergebnisse vorliegen. Was den Krause selbst anbetrifft schätze ich, sofern die Leute von der Handwerkskammer seine Aussage bestätigen, können wir ihn als Täter endgültig abschreiben.« Fritz, der mächtig beeindruckt davon war, was seine Kollegin in den vergangenen Stunden bereits ermittelt hatte, hörte ihr aufmerksam zu und sog jedes Wort, ja jedes auch noch so banal anmutende Detail, wie ein ausgetrockneter Schwamm gierig nach Wasser auf. Kommissarin Franck, die noch immer ein paar Pfeile im Köcher hatte, legte nach einer kurzen Atempause wieder nach. »Außerdem konnte ich bereits mit dreien der fünf Läufer sprechen, die Kreismüller beinahe über den Haufen gefahren haben soll. Ich war zunächst der Annahme, die joggen nur so bisschen durch die Gegend, um sich den Speck abzutrainieren. Aber weit gefehlt. Denn wie ich während der einzelnen Gespräche erfahren habe, sind das richtige Sportskanonen, die auch regelmäßig an Meisterschaften teilnehmen. Da es in den Wintermonaten natürlich in den Abendstunden nicht möglich ist, außerhalb der Ortschaften zu rennen, treffen sie sich immer dienstags und donnerstags Abend um achtzehn Uhr, um im Dorf ihre Runden zu drehen. Und wie mir alle drei einstimmig und getrennt voneinander bestätigten, hatte sich die von Ceplak beschriebene Situation am vorletzten Dienstag tatsächlich abgespielt. Die Gruppe befand sich demnach in der Segbachstraße in Richtung des Neubaugebietes, als Kreismüller mit seinem goldmetallic-farbenen Ford Capri aus der Bahnstraße kommend rechts abbog und auf die Läufer zu hielt. Ich habe mir die Stelle zeigen lassen. Und ausgerechnet in dem Bereich gibt es nur auf der linken Seite einen schmalen Gehsteig, der maximal breit genug für eine Person ist. Da um diese Uhrzeit hier jedoch so gut wie kein Verkehr mehr herrsche, konnte man normalerweise auch gefahrlos die Straße nutzen, die zudem gut ausgeleuchtet war. Zudem trugen sie alle zu ihrem Schutz gelbe Leuchtwesten, mit denen sie einfach nicht übersehen werden konnten. Auch haben sie unisono zu Protokoll gegeben, dass Manfred einfach nicht ausgewichen sei und sie sich nur mit reflexartigen Sprüngen in eine Hofeinfahrt in Sicherheit bringen konnten. Zu allem Überfluss gab es in der Vergangenheit schon einige Vorfälle mit Kreismüllers Schäferhund, den der immer frei laufen ließ. Sobald sich Läufer oder Spaziergänger dem Tier näherten, schlug er sofort zähnefletschend an und sein Herrchen hatte sich nur einen Spaß daraus gemacht. Getreu nach dem Motto »Wenn ihr hier frei rumlauft, dann kann mein Hund das schon lange«, ... war wohl ein liebenswürdiger Zeitgenosse, der Kreismüller.«

Fritz kam überhaupt nicht dazu Zwischenfragen zu stellen, da seine junge Kollegin gerade dabei war, sich in einen wahren Rausch zu reden. »Um nun auf deren Alibis zurückzukommen«, fuhr Kommissarin Franck fort, »stellte sich das so dar:

Der Erste, ein gewisser Dieter Rolfen, ein Bahnbeamter, hatte gestern Nachtschicht im Stellwerk des Hauptbahnhofs hier in Burgstadt. Der Zweite, Gregor van Linden, ein Bankangestellter, war bis etwa drei Uhr in der Früh mit einer größeren IT-Umstellung in der örtlichen Sparkasse in St. Josef beschäftigt, was von seinem Vorgesetzten und den übrigen Kollegen bestätigt wurde. Der Dritte, Mark Paulus, mit 23 Jahren der Jüngste der Läufer, ein Techniker, hatte bei seiner Freundin in Kottenhausen übernachtet. Auch das wurde von ihr und deren Eltern einstimmig bestätigt. Übrigens sehr schade, dass er schon vergeben ist, denn mit dem wäre ich auch mal gerne gelaufen«, wich sie seufzend kurz von ihrer Aufzählung ab und atmete tief durch. »Die Adressen der beiden anderen habe ich auch schon, konnte sie jedoch noch nicht sprechen. Aber das hole ich morgen früh nach. Ich hoffe nur, dass Jaki noch weitere Hinweise am Toten findet, ansonsten haben wir nicht viel in der Hand. Und was hast DU bei der Familie herausgefunden?« Mit dieser Frage setzte Steffi sich lässig zurücklehnend in ihren Stuhl und blickte ihren Kollegen in der Gewissheit, dass SIE am heutigen Tag den Löwenanteil der angefallenen Arbeiten erledigt hatte und nun gespannt auf dessen Antworten war, mit großen Augen an. »Wie ich dir schon heute Morgen gesagt hatte, kenne ich die Familie bereits von einem früheren Fall her. 1967 wurde der Vater ermordet und die Sache konnte seinerzeit nicht aufgeklärt werden. Ich habe erfahren, dass Maria, Manfreds Mutter, vor einem halben Jahr gestorben ist. Auf dem ziemlich heruntergekommenen Hof traf ich nur seine Stiefschwester Rosi an. Sie hat ebenfalls inzwischen eine Tochter namens Sandra, die hier in Burgstadt studiert und heute nicht zu Hause war. Also sprach ich mit Rosi. Und was soll ich sagen, ihr eigenwilliges Verhalten erinnerte mich unweigerlich an damals. Ich weiß einfach nicht, was ich davon halten soll«, grübelte Weller nachdenklich blickend. »Ist das Rosi, da auf dem Foto? Sieht hübsch aus!«, warf Steffi kurz ein und Weller bemerkte, dass er das Bild noch immer in der Hand hatte. »Ja, das ist sie«, antwortete Fritz knapp und legte das Foto zur Seite. Steffi gewann den Eindruck, auf Grund des, wie sie fand, sentimentalen Gesichtsausdrucks ihres Kollegen, dass die Frau auf dem Bild für ihn mehr zu sein schien, als bloß eine x-beliebige Verdächtige in einem Mordfall. Denn Gefühle zu zeigen gehörte normalerweise nicht gerade zu Wellers Stärken. Und umso offensichtlicher war nun dieser außergewöhnliche Gemütszustand für Kommissarin Franck bei Fritz zu erkennen. »Und deswegen können wir nur darauf hoffen, dass zum einen, wie du eben bereits so treffend sagtest, unser Grufti was Brauchbares findet, und zum anderen Hinweise bezüglich des Verbleibs der Tatwaffe auftauchen. Wie weit sind denn die Kollegen von der Spurensicherung mit ihren Untersuchungen?« Diese Sätze klangen aus dem Munde Wellers beinahe wie ein Flehen in den Ohren seiner Partnerin. »Bekommen wir auch morgen hoffentlich mitgeteilt ... So und wenn du nichts dagegen hast, verschwinde ich jetzt, weil ich auf Deutsch gesagt hundskaputt bin. Ach ja, was ich dir den ganzen Tag schon sagen wollte: Seine Musik bleibt uns zum Glück erhalten und ich bin mir sicher, dass einige Stücke noch in 100 Jahren gespielt werden.« Er lächelte. Steffi schickte abschließend noch ein rasches »machs gut, dann bis morgen« hinterher und verschwand. Weller stand auf, drehte den Lautstärkeregler des Radios auf die höchste Leistung. Aus dem Äther dröhnte der markante Drum-Beat von *We will rock you*, den er mit beiden Handflächen kräftig auf seine Schreibtischplatte trommelnd begleitete. Nur die Luftgitarren-Nummer zum Ende des Stücks schenkte er sich heute Abend, da auch er aufgrund des langen Arbeitstages nun doch allmählich müde wurde. Nachdem dann die letzten Takte verklungen waren, schaltete er das

Radio aus, löschte das Licht, zog seine Lederjacke über, verließ das Büro und begab sich in seinem Dienstwagen auf den Heimweg.

Endlich, gegen einundzwanzig Uhr dreißig, untermalt vom durchdringenden Schlagen der nahen Kirchturmuhr, öffnete Weller die Tür seiner im Obergeschoss eines Altbaus befindlichen Wohnung und warf sie hinter sich erschöpft und hungrig ins Schloss. Das vierstöckige Haus, errichtet zu Beginn der dreißiger Jahre aus karminroten Ziegelsteinen, war eines der wenigen Gebäude dieses Stadtviertels, welches vom Bombenhagel des letzten Krieges verschont blieb. Auf den wuchtigen, etwa fünfzig Zentimeter hohen Basaltplatten, die den Sockel umfingen, konnte man bei genauem Betrachten an der Vorderseite des Hauses sogar noch die weißen Pfeile erkennen, welche auf einen Schutzraum bei Luftangriffen hinwiesen. Ins massive Mauerwerk, gut dreißig Zentimeter oberhalb des Gehwegs, waren zudem zwei Luftschächte eingelassen, durch welche man in früheren Zeiten die angelieferten Kartoffeln und Kohle, der Einfachheit halber über Pritschen, direkt vom Traktor- oder LKW-Anhänger in den Keller gleiten ließ. Doch Zeiten ändern sich. Und im Zuge von Gasheizung, Telefon, Kabelfernsehen, sowie diversen Supermärkten ist eine solche Vorratshaltung nicht mehr von Nöten. Deshalb, beziehungsweise aufgrund der Tatsache, dass sich hin und wieder neugierige, vierbeinige Nagetiere dort hinein verirrten, wurden die Schächte inzwischen mit luft- und lichtdurchlässigen Blechen verschlossen. Kurz nachdem Karin, seine Frau, mit ihrem gemeinsamen Sohn Tom 1976 vor dessen Einschulung wieder zurück nach Westberlin zu deren Eltern gezogen waren, stellte es für Fritz einen wahren Glücksfall dar, da just in jenen Tagen eine seiner Kolleginnen nach Stuttgart versetzt wurde und sie ihm die Wohnung zum Kauf anbot. Weller konnte sein Glück zunächst kaum fassen, denn schon bei der ersten Besichtigung hatte er sich in sie verliebt und sagte ohne zu zögern zu. Vieles daran, wie zum Beispiel die Böden, bestehend aus aufgearbeiteten, geölten Holzdielen und die zahlreichen Stuckornamente an den hohen Zimmerdecken weckten Erinnerungen an sein Reinickendorfer Elternhaus in ihm. Außerdem legte er ein besonderes Augenmerk darauf, dass sich sein neues Domizil in der obersten Etage befand, denn Weller hasste alleine die bloße Vorstellung, jemand könnte auf seinem Kopf herumtrampeln. Erleichtert stellte er fest, dass hier nur noch der Speicher darüber war, in dem sich allerlei Gerümpel im Laufe der Jahre angesammelt hatte. Bis dahin lebte er mit seiner Familie in einem ländlich anmutenden Vorort Burgstadts. Das Einfamilienhaus hatten sie, kurz nachdem Karin schwanger wurde, in erster Linie für ihren Nachwuchs gemietet, da sie oder er in der Natur, umgeben von Pflanzen und Tieren aufwachsen sollte. Doch für Fritz, alleine wie er nun mal nach dem Auszug seiner Frau und dem Kleinen war, stellte die Unterhaltung der gemieteten Behausung nahezu unlösbare Probleme dar. Ganz zu schweigen von der notwendigen und stetigen Bearbeitung des geschätzt tausend Quadratmeter großen Gartens, in dem Obstbäume, Sträucher und Stauden, inklusive schier unzähliger Blumen, einer ständigen Pflege bedurft hätten. So fiel ihm sein Entschluss, das Ganze gegen eine Wohnung in Burgstadt einzutauschen, natürlich nicht schwer. Wenn er gefragt wurde, warum er das Haus nicht behielte, gab er immer zu Antwort, dass er aufgrund seines unregelmäßigen Dienstes schlichtweg nicht genügend Zeit habe, jedoch insgeheim hatte Fritz absolut *Null Bock* auf die Gärtnerrolle. Nachdem er sich von seinen klammen Klamotten entledigt, heiß geduscht, bequeme Freizeitkleidung angezogen und eine aufgebackene Tiefkühlpizza gegessen hatte, legte er seine Lieblingsscheibe *A night at the opera* fast ehrfürchtig auf, setzte sich im Wohnzimmer in seinen guten, alten, braunen Ledersessel und blickte im Lichtschein der Stehlampe aus dem großen Panoramafenster ins sternenlose Dunkel der Nacht. Zuvor hatte sich Fritz noch eine Flasche des Chiantis entkorkt, welche er im Wohnzimmerschrank für besondere Anlässe wie Geburtstage oder Besuche aufbewahrte. »Etwas zu feiern gibt's heute wahrlich nicht«, dachte er bei sich, schenkte sich das Weinglas großzügig ein und nahm einen tiefen Schluck. In Erinnerung an seinen ehemaligen Kollegen Winfried Schuster, der vortrefflich die Stimme und das Gehabe eines versnobten Adeligen imitieren konnte, hüstelte er dann noch: »Auf das Dekantieren verzichte ich heute ausnahmsweise.« Fritz gestand sich diesen kleinen Affront, in der sicheren Gewissheit, überhaupt kein entsprechendes Gefäß sein Eigentum nennen zu dürfen, schmunzelnd zu. Doch aus der Pulle trinken musste allerdings auch nicht sein. Tagsüber, bei gutem Wetter, konnte man so eine atemberaubende Aussicht über die Stadt, den Rhein mitsamt seinem Nebenarm, bis weit in die angrenzende, waldreiche Mittelgebirgslandschaft genießen. Doch jetzt hatte das schier endlos wirkende Schwarz der Nacht, mit Unterstützung des noch immer anhaltenden Nieselregens, fast alles gnadenlos verschlungen. Einzig der Halogen bestrahlte Wehrturm, welcher zur Ruine einer Trutzburg gehörte, die im Hang auf der gegenüberliegenden Flussseite gelegen war, reckte dem Dunkel grimmig seine Zinnen entgegen. Und unter dem Einfluss des Weines und der Musik verlor sich Wellers Blick im Nirgendwo der unwirklich scheinenden Nacht. Sein Bewusstsein, seine Gedanken verschwammen darin.

Kapitel 9

Obwohl es bereits später Freitagabend war, sagte sich Kommissar Weller: »Warum bis morgen warten, vielleicht komme ich noch heute der Lösung einen Schritt näher.« Am Vormittag hatte er auf einer kleinen hölzernen Tafel, welche in Augenhöhe rechts neben dem Eingang zur Dorfkneipe auf der Hausmauer angebracht war, quasi im Vorbeigehen gelesen, dass dort auch Fremdenzimmer angeboten werden. So fasste Fritz nun den Entschluss, das Wochenende in Mayberg, am Ort des Geschehens zu verbringen. Denn dieser erste, *richtige* Fall wie er es empfand, hatte seinen Ehrgeiz aufs Äußerste angestachelt und er brannte förmlich darauf, seinem altgedienten Kollegen Schuster die vielleicht entscheidenden Erkenntnisse am Montag aufzeigen, oder idealerweise den Täter gar selbst überführen zu können. »Wäre doch gelacht, wenn ich diesen einfältigen Landeiern nicht auf die Schliche kommen würde!«, heizte sich der junge Polizist mental an. Ehe er sich nun in seinem *NSU Prinz* auf den Weg machte, getrieben von der schier unerschütterlichen, mitunter naiven Einstellung, alles Vorgenommene auch erfolgreich abschließen zu können, hastete Weller schnell noch in seine kleine Zwei-Zimmer-Bude, um eilig die Tasche mit allem Notwendigen inklusive seiner Laufkleidung zu packen. So traf er gegen zweiundzwanzig Uhr in Mayberg ein und parkte sein Fahrzeug in der Niedergasse, am Straßenrand direkt gegenüber der Dorfkneipe. Aus dem Lokal drang Stimmengewirr wellenhaft mal lauter, mal leiser, begleitet von deutscher Schlagermusik, nach draußen. Doch bevor sich der junge Kommissar nach dem Zimmer erkundigen wollte, war es seine Absicht, den Fundort von Kreismüllers Mercedes, welcher noch mit farbigem Band abgesperrt war, einer weiteren Überprüfung zu unterziehen. Er duckte sich unter dem Absperrband hinweg und leuchtete mit seiner Taschenlampe vorsichtig in jeden

Winkel des Parkplatzes, der nur im vorderen Bereich noch minimal vom Licht der gut zwanzig Meter entfernten Laterne erhellt wurde. Weller hockte sich an die Stelle, an der sie heute Vormittag den Wagen des Opfers gefunden hatten und musterte wie ein Fährtensucher jede Bodenwelle, ja beinahe jeden Stein haargenau, als erwartete er eine bisher übersehene Spur im feinen Split zu finden. Da knackte es im Gebüsch hinter ihm. Fritz sprang auf, drehte sich erschrocken um und erblicke nichts. Auch auf sein Rufen »Wer ist da, zeigen Sie sich« erfolgte keine Reaktion. Nur atemlose Stille. Unter der Vermutung, dass die Geräusche höchstwahrscheinlich von einer Ratte oder eine Katze stammen würden, wand er sich wieder seiner Suche zu. Ganz vorsichtig, aufgrund der an den Sträuchern befindlichen kleinen Dornen, tastete er sich im spärlichen Schein seiner Taschenfunsel behutsam und voll konzentriert in den Hecken, welche den Stellplatz mannshoch umgaben, voran. Wie aus dem Nichts baute sich urplötzlich eine Gestalt vor ihm im Dickicht auf und deren entsetzlicher Anblick ließ sein Blut schlagartig in den Adern gefrieren. Die weit aufgerissenen Augen der Kreatur schienen zu glühen, als er ihr ins verzerrt blickende Gesicht leuchtete. Fritz, sichtlich geschockt, machte hektisch einen Schritt zurück, stolperte über einen Begrenzungsstein und fand sich kurz darauf auf dem Rücken liegend wieder. Die unheimliche Kreatur setzte sofort nach, beugte sich über ihn und zischte dem Gefallenen erregt flüsternd ins Gesicht: »Ich hab ihn gesehen. Ja, er ist wieder da. Der Feuervogel kam zurück. Ich hab's euch immer gesagt, dass er eines Tages zurückkommt!« Und so unerwartet wie der angsteinflößende Fremde auf der Bildfläche erschienen war, so schnell verschwand er wieder im Dunkel der finsteren Novembernacht. Weller, dem der Schrecken in alle Glieder gefahren war, benötigte noch einige Minuten, um sich schwer atmend von diesem Vorfall zu erholen. Hinter sich fand er seine Lampe auf dem Boden liegend wieder, die ihm beim Sturz aus der Hand gefallen und ausgegangen war. Eilig lief er auf den Gehweg und die gepflasterte Niedergasse bis zur nächsten Querstraße hinunter, doch der mysteriöse Unbekannte war spurlos verschwunden. Er kehrte um und ging langsam zu seinem Wagen zurück. Erst jetzt wurde dem Kommissar bewusst, dass er während des Vorfalls noch nicht einmal in der Lage war, seine Dienstwaffe aus dem Schulterhalfter zu ziehen. »Das hätte auch ins Auge gehen können«, dachte er kopfschüttelnd bei sich. Letztlich machte ihm dieser Vorfall unmissverständlich deutlich, dass es Erfahrungen gab, die auch in einer noch so guten Ausbildung einfach nicht vermittelt werden konnten, und er anscheinend diesbezüglich noch viel zu lernen hätte. Doch was hatte diese zischende Gestalt mit seinem Fall zu tun, beziehungsweise hatte sie überhaupt etwas damit zu tun? Weller nahm sein Gepäck aus dem Kofferraum und begab sich in der Hoffnung auf passende Antworten zur Kneipe.

Die Wirtschaft war gut besucht. Schließlich war Freitagabend und das Angebot entsprechender, alternativer Unterhaltungsmöglichkeiten in Mayberg stark limitiert, oder besser gesagt schlichtweg nicht vorhanden. An der Theke, die sich links im Raum befand, standen einige Handwerker in ihrer verschmutzten Arbeitskleidung und palaverten über die Geschehnisse des Tages. An nahezu allen Tischen saßen vorwiegend Männer jeden Alters, sozusagen von achtzehn bis achtzig, die mehr oder weniger intensiv in ihre Unterhaltungen vertieft schienen. Die mittig im Lokal befindliche, mit rotbraun lackiertem Holz verkleidete Steinsäule, auf der in goldfarbigen Lettern *Stammtisch* gut sichtbar zu lesen war, wurde von einem runden Tisch umfasst. Daran hatte sich eine Gruppe von Männern, augenscheinlich alle jenseits der fünfzig, platziert, welche unüberhörbar über Kreismüller diskutierte und somit mit Abstand die lauteste Gesellschaft im Raum bildete. Die in der hinteren Wand eingelassene gläserne

Schiebetür stand sperrangelweit offen. Durch sie gelangte man von der eigentlichen Wirtschaft in den großen Saal, in dem nahezu alle Feierlichkeiten des Ortes, angefangen mit Fastnachts- und Kirmesveranstaltungen, über Vereinsversammlungen, bis hin zu Geburtstagen, Hochzeiten und Beerdigungskaffees, wie heute nach der Bestattung des alten Elzer, ausgerichtet wurden. Daneben befand sich die Kegelbahn in einem separaten Raum. Trotz der verschlossenen Tür war das lärmende Scheppern der umfallenden Pins, gefolgt von herzhaftem, weiblichem Gejohle kaum zu überhören. Eine Gruppe Halbstarker malträtierte den im vorderen Bereich des Saales platzierten Flipper-Automat aufs Heftigste. Einen weiteren Höhepunkt in der elektronischen Ausstattung der Kneipe bildete der an der cremefarbenen Decke hängende Ventilator, welcher sich zwar wild rotierend bemühte, für Frischluft zu sorgen, jedoch lediglich bezweckte, wie Weller es sarkastisch empfand, den reichlich vorhandenen Qualm von diversen Rauchwaren bis in die äußersten Ecken des Etablissements fein säuberlich zu verteilen. Da nun alle Gäste mit ihren Sachen beschäftigt waren, wurde Fritz zunächst kaum wahrgenommen. Nur Rosi, die heute Abend trotz des mysteriösen Todes ihres Stiefvaters hinter der Theke dem Gastwirt aushalf, erkannte ihn sofort und verfolgte ihn mit ihren Augen, als er quer durch den Raum auf die rechts neben der Schiebetür stehende Musikbox zusteuerte. Er stellte seine Tasche neben sich ab und studierte die angebotene Liederauswahl. Fast ausnahmslos hatte Anton Pohlert, der Wirt, sie mit deutscher Schlagermusik bestückt. Doch Weller staunte nicht schlecht, da sich tatsächlich *Light my fire* von *The Doors* dort hinein verirrt hatte. Er kramte ein silbrig glänzendes Fünfzigpfennigstück aus seiner Hosentasche, drücke E7 und der Wahlmechanismus wurde sogleich in Gang gesetzt. Kaum waren die ersten Takte erklungen, drehten sich die meisten Einheimischen zur Musikbox um und zu deren

Erstaunen erblickten ihre Augen einen Fremden. Raunen und missmutiges Kopfschütteln, aufgrund der getroffenen Titelwahl, machte die Runde. »Der muss sich wohl verlaufen haben!«, war unter anderem zu hören. Tohn, wie der Wirt von den Dörflern nur genannt wurde, bemerkte jetzt seinen neuen Gast, kam um die Theke herum und begrüßte Kommissar Weller herzlich. Der, sichtlich müde aufgrund des langen, nervenaufreibenden Arbeitstages, fragte ihn wie geplant nach einem Zimmer für die nächsten drei Nächte, was freudig vom Kneipier aufgenommen und sogleich bejaht wurde. Schließlich bedeutete dies eine nichteingeplante, zusätzliche Einnahme. Von dieser freudigen Nachricht beseelt, eilte Pohlert sofort zurück hinter die Theke, angelte aus einer Schublade den passenden Zimmerschlüssel und bat den Polizisten mitzukommen. Fritz folgte dem Wirt durch die links hinter der Theke befindliche Tür hinaus in den schwach beleuchteten Flur. Im Vorbeigehen kreuzten sich seine Blicke mit denen Rosis und sie grüßten sich kurz. Links vom Treppenaufgang befand sich die Küche und rechts davon die diversen Örtlichkeiten. Als Ergebnis dieser Konstellation herrschte im Gang ein anmutiges Flair, bestehend aus für Fritz undefinierbaren Essensgerüchen, garniert mit schalem, in Zigarettenqualm gehüllten Bierdunst und abgerundet vom typischen Duft der Toilettensteine. Der Hausherr schritt die Treppe in den ersten Stock des Gebäudes voran, wo außer den besagten drei Fremdenzimmern auch eine separate Gemeinschaftstoilette im Gang untergebracht war. Er selbst wohnte mit seiner Frau und den dreizehnjährigen Zwillingssöhnen in der Etage darüber. Tohn öffnete die Kammer mit der Nummer drei, welche am hintersten Ende des Flurs gelegen war und präsentierte sie so voller Stolz und Inbrunst, dass Fritz unweigerlich den Eindruck haben musste, er beziehe ein Luxus-Apartment. Dabei war das im Fünfzigerjahre-Design tapezierte Zimmer mit einem Doppelbett, einem schmalen Kleiderschrank und einem Stuhl eher schlicht möbliert. Aus Platzgründen war nur am rechten Kopfende des Bettes ein Nachttisch angebracht. Auf der linken Seite hatte der Wirt, wie es den Anschein hatte, eine alte, bei sich ausrangierte Stehlampe postiert. Zum Frischmachen gab es dazu noch ein kleines Waschbecken. »Wahrlich nichts Besonderes, aber zumindest ist es sauber«, wie Weller bei sich bemerkte. Der Besitzer des Lokals drückte ihm hastig den Zimmerschlüssel mit der Bemerkung »das Finanzielle regeln wir dann morgen früh« in die Hand und war bereits zur Tür hinaus, da unten im Lokal scharenweise ausgetrocknete Kehlen vorhanden waren, deren Durst nach reichlich Bier, Schnaps und Wein gestillt werden musste. »Nicht so schnell! Eine Frage habe ich noch an Sie!«, rief der Kommissar ihm nach und Pohlert kam etwas widerwillig aber gehorsam zurück. »Zum Kreismüller habe ich Ihnen und Ihrem Kollegen heute früh doch alles gesagt, was ich weiß«, entgegnete er achselzuckend mit leichtem Unverständnis in seinem Blick. »Sie hat vielleicht mit dem Mord überhaupt nichts zu tun«, erklärte der junge Polizist mit einem geheimnisvollen Unterton in seiner Stimme. Dann legte er, um die Neugier des Wirts noch weiter zu schüren, eine kurze Atempause ein, räumte einen Teil seiner Kleidung aus der Tasche und legte die Sachen aufs Bett. Dieser kleine Kunstgriff Wellers verfehlte seine Wirkung nicht. Plötzlich war das Treiben in der Wirtschaft für Tohn zweitrangig. Sprichwörtlich gespannt wie ein Flitzebogen aufgrund des mysteriösen Verhaltens seines unerwarteten Gastes, konnte er es kaum erwarten, dass dieser nach endlos wirkenden Momenten des Schweigens endlich die Unterhaltung weiterführte. »Kennen Sie jemanden, der hier bei Nacht und Nebel im Ort umherschleicht, sich in den Gebüschen versteckt und dazu mit seiner grimmigen Visage irgendwas von der Wiederkehr des Feuervogels faselt?« Als Anton diese Worte aus dem Mund des Polizisten hörte, wich die

Anspannung aus seinem Gesicht und er lachte lauthals: »Ja, DEN gibts hier wirklich! Sie sind unserem Justus begegnet. Die Leier vom Feuervogel erzählt er eigentlich immer. Aber ehrlich gesagt, zum einen versteht hier im Dorf niemand, was oder wen er mit dieser Titulierung meint und zum anderen ist er gelinde gesagt nicht der Hellste, wenn sie verstehen was ich meine.« Der Wirt fand die Art und Weise, wie Weller den armen Justus beschrieb, höchst amüsant. Mit dem Hemdsärmel trocknete er sich seine Wangen, über die wahre Sturzbäche von Tränen während der Lachattacke geflossen waren und schob anschließend noch eine kleine Anekdote nach: »Neulich früh habe ich ihn zum Bäcker geschickt, Brötchen kaufen. Nachdem wir fast eine geschlagene Stunde auf seine Rückkehr gewartet hatten, wollte ich gerade selbst losgehen, als er just in dieser Sekunde um die Ecke bog. Auf meine Frage hin, wo er denn so lange gesteckt habe, gab der Vogel lapidar in seiner naiven Art zur Antwort, dass er Hunger hatte. Als wir dann unsere Brötchen sahen, wurde uns augenscheinlich klar, was er gemeint hatte. Ist der Eumel doch tatsächlich hingegangen und hat mit seinen Drecksfingern alle zehn Brötchen feinsäuberlich ausgehöhlt und den weichen Innenteil verspachtelt. Aber glauben Sie mir, der Justus tut keiner Fliege was zuleide. Und wenn Sie ihn erst bei Tageslicht zu Gesicht bekommen, werden sie sehr rasch feststellen, dass diese halbe Portion eigentlich auch ganz harmlos aussieht.« Mit der letzten Bemerkung, quasi eine Lanze für Justus brechend, beendete Anton seine Ausführungen. »Nicht ganz klar in der Rübe oder harmlos wirkend, völlig egal! Ich werde diesem Nachtfalter auf jeden Fall in den nächsten Tagen noch einen Besuch abstatten.« Kommissar Weller zeigte mit diesen energischen Sätzen seinem Gastgeber, dass man ihn so schnell nicht mit einfachen Erklärungen abspeisen konnte. »Wo wohnt denn der Knabe?«, wollte Fritz noch von Pohlert abschließend wissen, bevor der sich in seine Kneipe verdrückte. Tohn, inzwischen wieder auf die kleinlaute, obrigkeitstreue Seele zusammengeschrumpft, die er normalerweise war, gab dem jungen Polizisten die geforderten Daten, welche dieser sich akribisch in einem kleinen Schreibblock notierte, und zog die Zimmertür behutsam hinter sich zu. Die nächste Herausforderung, welche sich Fritz in den Weg stellte und einer sofortigen Lösung bedurfte, war zu entscheiden, ob er es bevorzugte zu erfrieren, oder die abgestandene Luft in seinem temporären Domizil zu ertragen. Nach kurzem Überlegen öffnete er das Fenster, welches nach vorne hinaus zur Straßenseite gelegen war. Doch diese Aktion war nur von mäßigem Erfolg gekrönt. Denn bereits nach wenigen Sekunden drückte sich der Zigarettenqualm aus der darunter liegenden Kneipe in die Kammer. Weller hatte nicht bedacht, dass auch die unteren Fenster gekippt waren. Zudem war nun auch der Lärm, den die übrigen Gäste in der Wirtschaft veranstalteten, noch deutlicher zu hören. »Na, ob das so eine gute Entscheidung war, hier zu übernachten«, dachte der Kommissar aufgrund dieser Umstände zweifelnd bei sich und schloss es wieder. Nachdem Fritz seine Tasche ausgepackt, die Kleidung im Schrank verstaut und sich frisch gemacht hatte, knipste er die ungemütlich grelle, mit einer Hundert Watt Birne bestückte Deckenlampe aus. Er verriegelte die Tür von außen und ging von Hunger und Durst getrieben noch einmal zurück in die Gastwirtschaft. Am linken Ende der Theke erspähte er tatsächlich noch einen freien Hocker, auf dem er sich sogleich niederließ. Rosi, die ihn direkt bemerkt hatte, kam auf Fritz zu und fragte ihn lächelnd nach seinen Wünschen. Rechts von ihm standen noch immer zwei Handwerker in ihren dreckigen Klamotten und musterten jede Bewegung, ja jedes Wort, des ihnen Unbekannten haargenau. Sie schauten regelrecht ungläubig aus der Wäsche, als sich ihr Thekennachbar nur ein Mineralwasser und dazu drei belegte Brote mit Wurst und Käse bestellte. Denn mit diesem Getränk war Weller die absolute Ausnahme im gesamten Lokal. »Hey Pitter, warum trinke ich kein Wasser?«, fragte der Dicke den Hageren so laut, dass alle Gäste, die sich in deren Umkreis aufhielten, es unweigerlich mit anhören mussten. Sein Saufkumpan blickte ihn ahnungslos an und zuckte mit den Schultern. »Weiß ich nich, Jupp«, antwortete er. »Na gut, ich sags dir. Weils die Fische darin treiben!« Und mit einer provozierenden, ja abfälligen Handbewegung in Richtung des Kommissars löste Jupp das Rätsel hämisch grinsend und sein vermeintliches Opfer mit starrem Blick fixierend auf. Alle umherstehenden Gäste hielten sich ihre Bäuche vor Lachen. Der Dürre drehte sich zur Bedienung um und grölte in seiner rauen, versoffenen Stimme: »Hey Rosi, komm mach dem mal was Richtiges zu trinken!« Dazu zeigte er mit seinen schmutzigen Händen auf die Kombination vor sich, bestehend aus einem Pils und einem Klaren, welche hier wohl allem Anschein nach massenhaft vertilgt wurde. Jedenfalls hatten zahlreiche andere Gäste ebenfalls diese Zusammenstellung, im Volksmund auch *das kleine Herrengedeck* genannt, auf ihren Tischen stehen. Weller schaute dem Fetten mit finsterer Miene ins Gesicht und betonte scharf, dass er nur Wasser bestellt habe und sie den Fusel ruhig alleine trinken könnten. Es schien so, als hätten die beiden Krakeler nur auf diese Art von Reaktion gewartet. Sie sprangen von ihren Hockern auf und wollten dem Fremden an den Kragen. Doch zu deren Pech hatte der junge Kommissar längst erkannt, was sich hier anbahnte und war auf die Attacke bestens vorbereitet. In Sekundenbruchteilen lag der dürre Pitter auf dem Boden und sein Kollege fand sich im schmerzhaften Polizeigriff, mit der linken, verschwitzten Gesichtshälfte auf einen Tisch hinuntergedrückt wieder. Gastwirt Pohlert, der gerade aus dem Saal zurückkehrte, ging sofort zwischen die Streithähne und beruhigte die erhitzten Gemüter. Mit den Worten »Mensch Leute, das ist doch einer der

Kommissare aus Burgstadt, die den Mord am Kreismüller untersuchen« sorgte er unter dem entsetzten Staunen der Krawallbrüder für Ruhe, die sich anschließend reumütig beim Polizisten entschuldigten, wieder ihre angestammten Plätze einnahmen und leise miteinander weiter tuschelten, ganz so, als wenn nichts geschehen wäre. Während dieser Szene war es plötzlich mucksmäuschenstill im Lokal geworden und man konnte sprichwörtlich eine Stecknadel fallen hören. Doch nachdem sich die Lage nun wieder beruhigt hatte, schwoll der Geräuschpegel allmählich wieder auf die gängige Lautstärke an, da sich auch die anderen Gäste jetzt wieder ihren eigentlichen Themen widmeten. Eine Frauenstimme rief Rosi zu sich in die Küche und wenig später erschien diese wieder mit einem großen Teller üppig belegter Brote im Lokal. Inklusive des bestellten Mineralwassers servierte sie Fritz freundlich lächelnd die Mahlzeit und wünschte ihm einen guten Appetit. Gemeinsam mit dem Wirt verschwand sie anschließend im Durchgang zum Saal, um kurz darauf ein schwer beladenes Tablett leerer Gläser von der Kegelbahn zum Spülen an die Theke zu bugsieren. So wie es aussah, hatte der illustre Damenkegelclub inzwischen seine Aktivitäten für heute Abend beendet. Denn mit einem Mal verließen ungefähr zehn Frauen mittleren Alters, sich von Tohn und den anderen Gästen überschwänglich und lautstark verabschiedend, die Wirtschaft. Gegen dreiundzwanzig Uhr dreißig, nachdem Weller seinen Hunger und Durst gestillt hatte, wünschte er den verbliebenen Anwesenden eine gute Nacht und kündigte sich bei Rosi im Hinausgehen für den nächsten Morgen an. Schließlich seien zu diesem Zeitpunkt laut ihrer Aussage von heute Mittag alle Familienmitglieder im Gut anwesend und er habe noch einige offene Fragen, die geklärt werden müssen. Sie brachte ihrerseits nur noch ein leises »dann bis morgen und schlafen Sie gut« heraus. Der Gesichtsausdruck, welchen die Stieftochter des Opfers dem

Polizisten als Reaktion auf dessen Vorhaben entgegenbrachte, war für ihn nur schwer zu deuten. Für Weller glich er einer seltsamen Mischung aus ungetrübter Freude, sich so bald wieder zu sehen, gepaart mit der schieren Angst, dass er etwas Unfassbares aufzudecken vermochte. Fritz legte sich hundemüde ins Bett und zu seinem Glück waren die meisten Gäste ebenfalls bereits nach Hause gegangen. So war bis zur Sperrstunde gegen ein Uhr in der Früh das Stimmengewirr aus der Kneipe nur noch als leises Murmeln im Zimmer zu vernehmen. Seine Gedanken kreisten unaufhörlich um Rosi und das, obwohl er mit Karin seit Jahren liiert war. »Mensch Junge, du hast eine Freundin und du willst hier einen Mordfall aufklären, also reiß dich gefälligst zusammen!«, versuchte er sich energisch auf das Wesentliche zu fokussieren und schlief gleich darauf ein. Irgendwann in der Nacht, im Taumel des Halbschlafs, war ihm so, als vernehme er leise Schritte auf dem mit Teppich ausgelegten Gang, die langsam näher kommend vor seiner Kammertür stoppten. Einen Moment später schreckte ihn ein lautes Scheppern im Treppenhaus jäh auf. Gastwirt Pohlert hatte endlich gegen halb drei Feierabend gemacht und die Eingangstür zu seiner Wohnung etwas zu schwungvoll ins Schloss geworfen. Die restlichen Stunden der Nacht verliefen ohne besondere Vorkommnisse und alle genossen ihren wohlverdienten Schlaf, bis das frühmorgendliche Krähen der zahlreichen Hähne den nächsten Tag einläutete.

Kapitel 10

Das kümmerliche Licht des spätherbstlichen Sonnenaufgangs quälte sich mühsam durch den handbreiten Spalt, welchen die beiden dunklen Stoffvorhänge in der Mitte des Fensters offen ließen. Fritz, noch ein wenig schlaftrunken, kletterte behäbig aus dem Bett. Aufgrund der steinharten Matratze schmerzte sein Rücken und er spürte nahezu jeden einzelnen Knochen. Nachdem er sich unter lautem Stöhnen gründlich gereckt und einige Dehnungsübungen ausgeführt hatte, kehrten langsam die Lebensgeister in seinen Körper zurück. Schnell zog Weller nun seinen dunkelblauen Trainingsanzug, zusammen mit den hellen Laufschuhen an. Und um der Kälte vorzubeugen, hatte er noch wollene Handschuhe sowie eine Strickmütze im Gepäck, die er dazu überstreifte. So begab er sich nach einem Kontrollblick auf seine Armbanduhr wenige Minuten nach halb acht auf die ihm nahezu unbekannte Strecke. Für Fritz war das Laufen der ideale Ausgleich zu seiner Tätigkeit bei der Polizei. Immer wenn es seine Dienstzeit zuließ, trabte er in den Abendstunden drei- bis fünfmal pro Woche durch die beleuchteten Rheinauen Burgstadts. Er brauchte die frische Luft um die Nase. Ganz besonders nach Tagen, an denen er durch die Erledigung lästiger Büroarbeit förmlich an seinem Schreibtisch gefesselt war. »Und jetzt kann ich sogar das Nützliche mit dem Angenehmen verbinden. Denn einerseits bietet sich die Gelegenheit, neue Strecken unter die Füße zu nehmen und andererseits bekomme ich vielleicht die Möglichkeit, etwas Interessantes zu erhaschen, das uns in diesem Fall weiter bringt.« Von diesen Vorsätzen beflügelt führte ihn der Weg in lockerem Tempo zunächst rechts die Niedergasse hinauf zur Dorfstraße, in die er dann nach links in Richtung Ortsmitte abbog. Der kühle Novemberwind fegte die letzten braunen, vertrockneten Blätter von den Bäumen der Vorgärten und wirbelte sie wie ein Mobile durch die Luft. In den schmalen Gässchen des alten Dorfkerns fühlte sich der Läufer, als hätte er soeben eine unsichtbare Pforte, gut fünfzig Jahre zurück in die Vergangenheit, durchschritten. Der Fahrbahnuntergrund bestand fast ausschließlich noch immer aus Kopfsteinpflaster. Ausgenommen davon waren einige kurze Teilstücke der Dorfstraße, die mehr oder weniger zweckmäßig mit Teer ausgebessert waren. Die dunklen, aus Basaltstein errichteten Gebäude taten ihr Übriges dazu. Bei einem Bauernhof, an dem er vorbeilief stand das eiserne Tor weit offen und Fritz musste unweigerlich hineinschauen. Die Szene, welche sich ihm hier darbot, kannte er eigentlich nur aus Erzählungen von früher. Ein alter Mann, nur in weißem Feinrippunterhemd, schwarzer Stoffhose, die Hosenträger herunterhängend, Pantoffeln an den Füßen mit der Zeitung unterm Arm, schlurfte durch den Hof. Sein Ziel war das neben dem qualmenden Misthaufen befindliche Plumpsklo. Nachdem er die Holztür knarrend aufgezogen hatte, konnte Weller für einen kurzen Moment ein in Sitzhöhe angebrachtes Holzbrett mit topfgroßem Loch erkennen, auf dem sich der Greis mit heruntergelassener Hose, erleichtert seufzend niederließ. Weitere Einzelheiten blieben dem Stadtmenschen aufgrund der eingeschlagenen Laufgeschwindigkeit glücklicherweise erspart. Letztlich waren es die vereinzelten neuen, hellgestrichenen Häuser, die zeitgemäßen Fahrzeuge und die mit elektrischem Strom betriebenen Straßenlaternen, welche dem Betrachter klar machten, sich doch im Jahre 1967 zu befinden. Fritz grüßte jeden, der ihm auf seiner Runde begegnete, mit einem freundlichen »guten Morgen«. Doch die wenigen Passanten, die um diese Uhrzeit schon unterwegs waren, wunderten sich doch sehr, dass hier einfach jemand, und dazu noch ein Fremder, mehr oder weniger grundlos in der Gegend umher lief. »Die schauen mich an, als wäre ich ein Außerirdischer«, murmelte er schmunzelnd vor sich hin.

Im Dorf gab es zwar einen Sportverein, den TUS Mayberg 1902, der aber außer Fußball keine weitere Disziplin zu bieten hatte. In Ermangelung eines Fußballplatzes hatte sich der Klub nach dem Krieg zu einer Spielgemeinschaft mit Kottenhausen zusammengetan. In dessen sogenanntem *Waldstadion*, objektiv betrachtet ein besserer Rübenacker, wurden die Heimpartien unter großem Zuspruch der Bevölkerung ausgetragen. Doch da sich das vorhandene Talent und der Trainingsfleiß umgekehrt proportional zur Trinkfreude der Akteure verhielten, war der sportliche Erfolg allerdings recht überschaubar. Denn das sogenannte Aushängeschild des Vereins, die erste Herrenmannschaft, krebste seit Längerem recht sang- und klanglos in den Niederungen der zweituntersten Kreisliga herum. Vor dem Krieg musste es einmal anders gewesen sein, wie die zahlreichen Urkunden und Pokale belegten, welche in einer Glasvitrine in Pohlerts Kneipe ausgestellt waren. Sportarten wie Leichtathletik oder Handball, von Modernem Fünfkampf ganz zu schweigen, stießen bei den meisten Dörflern nur auf geringes Interesse. Den Eingeborenen waren Namen wie Armin Hary, Emil Zatopek, oder Jesse Owens und deren Leistungen zwar geläufig, sie selbst wären jedoch aus den unterschiedlichsten Beweggründen nie auf die Idee gekommen, ihnen nachzueifern. Geschätzte dreihundert Meter war Fritz nun entlang des friedlich vor sich hin plätschernden Segbachs gelaufen. Da erreichte er die Stelle, an der das Flüsschen mittels Betonrohren unter der Eisenbahnlinie hindurch, von den umliegenden Auen kommend, in Richtung Dorf geleitet wurde. Da augenscheinlich auf der gegenüberliegenden Seite kein Weg weiterführte, war er gezwungen, nach links in die Bahnhofstraße abzubiegen, wo er entlang einiger hübscher neugebauter Einfamilienhäuser in Richtung Kirche seine Runde fortsetzte. Nur ein paar Schritte nach dem Passieren des neben dem Gotteshaus gelegenen Friedhofs steuerte er bereits wieder auf die Dorfstraße zu. An der Hauptverkehrskreuzung des Ortes angelangt, stieß Weller fast kerzengerade auf die Gebäude eines Bauernhofs, die ihm doch gleich bekannt vorkamen. Es war zwar schon fast dunkel, als er gestern mit seinem Kollegen hier gewesen war, doch es musste sich dabei um das Anwesen der Maiers handeln. Er verlangsamte sein Tempo deutlich und stoppte vor der Einfahrt. Da sie weder gepflastert noch in sonst einer Form befestigt war, hatten die Reifen von einigen Fahrzeugen ihre Abdrücke im Matsch hinterlassen. Bei dem ganzen Durcheinander fielen dem Kommissar neben denen von Maiers Traktor auch solche von breiteren Pneus auf, welche sich tief in den Boden eingegraben hatten. Daher schätzte er, dass sie gut von einem schweren PKW, wie es der Mercedes des Mordopfers nun mal war, herrühren konnten. Und wenn er sich recht erinnerte, besaß Maier neben seinem Traktor nur einen alten VW Käfer.

Vertieft in die Analyse der Spuren, bemerkte der Polizist nicht, dass Frau Maier plötzlich neben ihm stand. Sie war gerade mit Geschirrspülen beschäftigt und hatte aus dem Küchenfenster erblickt, dass ein Fremder neugierig in der Hofeinfahrt herumschnüffelte. Doch einen Moment später erkannte sie den Mann als einen der Polizisten vom Vortag wieder. In aller Eile hatte sie sich den Morgenmantel übergeworfen, war in die schwarzen Gummistiefel geschlüpft und hatte ihre zerzausten Haare mit einem grün-braun gemusterten Kopftuch bedeckt. Fritz erschrak ein wenig, als sie ihn begrüßungslos mit den Worten »Gestern Abend haben wir Ihnen nicht alles erzählt« von der Seite ansprach. Der kleine Schreck war schnell verflogen, als der Beamte sah, in welcher Montur Frau Maier neben ihm stand und er musste sich ernsthaft zwingen, dass er nicht laut loslachte. Und wie es die beiden Kommissare bereits vermutet hatten, bestätigte sich nun, dass ihr noch etwas unter ihren Nägeln brannte. »Heinrich war vorgestern Abend genau um zwanzig

Uhr bei uns. Die Tagesschau hatte gerade angefangen. Er machte Werner das Angebot, seine Felder unter der Bedingung verkaufen zu wollen, wenn wir ihm im Gegenzug unserem Hof überschreiben. Er würde uns natürlich noch so lange hier wohnen lassen, bis wir eine neue Bleibe gefunden hätten, er sei ja schließlich kein Unmensch. Werner ist daraufhin ausgerastet und hat diesen unverschämten Menschen lauthals vom Hof gejagt. Dass er sich zum Teufel scheren solle, rief er ihm noch nach. Aber Sie müssen mir glauben, er blieb zu Hause und hat ihn nicht ermordet. Wenn Sie Zeugen brauchen, fragen Sie doch einfach das alte Gretchen von gegenüber. Sie hängt immer mit ihrer vorwitzigen Nase hinter der Gardine und bekommt eigentlich alles mit, was sich im Dorf so abspielt.« Renate Maier wirkte, als wäre eine zentnerschwere Last von ihren schmalen Schulen gefallen und blickte den Polizisten erwartungsvoll an. »Warum haben Sie uns das nicht schon gestern Abend erzählt?«, fragte er mit einer Portion Unverständnis in seiner Stimme. »Da mein Mann für Sie sowieso schon ein Verdächtiger war, wollte ich seine Lage nicht noch mehr verschlimmern«, antwortete sie seltsam gehemmt nach unten schauend. »Wir überprüfen alle Aussagen und wenn ihre Angaben zutreffen, braucht ihr Mann nichts zu befürchten«, beruhigte Weller die Frau. »Ist er auch zu Hause?«, wollte Fritz noch wissen, bevor er sich wieder auf seine Laufstrecke begab. »Er ist nach St. Josef zu unserer Hausbank. Es geht um die Verlängerung des Kredits. Wir brauchen ihn dringend, damit wir überhaupt eine Chance haben, wieder auf die Beine zu kommen.« Aus ihren Worten klang die Angst alles aufgeben zu müssen, aber auch ein Fünkchen Hoffnung war durchaus spürbar. Fritz hatte erst ein paar Schritte nach der kurzen Verabschiedung von Frau Maier zurückgelegt, als eine alte Frauenstimme ihm laut »Herr Polizist, Herr Polizist« nachrief und er zähneknirschend umkehrte. Im gegenüberliegenden Haus von Maiers

Bauernhof war eine grauhaarige Oma in geblümter Kittelschürze zu erkennen. Sie hing praktisch mit ihrem gesamten Oberkörper aus einem der im ersten Stock befindlichen Fenster und drohte jeden Moment vornüber auf die Straße zu fallen. »Ich heiße Gretchen Kleinschmidt und ich habe den Heinrich vorgestern Abend noch gesehen. Ich weiß es ganz genau, denn die Tagesschau war gerade vorbei und plötzlich war von Gegenüber ein lautes Gezeter zu hören. Ich sah wie Werner den Kreismüller mit beiden Händen am Kragen hatte und ihn mächtig schüttelte. Der machte sich jedoch frei, sagte noch was, das ich aber nicht verstanden habe, stieg in seinen dicken Wagen und fuhr mit durchdrehenden Rädern aus der Einfahrt. Werner stand noch eine Weile einfach so da und ging dann wieder ins Haus!« Das konnte nur die schrullige Alte sein, die Maiers Frau eben als mögliche Zeugin zum Beweis der Unschuld ihres Mannes ins Spiel gebracht hatte. Sie schien ganz begierig darauf zu sein, ihren Teil zu der mysteriösen Geschichte beitragen zu wollen. Weller, der endlich seine Runde fortsetzen wollte, dämmte ihren Redeschwall kurz und bündig mit der Bemerkung ein, dass Kollegen vorbeikommen werden, um die Aussage aufzunehmen. Nur zu gerne hätte Gretchen dem Kommissar ihre Einschätzungen und Mutmaßungen detailliert zu Protokoll gegeben. Doch nachdem dieser unverschämte, junge Schnösel sie so harsch abgewürgt hatte, schloss sie beleidigt das Fenster.

Fritz erhöhte nun sein Tempo und lief aus dem Ort hinaus in Richtung Kottenhausen. Das Kreismülleranwesen, umsäumt von brachliegenden Feldern und Wiesen, war für den Läufer von dieser Position aus gut zu erkennen. Jemand hatte gerade hinter einem der oberen Fenster das Licht angeschaltet. »Na, sie scheinen auch schon wach zu sein«, mutmaßte der Beamte. Der allgegenwärtige Mistgeruch verringerte sich zwar beim Verlassen der Ortschaft, war jedoch trotzdem in abgeschwächter Form auch in der näheren Umgebung Maybergs ständig präsent. Weller bog nach links von der befestigten Straße in einen Feldweg ab. Dieses Teilstück diente den hiesigen Bauern als Abkürzung, um mit den Traktoren zu ihren Feldern und Wiesen zu gelangen. Dementsprechend holprig offenbarte sich dem Sportler der Pfad und Fritz pendelte fortwährend zwischen der mittig gelegenen Grasnarbe und einer der ausgefahrenen, ruppigen Fahrrinnen hin und her. Er stieß nun auf die Landstraße, deren Überquerung aufgrund des kaum vorhandenen Verkehrs gefahrlos zu bewerkstelligen war. Mit Erleichterung stellte er fest, dass die Fortführung des Feldwegs nun ein wesentlich angenehmeres Geläuf vorzuweisen hatte. Der Untergrund war nicht matschig und dazu erstaunlich eben. So machte ihm das Laufen Spaß und er legte nochmals eine Schippe drauf. Der Weg verlief ständig in einigen hundert Metern Abstand parallel zum Ort, bis er sich in zwei Richtungen aufgabelte, wovon der eine entlang des Segbachs von Mayberg wegführte und sich in den Weiten der Auen verlor. Der andere Zweig leitete den Passanten wieder zurück zur Landstraße und er fand sich an der Ortseinfahrt, welche sie gestern von Burgstadt kommend genommen hatten, wieder. Von wenigen leichten Steigungen abgesehen, die sich im Ort selbst befanden, war die Runde wenig profiliert, oder wie Fritz in diesen Fällen zu sagen pflegte, sie war flach wie ein Brett. Gegen neun Uhr erreichte er wieder seinen Ausgangspunkt. »Glück gehabt«, sagte er zu sich, denn just in diesem Augenblick begann es heftig zu regnen. Beim Öffnen der Eingangstür des Lokals stieß Fritz beinahe mit dem Wirt zusammen. Pohlert staunte nicht schlecht, als der Polizist ihm berichtete, wo er überall entlanggelaufen war und lud ihn ohne lange zu zögern ein. »Wenn Sie möchten, dann können Sie gerne bei uns duschen. Samstags ist nämlich unser großer Waschtag. Da kommt die komplette Familie nacheinander in die Wanne. Vor einer guten Stunde habe ich bereits den Ofen im Badezimmer angeworfen. Hm, das Wasser müsste eigentlich mittlerweile heiß genug sein. Und anschließend frühstücken Sie natürlich mit uns.« Weller kam dieses Angebot sehr recht, denn die Vorstellung, sich an dem winzigen Waschbecken in seiner kalten Kammer frisch machen zu müssen, hatte ihm nicht sonderlich behagt.

Nach wenigen Minuten klopfte Fritz mit Waschzeug und frischer Kleidung bewaffnet an die Wohnungstür der Pohlerts. Die Frau des Hausherren öffnete sie sogleich und geleitete ihren Gast ins Badezimmer. Tohn hatte nicht zu viel versprochen. Der Ofen brummte auf vollen Touren und hatte den kleinen, fensterlosen Raum bullig warm aufgeheizt. Weller musste kräftig durchschnaufen. Denn für Jemanden, der fast anderthalb Stunden draußen in der Kälte bei Temperaturen von höchstens fünf Grad Celsius unterwegs gewesen war, wirkten diese geschätzten vierzig Grad mehr wie der sprichwörtliche Hammer vor den Kopf. Glücklicherweise entwich ein Teil der Wärme beim Öffnen der Zimmertür in den unbeheizten Flur. Frau Pohlert zeigte Fritz noch, wo sich die Küche befand, um ihn anschließend seinem Schicksal zu überlassen. Schnell hatte er sich seiner durchgeschwitzten Laufsachen entledigt und stieg vorsichtig in die emaillierte weiße Wanne. Weller nahm die Brause aus der seitlichen Halterung. Er drehte den Warmwasserhahn voll auf. Zu seinem Leidwesen musste er jedoch bereits nach wenigen Sekunden schmerzhaft feststellen, dass das Wasser aus dem türrahmenhohen, zylinderförmigen, auf dem Ofen montierten Speicher die gefühlte Raumtemperatur noch um Längen übertraf. Zudem ließ sich das verdammte Ding irgendwie nicht regulieren. Der Duscher hatte eigentlich nur die Wahl zwischen kochendheiß und eiskalt. Die Einrichtung eines erträglichen Mittelwertes hatte der Konstrukteur dieser Teufelsapparatur, so wie es den Anschein hatte, nicht eingeplant, oder so gut versteckt, dass sie

Weller zunächst verborgen blieb. Da um die Wanne herum kein Duschvorhang als Spritzschutz aufgehängt war, hatte er zudem nach kurzer Zeit den Raum fast vollständig geflutet. Doch er nahm sich den Herausforderungen an, was sollte er in dieser Lage auch anderes machen, und fand bald darauf wider Erwarten eine brauchbare Einstellung. Und nachdem er sich abgetrocknet, eingekleidet, frisiert und das beige gekachelte Badezimmer mit seinem zweiten Handtuch komplett gewischt hatte, ließ sich der Kommissar am üppig gedeckten Frühstückstisch der Wirtsfamilie nieder. Zu erwähnen bliebe an dieser Stelle noch, dass bei Wellers Duschorgie gut die Hälfte des erhitzten Wasser draufgegangen war, was der Verschwender dem Heizer wenn überhaupt, erst nach der Mahlzeit zu offenbaren gedachte. Die Küche war wie die übrige Wohnung eher schlicht eingerichtet. Die Zwillingssöhne Günther und Harald saßen bereits auf der mit blaukariertem Kunststoff bezogenen Eckbank hinterm Tisch und mampften mit dicken Backen ihre Brote. Beide starrten den Polizisten mit großen Augen fortwährend an, als erwarteten sie, dass dieser ihnen nun eine spannende Räuberpistole zum Besten gab. Doch er tat den Jungen diesen Gefallen nicht. Jetzt sah er auch den Grund für den Appetit anregenden Geruch, der ihm bereits im Flur entgegen gestömt war. Denn auf dem Speiseplan der Pohlerts stand heute Rührei, sozusagen zur Feier des Tages. Anton hatte eben den Schinken angebraten, währenddessen seine Frau nicht weniger als zehn Eier in eine weiße Keramikschüssel aufgeschlagen und ordentlich mit einer Gabel durchgequirlt hatte. Nun verfrachtete der Küchenchef den knusprigen Schinken auf einen bereitgestellten Teller, goss die flüssige Eiermasse hinein in die heiße Pfanne und stellte sie zurück auf die Herdplatte. Unter Zuhilfenahme eines hölzernen Kochlöffels rührte er die gelbe Suppe vorsichtig um, bis sie ihren optimalen Aggregatzustand erreicht hatte. »So, noch mit Pfeffer, Salz und Schnittlauch abschmecken ... fertig!!«, jubilierte Pohlert. Und nur zwei Minuten später stand ein reichlich gefüllter Teller dampfend vor Fritz auf dem Tisch. Zunächst wurde so gut wie nichts gesprochen und es war außer dem Schmatzen der Zwillinge kein Laut zu vernehmen. »Stammen sie aus Burgstadt?« Tohn hatte bereits gestern aufgrund der Sprache des Kommissars bemerkt, dass er nicht aus der hiesigen Gegend kam und durchbrach nun mit dieser Frage die Essensgeräusche. Fritz gab ihm bereitwillig Auskunft über Berlin, die Familie, seine Freundin Karin, die in ein paar Wochen endlich zu ihm zieht und sein Leben in Burgstadt. Alle lauschten seinen Ausführungen andächtig. Da er vermutete, sein Gastgeber wollte ihn über diesen Umweg zum Ermittlungsstand im aktuellen Fall aushorchen, erwähnte er jedoch mit keiner Silbe seine Arbeit bei der Polizei. Und nachdem sich Fritz gut gestärkt, sowie mehrfach bekräftig hatte, dass er absolut satt sei und er wirklich nichts mehr herunterbekommen würde, bedankte er sich bei seinen Gastgebern für dieses Mahl. Er musste den Dörflern doch tatsächlich zugestehen, dass sie hervorragend zu kochen verstanden, was nicht zuletzt auch am frisch aufgebrühten Kaffee lag. Nur mit der angebotenen Blut- und Leberwurst, im Volksmund *Flönz* genannt, konnte er sich zumindest zum Frühstück nicht anfreunden. Zu allem Anderen, angefangen von selbstgemachter Brombeermarmelade, Käse, den Rühreiern, frischem Schwarzbrot und natürlich dem besagten Kaffee, würde er sich jederzeit gerne wieder einladen lassen. »Mensch, du musst Winfried ja noch anrufen!«, schoss es dem jungen Polizisten plötzlich durch den Kopf. Fast hatte er ihre Abmachung von gestern Abend verschwitzt. Fritz fragte den Wirt, ob er das Telefon in der Kneipe benutzen dürfe, was dieser mit einer selbstverständlichen, generösen Geste bejahte. Den Vorschlag Pohlerts, dass er auch von der Wohnung aus ungestört telefonieren könne, lehnte er dankend ab. Sein Bauchgefühl sagte ihm, dass diese

Wände mit Sicherheit Ohren hatten. Daher eilte der Polizist schnell die zwei Etagen hinunter ins Lokal, griff sich den Hörer des im Thekenschank befindlichen schwarzen Bakelit-Telefons, um kurz darauf zwei für ihn weniger erbauliche Feststellungen zu machen. Erstens überzog eine schmierige Fettschicht den kompletten Apparat und zweitens war kein Freizeichen zu vernehmen. Auch mehrmaliges, hektisches Herunterdrücken der Gabel änderte die Sachlage nicht. Es konnte auch technisch nicht funktionieren, da man zuvor den Hebel des Umschalters, der im Thekenschrank montiert war, umzulegen hatte. Denn solange kein Betrieb in der Wirtschaft war, schaltete Pohlert damit die Leitung auf das Telefon in der Wohnung um. Diesen kleinen aber entscheidenden Hinweis hatte Tohn vergessen, dem Polizisten mitzuteilen. Da Fritz nicht durch das Treppenhaus nach dem Wirt brüllen wollte, blieb ihm nichts anderes übrig, als sich wieder zurück in den zweiten Stock zu dessen Wohnung zu begeben. Er fluchte vor sich hin und nahm zunächst jeweils zwei, drei Stufen locker mit einem Schritt. Doch spätestens mit dem Erreichen der ersten Etage musste er dem üppigen Frühstück Tribut zollen, denn sein voller Magen wirkte wie schwerer Ballast. Angesichts dieser Umstände klopfte er japsend an die Wohnungstür der Wirtsfamilie. Einer der Zwillinge öffnete und Fritz bat ihn, seinen Vater an die Tür holen. Der erschien auch sofort im Flur, den Oberkörper nur mit einem weißen Feinripp-Unterhemd bekleidet und Rasierschaum im Gesicht. Tohn schlug sich mit seiner flachen Hand vor die Stirn, als er von besagtem Missstand hörte, entschuldigte sich mehrmals und gab dem Kommissar nun den entscheidenden Hinweis. Mit leicht genervtem Unterton in seiner Stimme bedankte sich der Kommissar, polterte durch das Treppenhaus wieder in die Wirtschaft und tat wie ihm sein Gastgeber aufgezeigt hatte. Und tatsächlich: Freizeichen! Fritz betätigte die schmierige Wählscheibe des Gerätes sicherheitshalber mit Hilfe seines Bleistiftes. Den schmuddeligen Hörer hielt er sich so weit von Ohr und Mund entfernt, dass die Verständigung mit seinem Kollegen am anderen Ende der Strippe soeben noch funktionierte. »Mensch Fritz, es ist fast elf! Wo treibst du dich denn rum? Ich hab schon gedacht, du wärst verschollen und wollte eben eine Vermisstenmeldung aufgeben«, raunte ihm Hauptkommissar Schuster ironisch entgegen. »Tut mir ja leid! Ich hab's um ein Haar doch glatt verpennt«, entschuldigte sich Weller kleinlaut. Der junge Polizist berichtete seinem Kollegen von den Erkenntnissen, die er seit seinem Eintreffen gestern Abend in Mayberg gesammelt hatte, beschränkte sich jedoch bei seinen Ausführungen ausschließlich auf jene, welche mit dem Mord zu tun haben könnten. Direkt nach ihrem Telefonat würde er sich zum Hof der Kreismüllers begeben, denn heute Vormittag sollte die Familie, wie die Stieftochter des Opfers gestern behauptet hatte, komplett anwesend sein. Außerdem wolle er diesem Justus, den alle, mit denen er gesprochen hatte, für einen einfältigen und harmlosen Zeitgenossen hielten, einmal auf den Zahn fühlen, ob dem wirklich so war. Schusters Stimmungslage hellte sich nach Wellers Bericht rasch wieder auf. Er zeigte sich durchaus beeindruckt von den Aktivitäten seines Partners und lobte dessen Engagement: »Gut, gut, das sind ja reichlich Neuigkeiten, die natürlich noch genau überprüft werden müssen. Die Aussage von Maiers Frau zu dessen Banktermin war übrigens richtig. Denn vor gut einer halben Stunde hatte mir dies die zuständige Sachbearbeiterin der Sparkasse bestätigt. Der Bauer habe vorgesprochen, dass er mehr Geld brauche, um neues Vieh und Saatgut anzuschaffen. Dessen Kreditlinie sei daraufhin entsprechend erhöht worden.« Der Hauptkommissar atmete kurz durch. Fritz hörte in der Redepause nur das Rascheln von Papieren, so als wenn sein Gegenüber etwas suche und beginnend mit den Worten »so, da iss es« führte Winfried nun seine Ausführungen fort:

»Unser Kollege Waldvogel vom Labor stand schon um acht Uhr bei mir auf der Matte. Er hatte die Kleidung des Mordopfers untersucht und zunächst nur dessen eigenes Blut darauf gefunden. War ja auch nicht sonderlich schwer, es zu übersehen, denn selbst ein Blinder mit Krückstock hätte das herausgefunden, sagte ich noch recht angefressen zu ihm. Doch zu seinem und unserem Glück war es nicht alles, was er mir anzubieten hatte. Denn auf der silbernen Kragenspange an Kreismüllers Jacke fanden sie einen Fingerabdruck, der, so viel steht schon mal fest, zweifelsfrei nicht vom Toten stammt. Ich telefoniere gleich mit unseren grünen Kollegen aus St. Josef. Die sollen sich Maiers Fingerabdrücke besorgen, wenn sie deren olle Nachbarin befragen – geht dann alles in einem Aufwasch. Könnte ja durchaus sein, dass sich Maier auf der Spange beim Gerangel mit Kreismüller verewigt hatte. Unser Waldvogel kann dann direkt einen Vergleich durchführen. Und bis Montag wissen wir auch, ob die Reifenabdrücke in Maiers Hofeinfahrt zu Kreismüllers Mercedes passen. Ach ja und bevor ich es vergesse. Außer seinem eigenen Blut wurde an dem Wagen nichts Auffälliges festgestellt.« Hauptkommissar Schuster lag schon die Verabschiedung von seinem Kollegen auf der Zunge, als gerade in diesem Moment der Gerichtsmediziner ins Büro geschlurft kam. Fritz hörte am anderen Ende der Telefonleitung das übliche »Moin Moin« des von einer Hallig im Wattenmeer stammenden Arztes. Und in seiner unverkennbaren Sprache erklärte er seinem Kollegen Schuster, dass in der Kopfwunde des Toten winzige Eisenteilchen gefunden wurden. Demnach handele es sich bei der Tatwaffe, wie schon vermutet, um einen Hammer. Nun gab es in Mayberg und Umgebung wahrscheinlich hunderte, wenn nicht tausende Hämmer. »Wie nun ausgerechnet den einen finden?«, kam Fritz als Erstes in den Sinn, nachdem er das Ergebnis vernommen hatte. »So wie ich die Sache sehe, läuft alles auf die Familie des Opfers hinaus.

Wenn du heute nichts Brauchbares findest, dann rücken wir nächste Woche zu einer Hausdurchsuchung bei denen an.« Hauptkommissar Schuster fasste die vorliegenden Fakten nüchtern zusammen und hatte realistisch betrachtet absolut recht damit. Doch Fritz stand dieser These äußerst skeptisch gegenüber. Schließlich hegte er insgeheim eine gewisse Sympathie für Rosi, die eigenwillige Stieftochter Kreismüllers, und war festen Willens, alles in seiner Macht Stehende daran zu setzen, um ihre Unschuld an der Tat zu beweisen. Ein schnelles »auf Wiedersehen, dann am Montag« schmetterte er Schuster noch entgegen und warf den Hörer scheppernd auf die Gabel des Telefons, ohne dessen Verabschiedung oder weitere Anweisungen abzuwarten. Der Wirt kam nun ebenfalls in die Kneipe. Fritz fragte ihn sogleich nach Justus' Adresse. »Der hilft samstags immer dem Bauer Bermel beim Ausmisten der Ställe. Dazu fahren Sie die Dorfstraße in Richtung Ortsausfahrt nach Burgstadt. Der Hof befindet sich auf dem Eckgrundstück zur Lenzgasse. Können Sie überhaupt nicht verfehlen.« Tohn wunderte sich zwar, dass der Polizist den armen Justus noch immer nicht von seiner Liste der Verdächtigen gestrichen hatte, war zugleich aber stolz, seinem Gast mit Informationen helfen zu können, sollten sie auch noch so lapidar erscheinen. Fritz nickte freundlich zum Dank. Er eilte schnell in sein Zimmer, wechselte das Hemd gegen seinen wollenen Rollkragenpullover, zog seine Lederjacke über und machte sich zunächst in seinem *Prinz* auf den Weg zum Kreismüllerhof.

Kapitel 11

Mit jedem Meter, den er diesem Ort näher kam, wuchs das Gefühls- und Gedankenchaos in seinem Kopf. In Wellers Hirn tobte ein erbitterter Kampf zwischen der Pflichterfüllung, die seine Aufgabe bei der Polizei von ihm abverlangte, der Liebe zu Karin seiner Verlobten, seinen ureigenen Erwartungshaltungen an sich selbst und den stetig präsenter werdenden Bildern von Rosi, deren geheimnisvolles Wesen ihn in ihren Bann gezogen zu haben schien. Das Glockengeläut aus Maybergs Kirchturm war auch im Hof des Opfers gut zu vernehmen, als der junge Kommissar um halb zwölf seinen Wagen parkte und ausstieg. Erfreulicherweise hatte es inzwischen aufgehört zu regnen. Da niemand zu sehen war, pochte er an die Haustür. Katharina, die alte Magd, öffnete sie nach wenigen Sekunden, in ihrer rechten Hand ein scharfes Küchenmesser und eine halbgeschälte Kartoffel haltend. »Maria ist mit Manfred, nachdem sie das Vieh versorgt hatten, zum Friedhof gefahren. Sie wollte an Elzers Grab, sich von ihm verabschieden.« Katharina steckte mitten in der Zubereitung des Mittagessens und wollte daher den Polizisten schnell wieder abwimmeln. Frei nach dem Motto »Soll er doch wiederkommen, wenn alle zurück sind«. Doch nur wenige Augenblicke später runzelte die Magd nachdenklich ihre durchfurchte Stirn. Die Alte trat dicht an Weller heran und flüsterte: »Die beiden kannten sich schon ewig, müssen sie wissen. Früher waren sie einmal Nachbarn. Damals, als Maria noch mit ihrem ersten Mann verheiratet war. Der Alte stand Maria bei, auch in schweren Zeiten.« Hier endete der besinnliche Teil von Katharinas Ausführungen abrupt. Sie wich wieder einen Schritt zurück, was Fritz aufgrund des penetrant zwiebeligen Mundgeruchs der Magd nicht unrecht war, und ging zu ihrer gebräuchlichen Redeweise über. »Sie müssten eigentlich jeden Moment zurück sein.

Ach ja, die Rosi ist hinten im Pferdestall.« Bis auf Kopfnicken und einigen »ja gut, verstehe« kam Fritz nicht zu Wort. »Eins hätte ich doch fast vergessen«, legte die Magd beim Hineingehen noch nach. Ihr Kollege hatte eben angerufen. Er sagte, ich soll Maria ausrichten, dass sie am Montag nach Burgstadt kommen müsse, um Heinrich zu infizieren, oder so ähnlich. Wäre wohl ein notwendiges Muss in solchen Fällen.« Weller konnte sich ein Grinsen aufgrund der fast richtigen Ausdrucksweise der Alten nicht verkneifen. Kurz darauf hörte er klopfende Pferdehufe auf dem Hofpflaster und drehte sich um. Fritz erblickte Rosi, die ein weißes, gesatteltes Pferd am Zügel in den Hof führte. Mit den Worten »ich warte, bis sie vom Friedhof zurück sind« beendete er das Gespräch mit der Alten, die ihrerseits darauf die Haustür hinter sich schließend im Haus verschwand.

Fritz dachte bei sich: »Jetzt bloß nicht die Nerven verlieren und zusammenreißen.« Doch sofort, als Rosi ihn mit ihren stahlblauen Augen erfasst hatte, waren alle seine guten Vorsätze komplett über den Haufen geworfen. »Haben Sie etwas Zeit mitgebracht?«, wollte sie wissen und schaute den Polizisten durchdringend an. Da Fritz sowieso beabsichtigte auf die restliche Familie zu warten, bejahte er die Frage ohne Bedenken. »Können Sie reiten?« Weller hatte zwar mit vielem gerechnet, damit jedoch absolut nicht. Etwas stotternd brachte er nur heraus: »Früher bin ich mal geritten. Ist aber schon eine Weile her.« Die junge Frau verschwand darauf im Stall und führte nur wenig später ein prachtvolles schwarzes Pferd hinaus, dessen Stockmaß Weller auf mindestens 1,60 Meter schätzte. Flugs wurde das Tier gesattelt und Rosi reichte dem verdutzten Polizisten die Zügel: »Hier, für Sie. Dann zeigen Sie mal, was Sie können!« Fritz, der noch nicht richtig realisiert hatte wie ihm geschah, nahm die Lederriemen in seine Hand. Und obwohl er seit der verpassten Olympiaqualifikation vor dreieinhalb Jahren nicht mehr geritten war, wurden seine

Bewegungen und die entsprechenden Griffe wie automatisiert abgerufen. So als wenn es das Selbstverständlichste auf der Welt wäre, schwang er sich auf den Rücken des Hengstes und stellte mit Verwundern fest, dass er diesbezüglich nichts verlernt hatte. »Ist halt doch wie Fahrradfahren«, sagte er staunend zu sich. Die professionell wirkende Handhabung des Pferdes beeindruckte Rosi zutiefst. Damit hatte sie nun ihrerseits nicht gerechnet und langsamen Schrittes bewegten sie die Rösser übers holprige Kopfsteinpflaster aus dem Hof hinaus zur angrenzenden Weide. Rosi ritt voraus, während sie bewusst ihr Tempo, angefangen mit leichtem Trab bis hin zu scharfem Galopp, stetig forcierte. Mit der steigenden Geschwindigkeit wuchs auch ihr Erstaunen darüber, dass ihr Mitreiter scheinbar mühelos in der Lage schien, alle angeschlagenen Tempi mitzugehen. Plötzlich verlangsamte Rosi ihre Fahrt und stoppte am Rand des Dorfes. Weller, überrascht von dieser Aktion, war einige Meter an ihr vorbeigerauscht. Nur mit Mühe brachte er es fertig, seinen Untersatz abzubremsen, zu wenden und zu Rosi zurückzutraben. Sie strich sich ihre blonden langen Haare aus dem Gesicht und sah den Polizisten an. Gleich so, als hätte dieser eben nachgefragt, warum sie nur einen Tag nach dem Tode ihres Stiefvaters so scheinbar unberührt von dieser Tatsache ihr Leben lebt, brach es aus ihr gellend heraus: »Mein Stiefvater war ein Schwein!« Weller wollte zunächst nachbohren, was sie damit meinte, aber irgendetwas in seinem Inneren hielt ihn davon ab. So standen sich beide für Minuten wortlos gegenüber, bis eine leuchtend gelbe Limousine mit schwarzem Dach in den Feldweg vor ihnen einbog. »Das sind meine Mutter und mein Stiefbruder«, beendete Rosi die Stille. Und noch bevor das Fahrzeug sie passieren konnte, hatten sie sich bereits auf den Rückweg zum Bauernhof begeben. Sie erreichten das Gehöft als Erste und während Weller im Hof nun auf die beiden wartete, führte Rosi die Pferde zurück in den Stall.

Manfred parkte seinen gelben Ford 12M unmittelbar neben Wellers weißen NSU und beide Insassen stiegen aus. Der Kommissar begrüßte die Ehefrau des Mordopfers und dessen Sohn. »Ich habe da noch einige Fragen, die ich gerne mit Ihnen besprechen möchte«, wand er sich direkt an Maria. Sie hatte ihn bereits, als er vorhin neben ihrer Tochter hergeritten war, wiedererkannt. »Manfred, das ist der Polizist, der den Mord an deinem Vater aufklären will«, stellte sie Weller ihm fast ein wenig mitleidig vor. »Dachte sie wohl, dass der Fall vermutlich nie aufgeklärt werden konnte? Gab es so etwas wie das perfekte Verbrechen?« Diese Gedanken schossen Fritz aufgrund dieser eigenwilligen Vorstellung sofort in den Sinn. Rosis Stiefbruder, der gut einen halben Kopf größer war als Fritz und zudem von kräftigerer Gestalt, grüßte den Beamten zögerlich. Seine dunkelblonde Haarpracht war einer Bundeswehr typischen Einheitsfrisur gewichen. Fritz schenkte ihm nur geringe Aufmerksamkeit, da Manfred im Rahmen seines Wehrdienstes in der Mordnacht nachweislich Wache in der Kaserne schob und somit ohnehin nicht zum Kreis der möglichen Täter zählte. Vielmehr beruhten seine Hoffnungen zur Auflösung des Falles auf den Aussagen der Ehefrau. Maria beabsichtigte gerade, Weller etwas zu sagen, als Katharina die Haustür öffnete und schallend rief: »Kommt rein, das Essen ist fertig!« »Essen Sie mit uns mit, danach reden wir!« Fritz wollte die Einladung eigentlich ablehnen, doch die Hausherrin wischte seinen Einwand mit einer Handbewegung einfach davon. Und obwohl Fritz erst vor zwei Stunden reichlich gefrühstückt hatte, fand er sich wenige Sekunden später bereits am gedeckten Mittagstisch sitzend, im Kreise der Familie wieder. Schnell hatte die Magd noch einen tiefen Teller mitsamt Gabel und Wasserglas dazugestellt. Mitten auf dem Tisch befand sich bereits ein Teller mit hausgemachter Leberwurst. »Mmh, schon wieder *Flönz*, das scheint hier wohl eine Art Grundnahrungsmittel zu sein.«

Fritz überlegte krampfhaft, wie er sich ohne unhöflich zu erscheinen aus dieser Sache herauswinden konnte. Doch es fiel ihm auf die Schnelle keine annehmbare Lösung ein. Schließlich dachte er sich: »Na gut, manchmal muss man eben Opfer bringen, um sein Ziel zu erreichen.« Doch als der Stadtmensch dann registrierte, was da in den Teller kam und wie es von Katharina kredenzt wurde, überlegte er ernsthaft, seine eben getroffene Entscheidung zu revidieren. Denn die Magd tauchte einen Schaumlöffel in den großen, schwarz emaillierten Topf und mit viel Schwung klatsche sie einen gestampften, gelblichen Brei in die einzelnen Teller. »Das ist mein Leibgericht und das gibt's eigentlich auch nur samstags!«, frohlockte Rosi. Und zur Krönung schnitt sie ein Stück der Leberwurst ab, legte es in die seltsame Masse und zerdrückte es mit ihrer Gabel darin. Anschließend vermatschte sie alles virtuos durcheinander. »Nennt sich Himmel und Erd'«, erklärte Manfred, der den verwunderten Gesichtsausdruck ihres Gastes erkannt hatte. »Sieht komisch aus, schmeckt aber nicht schlecht. Es gibt sogar Leute, die würden dafür jedes Stück Fleisch liegen lassen«, fügte er noch kopfschüttelnd hinzu und deutete auf seine Stiefschwester, der die Mahlzeit bereits sichtlich mundete. Katharina ging nun ins Detail: »Was sie da auf dem Teller haben, sind Kartoffeln und Äpfel. Wir nehmen immer Boskoop, die sind richtig schön sauer. Diese werden zusammen gekocht, das Wasser abgeschüttet und aufgefangen, gestampft, jetzt reckte sie den uralten Holzstampfer bedrohlich in die Höhe, und immer wieder etwas der aufgefangenen Brühe nachgeschüttet, bis es wie grobes Püree aussieht. Zu guter Letzt mit Pfeffer und Salz abgeschmeckt und geröstete Zwiebeln hinein. Dann mit Leberwurst verzehrt, fantastisch!« »Sieht zwar aus wie schon mal da gewesen, schmeckt aber wirklich gut«, dachte sich Fritz, als er die ersten Bissen erfolgreich heruntergebracht hatte. Nachdem er dann auch den üppigen Nachschlag verzehrt hatte, bat ihn Maria, ihr ins Büro zu folgen. Weller wuchtete abermals seinen vollen Bauch die Treppenstufen hoch in den ersten Stock. An den Wänden, gut sichtbar für alle Besucher, prangten Jagdtrophäen aus der heimischen Tierwelt. Fritz hatte wenig übrig für die Jägerei im Allgemeinen und hasste die Zurschaustellung von präparierten Tierköpfen, ausgestopften Vögeln oder Hirschgeweihen im Besonderen. Doch wie sich beim Eintritt ins Büro herausstellte, waren die aufgehängten Exponate auf dem Weg dorthin sozusagen nur die Vorspeise. Als Hauptgang wurde dem Betrachter ein monströser Wildschweinkopf inklusive eines protzigen 16-Enders serviert. Beide Stücke hingen an der Wand rechts neben dem Schreibtisch und konnten einfach nicht übersehen werden. Insgesamt wirkte der ganze Raum mit seiner dunklen, altmodischen Ausstattung wie ein Relikt aus längst vergangenen Zeiten, das verzweifelt versuchte, sein Dasein in der Gegenwart zu rechtfertigen. »Wie konnten sich Menschen hier nur wohl fühlen?« Fritz fand keine Erklärung dafür.

Er begann nun die Befragung von Kreismüllers Witwe, so wie er es geplant hatte. Der Polizist stellte seine Fragen und sie beantwortete alles schnörkellos und ohne Umschweife. Maria, die ganze Vernehmung hinter dem massiven Schreibtisch stehend, verstrickte sich dabei weder in Widersprüche noch kamen Ungereimtheiten auf, die sie mit dem Mord hätten in Verbindung bringen können. Zudem gab sie an, dass Katharina bezeugen konnte, dass sie zu fraglichem Zeitpunkt zu Hause war. Fritz notierte sich alles akribisch in seinem Block. »Und wieder jemand, den wir von der Liste streichen können.« Leise Zweifel regten sich in seinem Kopf, ob er wirklich in der Lage war, den Fall so zügig zu lösen, wie er es sich gestern vorgenommen hatte. Eigentlich hatte er vorausgesetzt, dass die Familie aufgrund der Trauer nur schwer zu befragen sein würde. Aber wie er bereits bei Rosi festgestellt hatte, so zeigte auch sie nicht die üblichen Anzeichen, welche nach dem tragischen Verlust eines nahestehenden Menschen zu erwarten waren. Während die Stieftochter des Toten, so wie es den Anschein hatte, nur blanken Hass für ihn übrig hatte, war Maria in all ihren Äußerungen stets darauf bedacht, die Achtung für ihren verstorbenen Mann dabei mitklingen zu lassen. Allerdings tauchte das Wort »Liebe« wie sich Weller später erinnerte, nicht ein einziges Mal in den Ausführungen der Witwe auf. »Wie war denn das Verhältnis ihrer Tochter zu Kreismüller?« Weller kam Rosis Gefühlsausbruch von vorhin wieder in den Sinn. »So wie es eben ist zwischen Stieftochter und Stiefvater!«, fuhr ihn Maria energisch an. »Wie kommt der junge Schnösel überhaupt auf so eine Frage?« Doch sie riss sich zusammen und erklärte mit ruhiger Stimme, dass es schließlich wie überall sei. »Es gab zwar kleinere Streitigkeiten, aber nichts Dramatisches.« Weller hatte seine Befragung eigentlich längst beendet und wollte sich von Maria verabschieden, als sie das kleine graue Blechkästchen öffnete, welches mitten auf dem Schreitisch stand. Sie nahm ein vergilbtes Stück Papier heraus und reichte es dem Kommissar. Den Text hatte der Verfasser vermutlich unter großem Zeitdruck in altdeutscher Sütterlin-Schrift darauf gekritzelt. Weller hatte so seine liebe Mühe, alles zu entziffern und musste mehrfach neu ansetzten, als er folgende Zeilen leise vor sich hin sprechend las:

Treuer Freund,
  ich gehe dahin zurück, wo es mir in den letzten Jahren, bevor ich zurückkehrte, besser erging –
  … sofern der Begriff »besser« hier überhaupt angebracht ist.
  Du brauchst nicht nach mir zu suchen, denn das was ich hier zu finden erhoffte, blieb mir verwehrt …
  Vielen Dank für alles, was Du für uns getan hast.
  Michael
  … irgendwann sehen wir uns vielleicht wieder, wer weiß …

»Der Brief stammt von Michael, meinem ersten Mann. Ein guter Freund, der gestern beerdigt wurde, hatte ihn mir kurz vor seinem Tode gegeben.« Maria atmete schwer und schaute während sie diese Worte sprach nicht zu Weller. Ihr Blick verlor sich ziellos im Raum und sie schien mit den Gedanken in einer anderen Welt zu sein. Ihre Gesichtsfarbe, die vor Minuten noch rosig und gesund wirkte, hatte sich, so als hätte jemand einen Schalter umgelegt, in aschgrau gewandelt. Tränen kullerten über ihre Wangen. Der junge Polizist wusste nicht so recht, wie er sich in dieser Situation nun verhalten sollte. Auch war ihm unklar, weinte die Frau jetzt wegen des plötzlichen Todes ihres Mannes, oder war es vielmehr der Inhalt des Briefes, welcher diesen Gemütszustand bei ihr auslöste? »Wenn man das so liest, scheint an dem Dorfgeschwätz doch was Wahres dran zu sein.« Weller erinnerte sich sogleich an die widersprüchlichen Aussagen aus den ersten Zeugenbefragungen und der von Rosi. »Ich bin mir nicht sicher, ob ich Ihre Tochter gestern richtig verstanden habe, doch erzählte sie uns, dass ihr leiblicher Vater im Krieg gefallen sei.« Maria trocknete mit einem weißen Stofftaschentuch ihre Tränen. Dann antwortete sie leise: »Rosi war damals noch ein Kind. Sie müssen verstehen ... ihr Vater in diesem gottverdammten Krieg und keine Nachricht, kein Brief, nichts von ihm. Ich wartete und bangte Stunde um Stunde, tagein tagaus, dass uns irgendein Lebenszeichen von ihm erreicht. Doch irgendwann war meine Kraft aufgebraucht und ich hörte auf zu hoffen. So sagte ich Rosi, dass ihr Vater nun im Himmel wäre. Wenn sie weinte, tröstete ich sie und zeigte ihr abends den Mond und die Sterne und ich erzähle ihr, dass er uns jetzt von oben sieht und immer aufpassen würde, dass uns nichts geschieht. Sie können sich sicher vorstellen, dass es sehr schwer für eine Sechsjährige war, den Tod des über alles geliebten Vaters zu verkraften.« Fritz nickte entgegnend: »Sicher kann ich mir das gut vorstellen und der Kreismüller nahm sie beide schließlich bei sich auf. Doch plötzlich tauchte Ihr Mann unerwartet auf und was passierte dann? Wäre das nicht die Gelegenheit gewesen, ihr die Wahrheit zu sagen?« »Nichts haben Sie verstanden! Rein gar nichts!«, schrie Maria den eingeschüchterten Polizisten an und fuhr nach einer Atempause in gemäßigter Tonlage fort: »Entschuldigung, aber woher sollten SIE das auch wissen? … Tja, vielleicht haben Sie sogar Recht. Doch ich entschied mich zum Wohle der Kleinen für einen anderen Weg. Und so ließ ich sie im Glauben, ihr Vater sei tot. Denn Heinrich sorgte doch gut für uns. Und Michael … er verschwand … und ich dachte, er hätte es eingesehen … bis ein guter Freund mir diesen Brief hier gab.« »Handelte es sich bei dem guten Freund zufälligerweise um den, der gestern beerdigt wurde? Wie hieß er noch gleich?« Fritz hatte sich unterdessen wieder sortiert und hakte nun behutsamer nach. »Ja, Matthias Elzer war wahrhaftig ein Mensch, dem man vertrauen konnte. Und ja, er wurde gestern unter die Erde gebracht!« »Haben Sie eine Ahnung, warum er den Brief denn solange für sich behalten hatte, wenn er doch ein so guter Freund war, wie Sie behaupten?« Die Stimme des Kommissars wurde fordernder. Kreismüllers Witwe vernahm zwar die Worte des Polizisten, blieb aber zunächst stumm. Erst nach wiederholter, energischer Ansprache seinerseits, reagierte sie und wirkte mit einem Mal ziemlich niedergeschlagen auf Weller. Jedoch gab sie ihm mit keiner Silbe eine Antwort auf seine Frage: »Sie müssen entschuldigen, aber ich brauche nun Ruhe. Bitte gehen Sie jetzt.« Ergriffen vom offensichtlichen Schmerz der Witwe, verzichtete der junge Kommissar darauf, weiter nachzubohren. Außerdem war Maria für übermorgen nach Burgstadt einbestellt. Sollten bis dahin neue Fakten vorliegen, konnte man die Frau dann mit diesen konfrontieren. Beim Verlassen des Büros fasste sie ihn am Arm und sagte mit eindringlicher Stimme: »Ich habe nur die eine Bitte an Sie, dass Sie Rosi gegenüber nicht erwähnen, was mit ihrem leiblichen Vater wirklich geschah. Sie lebt noch immer im Glauben, er sei im Krieg gefallen. Oft war ich knapp davor ihr die Wahrheit zu erzählen, doch Furcht vor den Folgen und Angst, sie auch noch zu verlieren, hielten mich stets davon ab ... aber ich hole es irgendwann bei passender Gelegenheit nach ... ganz bestimmt.« Weller hatte nicht den Eindruck, dass die Frau ihre eben gemachte Ankündigung allzu schnell in die Tat umzusetzen gedachte. »Hier nehmen Sie, für ihre Ermittlungen.« Maria drückte dem jungen Kommissar den Abschiedsbrief ihres ersten Mannes in die Hand. »Wie soll das Geschmier eines Verschollenen oder gar Toten mir in diesem Mordfall weiterhelfen?? Na egal, schaden kanns auch nicht!« Fritz maß dem Brief eigentlich keine Bedeutung zu. Vielmehr tat ihm die Alte leid und er wollte ihr in ihrem Kummer nicht wegen solch einer offensichtlichen Belanglosigkeit widersprechen. Maria Kreismüller rang Weller schließlich das Versprechen ab, dass ihre Kinder nichts über den Inhalt dieses Gesprächs und den Brief erfahren durften. Denn schließlich sei der Verlust EINES Vaters schon schlimm genug für Manfred und Rosi, auch wenn sie es nach außen nicht so direkt zeigen würden. Beim Verlassen des Hauses war bis auf Rosi von den übrigen Bewohnern niemand zu sehen. Sie stand im Hof vor den Stallungen und striegelte eifrig das schwarze Pferd, auf dem Weller am Vormittag geritten war. »Soll ich Ihnen helfen?«, wollte Fritz teilnahmsvoll wissen. »Vielen Dank, aber das kriege ich schon alleine hin. Die Pferde zu versorgen wird sicher in Zukunft das kleinste Problem sein.« Die Stieftochter des Toten drehte sich kurz zu ihm um und setzte sogleich ihre Arbeit weiter fort. »Katharina ist alt und meine Mutter kann das alles nicht alleine schaffen.« »Was ist mit ihrem Bruder?« »Manfred?? Der hat doch noch nie ein gesteigertes Interesse am Hof gezeigt. Der wird sich noch umschauen, jetzt wo der Alte tot ist und er nicht mehr seine schützende Hand über ihn hält!« Zynisch orakelte Rosi Manfreds bittere Zukunft und erklärte dann weiter: »Das ganze Vieh muss ständig versorgt und die Felder müssen bestellt werden. Aber vielleicht täusche ich mich ja auch in meinem Bruder und er packt nun mit an ... wir werdens sehen.« Weller legte seine Hand auf den Rücken des Pferdes und fragte ergriffen: »Und was ist mit Ihnen?« »Das ist allein meine Sache. Ich helfe meiner Mutter so gut es geht!« Nach dieser harschen Antwort und ohne weiteren Kommentar von sich zu geben, vom Abschiedsgruß ganz zu schweigen, führte sie das Tier zurück in die Scheune und ließ Fritz einfach stehen.

Die Dämmerung hielt bereits Einzug und Weller schoss es siedend heiß durch den Kopf, dass er sich noch den ach so harmlosen Justus zur Brust nehmen wollte. Äußerst vorsichtig kutschierte er seinen *Prinz* den holperigen Feldweg entlang bis zur Dorfstraße. Nun kurvte Fritz, der Beschreibung Pohlerts folgend, durch den Ort und fand sich wenige Augenblicke später vor Bermels Bauernhof ein. Für einen Moment verharrte er, das Lenkrad mit beiden Händen umfassend, im Wagen und grübelte: »Warum gab sie mir den Brief überhaupt? Sollte ich etwa annehmen, ein längst Totgeglaubter wäre urplötzlich aus dem Nichts wieder aufgetaucht und habe aus Rache diesen Mord begangen? Wie verzweifelt muss ich denn sein, dass ich bereit bin, diesen seltsamen Hinweis in meine Untersuchungen aufzunehmen?« Längst hatte Weller den Glauben an eine schnelle Aufklärung des Mordes verloren und klammerte reichlich desillusioniert einen jeden Strohhalm, den man ihm gnädiger Weise almosengleich reichte. Beim Betreten des Gehöftes wurde der Kommissar bereits von der Dame des Hauses in Empfang genommen. Vermutlich hatte sie jemand vorgewarnt. Die Frau begrüßte ihn im dorfüblichen Dialekt. Doch sobald Fritz einige Sätze in Hochdeutsch zu ihr gesprochen hatte, wandelte sich ihre Redeweise, genau wie bei den anderen Dörflern mit denen er zu tun hatte. Heraus kam ein für städtische Ohren befremdlich klingendes Gemisch aus Mundart, kombiniert mit hochdeutschen Begriffen. Die dabei entstandenen Wortschöpfungen entlockten Fritz oft ein Schmunzeln und er war häufig gezwungen noch einmal nachzufragen, da er es akustisch nicht verstanden habe. Die Einheimischen schauten ihn dann mit großen Augen an. Doch sie wiederholten ihre Aussagen bereitwillig, bis der Städter ihnen schließlich folgen konnte. Kreismüllers Familie bildete in dieser Beziehung eine absolute Ausnahme. Denn sowohl Rosi und Manfred, als auch deren Mutter sprachen nicht den dörflichen Dialekt, sondern verständigten sich in der Regel in allgemein verständlichem Deutsch. »Die Männer sind gerade beim Ausmisten des Kuhstalls.« Die Bäuerin wies dem Polizisten den Weg zum Ort des Geschehens. Ein beißender Gestank gepaart mit feuchtwarmer Luft quoll Fritz beim Durchschreiten der offenstehenden Stalltür entgegen. Widerwillig und bedacht flach atmend setzte er die ersten vorsichtigen Schritte hinein in den ungastlichen Mikrokosmos, doch vermied er es, tiefer in dieses Feuchtbiotop vorzudringen. Geschätzte 25 neonbeleuchtete, braun-weiß gescheckte Kühe, die nebeneinander in Reih und Glied stehend ihre Köpfe tief in die gut gefüllten Futtertröge gesteckt hatten, waren schnell als offensichtlicher Grund des Übels ausgemacht. Da Weller außer den Viechern niemanden entdecken konnte, hielt er inne und rief die Namen der Männer. Sein flehender Ruf war gerade verhalt, da schossen zwei Köpfe hinter den Kühen empor um zu erspähen, wer hier so lautstark nach ihnen verlangte. Fritz stellte sich in Kurzfassung vor und gab an, dass er mit Justus sprechen müsse. Der Größere antwortete, dass sie sowieso fertig seien und jetzt rauskommen würden. Er solle ruhig vor der Tür auf sie warten. Dieses Angebot nahm der Polizist selbstverständlich ohne zu zögern an. Kaum wieder im Freien, nahm er einige tiefe, befreiende Atemzüge. Er spürte, wie die kühle Novemberluft seine Lungen durchströmte. Kurz nach ihm folgten die beiden. Dabei schob jeder eine mit dampfenden Ausscheidungsprodukten der heimischen Milchviehwirtschaft gefüllte Schubkarre knarrend vor sich her. Nachdem sie ihre brisante Fracht auf dem neben der Scheune liegenden Misthaufen abgeladen und die Karren zur Seite gestellt hatten, stiefelten sie dem Polizisten entgegen. Der stellte sich nun sicherheitshalber noch einmal vor und erklärte den Grund seines Besuchs. »Ich bin hier der Bauer, mir gehört der Hof. Und das hier ist Justus, der hilft mir immer.« Bermel übernahm kurzerhand die Vorstellungsrunde der beiden Dörfler und ließ sie dann auf ausdrücklichen Wunsch des Kommissars hin alleine. Vor Weller stand nun ein schmächtiges grauhaariges Kerlchen, ein gutes Stück kleiner als er selbst. Der blaue Arbeitsanzug war mindestens eine Nummer zu groß für ihn und der Ärmste verlor sich fast darin. Sowohl die Ärmel, als auch die Hosenbeine hatte er praktischerweise mehrfach umgeschlagen. Unterschiedlicher hätte das äußere Erscheinungsbild der beiden Männer kaum sein können. Getreu nach dem Motto »Typ John F. Kennedy trifft Rübezahl« standen sie vor dem Misthaufen, dessen qualmende Schwaden in die Abenddämmerung emporstiegen und boten somit dem geneigten Betrachter einen wahrhaft skurrilen Anblick. Das sollte die bedrohliche, angsteinflößende Kreatur von letzter Nacht sein? »Sind Sie Justus? Haben wir uns gestern Abend auf dem Parkplatz gesehen?« Fritz schüttelte ungläubig seinen Kopf. Dieser Wicht hatte nun überhaupt nichts mit der Horrorgestalt gemein, die gestern auf dem dunklen Parkplatz ihr Unwesen trieb. Justus, der seinen Blick zunächst schüchtern zu Boden gerichtet hatte, nickte kurz, ohne den Polizisten anzusehen. »Wen oder was haben Sie mit dem Feuervogel gemeint?«, hakte der Kommissar nach. So als habe dieser die entscheidenden Zauberworte gefunden, verlor der kleine

Mann urplötzlich seine Scheu und trat dicht an Weller heran. Mit einem Mal funkelten dessen Augen und von wirrem Lächeln begleitet flüsterte er: »Ja ja der Feuervogel kam zurück, ich hab ihn genau gesehen!« Justus fixierte den Polizisten erwartungsvoll, so als erhoffte er, eine Bestätigung seiner Aussage von ihm zu erlangen. Doch zu seinem Leidwesen konnte Fritz damit nicht dienen. Bei allen weiteren Fragen, wie zum Beispiel nach seinem Alibi in der Mordnacht, zuckte Justus nur mit seinen Schultern. »Entweder hat der wirklich gewaltig einen an der Klatsche, oder er ist ein verdammt guter Schauspieler!« Die wenig ergiebigen Antworten des Verdächtigen trieben den jungen Polizisten fast zur Weißglut, denn auch hier kam er keinen Millimeter weiter in seinen Nachforschungen. Entnervt verabschiedete er sich von Justus und Bermel, der inzwischen wieder auf der Bildfläche erschienen war. Der Landwirt hatte schnell eine Tasse Kaffee getrunken, um nun gestärkt seine Arbeit wieder fortzusetzen. »So komm Feuervogel, auf geht's, schnapp dir deine Mistgabel, wir haben schließlich erst Halbzeit«, schallte des Bauers Stimme aus dem Hof, als Weller frustriert in seinen Wagen stieg. Müde vom frühen Aufstehen und den ernüchternden Ergebnissen der heutigen Ermittlungen kehrte er in sein Zimmer zurück. Seine Erwartungshaltung, in der verbleibenden Zeit noch eine brauchbare Spur zu finden, war gen Null gesunken. »Eigentlich kann ich auch gleich meine Tasche packen und zurück nach Burgstadt fahren«, dachte Fritz niedergeschlagen. Er öffnete die Kammertür. Wider Erwarten war es wohlig warm in dem kleinen Raum. Der Grund dafür war ein auf höchster Stufe brummender Radiator, den Pohlert wohl im Laufe des Tages hineingestellt hatte. Erschöpft zog er Jacke und Schuhe aus, warf sich aufs Bett und schlief sogleich ein.

Kapitel 12

Gegen 19 Uhr wurde er von lärmendem Gegröle, welches unüberhörbar aus der Wirtschaft in sein Zimmer drang, aufgeweckt. Da es inzwischen stockfinster war, tastete er vorsichtig nach dem Lichtschalter der Stehlampe, knipste sie an und setzte sich gähnend auf die Bettkante. Von den Eindrücken des Tages getrieben, wanderte Wellers Blick ziellos im Zimmer umher. Sollte er tatsächlich die Flinte ins Korn werfen, was für ihn einer Niederlage gleich käme, oder gab es vielleicht doch noch eine erfolgsverheißende, unerwartete Spur, die eine weitere Recherche sinnvoll erscheinen ließ? Der Kommissar kam zu keinem annehmbaren Ergebnis. Immer wenn er sich mit durchaus verständlichen Argumenten für eine Seite vermeintlich entschieden hatte, stiegen umgehend Zweifel an dieser Wahl in ihm auf. Außerdem knurrte unterdessen sein Magen mächtig vor Hunger. »Gut, vielleicht finde ich ja eine Lösung, wenn ich was gegessen habe«, sagte er zu sich, machte sich frisch und ging hinunter ins Lokal. Hier angekommen war Fritz sofort klar, wer für den schlafstörenden Krach verantwortlich zeichnete. Die erste Mannschaft konnte doch tatsächlich am Nachmittag ihr Auswärtsspiel siegreich gestalten, was jetzt kräftig begossen wurde. Die Spieler in ihren grasgrünen Trainingsanzügen mit aufgesticktem Vereinswappen auf der linken Brustseite, Trainer, Betreuer und deren familiärer Anhang hatten mehrere Tische zusammengeschoben. Nun ließ das Gelage den großen, mit Bier gefüllten gläsernen Stiefel lauthals johlend die Runde machen, woraus jeder, sobald er an der Reihe war, einen tiefen Schluck zu sich nahm. Fritz fand diese Art der Siegesfeier etwas ekelig, da er nur schwerlich jemandem aus einer Flasche oder einem Glas nachtrinken konnte. Von den Fußballern unbemerkt, nahm der junge Polizist an einem freien Tisch Platz, zog seinen kleinen Schreibblock aus der Hosentasche und studierte die Notizen, die er sich in den letzten beiden Tagen gemacht hatte. Als Tohn ihn registrierte, kam er sofort hinter der Theke hervor zu ihm geeilt. »Sie haben endlich mal wieder gewonnen! Wurde auch langsam Zeit!« Der Wirt hatte seine helle Freude am Sieg der heimischen Mannschaft. »Ich hoffe, sie lassen noch ein paar Stiefel kreisen«, lachte er. »Der wie vielte ist denn das?«, fragte Fritz verwundert. »Müsste so der fünfte oder der sechste sein«, schätzte Pohlert, sich insgeheim aufgrund des unerwarteten Geldregens die Hände reibend. »Aber was kann ich Ihnen denn bringen?« Der Wirt hatte Bleistift und Papier bereits erwartungsvoll gezückt. »Alles nur kein *Flönz*, lag Fritz förmlich auf der Zunge, doch er hielt sich mit dieser Äußerung zurück. Noch bevor er etwas antworten konnte, hatte ihm Tohn schon den neuesten Schlager der heimischen Gastronomie, nämlich ein gegrilltes halbes Hähnchen, mit leuchtenden Augen angepriesen. »Ja ja, geht klar und dazu ein großes Pils.« Weller stimmte Pohlerts Offerte kurzerhand zu und genehmigte sich nach diesem zermürbenden Tag ausnahmsweise auch ein Bier zum Hinunterspülen seines Frustes. Mit der Bestellung in petto dackelte der Kneipier in die Küche. Rosi hatte eben die Getränkewünsche einer Kegelgesellschaft aufgenommen und stand inzwischen eifrig Bier zapfend hinter der Theke. Tohn, der nun ebenfalls wieder auf der Bildfläche erschienen war, sagte etwas mit einem Fingerzeig in Wellers Richtung zu ihr. Daraufhin schnappte sie sich eines der bereits gefüllten Gläser und servierte es dem durstigen Polizisten mit einem freundlichen Lächeln. Fritz, der noch mit den Gedanken in seine Notizen vertieft war, schaute erst auf, als er ihre Stimme vernahm. Was er nun erblickte, verschlug ihm komplett die Sprache. Denn Rosi trug einen knallroten, eng anliegenden Pullover, darunter einen schwarzen Minirock und schwarze, nahezu kniehohe, glänzende Lederstiefel. Diese Aufmachung offenbarte nun endlich die atemberaubende Figur, welche sie heute tagsüber noch in dreckiger Jeans, schwerem Pullover, sowie altem Anorak verborgen hatte und sich bestenfalls mit viel Phantasie erahnen ließ. Dazu umspielten die blonden langen Haare ihr anmutiges Gesicht, worin ihre blauen Augen leuchteten wie Diamanten, die soeben nach Jahrmillionen tiefstem Erdreich entrissen, nun unbändig im Licht der Mittagssonne strahlten. »Haben Sie heute Abend noch etwas vor?«, fragte Rosi den verblüfften Polizisten. »Eigentlich wollte ich nach dem Essen zurück nach Burgstadt, warum?« Von einem Hauch ihres lieblichen Parfüms eingehüllt, brachte er auf Anhieb nur diesen Satz stammelnd hervor. Sie erzählte, dass sie mit ihren Freunden eigentlich samstags abends immer nach St. Josef in den *Sterngarten* fahren würden, dem bei jungen Leuten beliebtesten Tanzlokal der Gegend. Aber der Laden sei zurzeit aufgrund von Renovierungsarbeiten geschlossen und als Ersatz wäre daher heute eine kleine Party hier im Ort angesagt. Fritz war zwar noch nie in besagtem *Sterngarten*, doch er kannte das Lokal aus Erzählungen seiner Burgstädter Kollegen, die sich zumeist recht abfällig darüber äußerten. Demnach sei es ein Schuppen für Bauern, Landpomeranzen und Matronen, in dem kaum eine scharfe Braut zu sichten sei. Und wenn sich dann tatsächlich mal eine dort hinein verirrt hatte, habe man schon beim geringsten Annäherungsversuch deren komplette Sippschaft am Hals, die einem an den Kragen wollen. »Ich arbeite bis ungefähr 22 Uhr, dann nehme ich Sie mit, wenn Sie möchten?« Rosi hoffte inständig, dass der junge Kommissar ihr Angebot nicht ausschlagen würde und zu ihrer Freude sagte er ohne lange zu überlegen postwendend zu. Erst beim Genuss des halben Hähnchens, welches kurz nach dem Gespräch mit Kreismüllers Stieftochter vom Wirt höchstpersönlich aufgetischt wurde, kamen Wellers Sinne allmählich wieder zurück. »Na ja, es ist ja nur eine Party. Ich trinke etwas und verzieh mich dann wieder. Was soll schon groß passieren?« Mit diesen Beschwichtigungen versuchte er sein schlechtes Gewissen, welches er seiner Verlobten gegenüber hatte, zu beruhigen, was auch zumindest vorübergehend funktionierte. Und pünktlich zur vereinbarten Uhrzeit fand sich Fritz frisch gestriegelt und in Schale geworfen an der Theke ein, sodass Rosi und er sich direkt auf den Weg machten.

Nachdem sie ein paar Schritte die Niedergasse hinunter in Richtung der Gotenstraße gegangen waren, stoppte Rosi mit der Bemerkung »so, da sind wir schon« vor einem dunklen Gebäude. »Ist echt praktisch, das Haus steht eigentlich leer, da die Besitzer nebenan neu gebaut haben. Und solange sich für das alte Gemäuer kein Käufer findet, können wir hier ungestört feiern«, fügte sie noch hinzu. Die Haustür war nur angelehnt und so traten sie geradewegs ein. Im unbeleuchteten Flur drückte sich ein spärlicher Lichtschein durch den schmalen Luftspalt, der die Tür am linken Ende des Korridors vom Fußboden trennte. Mick Jaggers dreiste Aufforderung *Let's spend the night together* quoll ihnen dumpf aber dennoch unverkennbar durch die geschlossene Zimmertür entgegen. Einen Moment später wurde selbige von einem rothaarigen, mit Sommersprossen übersäten, Pullunder tragenden Zwei-Meter-Schlaks geöffnet, der Rosi zur Begrüßung sofort umarmte, Fritz jedoch zunächst, da er ihm fremd war, argwöhnisch beäugte. Doch nach kurzem Gespräch, in dem er sich als Erich, der Partyveranstalter, vorstellte, waren seine aufkeimenden Vorbehalte schnell ausgeräumt. Kurzerhand drehte er sich um und machte Fritz nun mit den übrigen Gästen bekannt, die ihn ihrerseits mehr oder weniger enthusiastisch willkommen hießen. Im schummrig beleuchteten, vom alten Ölofen ordentlich aufgeheizten Raum saßen manche auf den beiden leicht gammeligen Sofas, die an den Seitenwänden des Raumes platziert waren. Andere hatten es sich auf den Matratzen, welche am Kopfende lagen, bequem gemacht. Alles in allem, so schätzte Weller, waren gut und gerne fünfzehn Leute bei der Feier anwesend. In der rechten hinteren Ecke stand ein mit dunklem Holz furnierter, auf Hochglanz polierter, zweigeteilter Musikschrank. Dessen Innenleben bestand nicht nur aus dem Plattenspieler, dem Lautsprecher und diversen Vinyl-Scheiben, sondern beherbergte zudem auch jede Menge hochprozentiges Gesöff jeglicher Geschmacksrichtung. Der rostige Pullunder-Träger drückte Fritz ohne viel Aufhebens eine Flasche Bier in die Hand und Rosi mixte sich derweil gekonnt einen trockenen Martini. Niemand hier schien sich seltsamerweise, aufgrund des Ablebens ihres Stiefvaters, über Rosis Anwesenheit und ihre ausgelassene Stimmung zu wundern. Für den Polizisten war dieser Aspekt nur ein weiterer bizarrer Puzzlestein, der sich nahtlos in sein Bild einfügte, welches er sich in den letzten Tagen bezüglich des unüblichen Verhaltens der Eingeborenen dieses merkwürdigen Dorfes machen konnte. Ein paar kamen auf Fritz zu und laberten durchweg belangloses Zeug mit ihm. Er hatte schon befürchtet, dass er wieder auf den Fall angehauen würde, aber davon war glücklicherweise den ganzen Abend über nicht die Rede. So plätscherte die erste Stunde dahin, bis einer der Gäste eine neue Scheibe auflegte. Kaum waren die ersten Takte von Procol Harums Schlager *A whiter shade of pale* verklungen, fanden sich die anwesenden Pärchen in der Mitte des Zimmers ein und begannen sofort engumschlungen zu tanzen. Rosi und Fritz saßen bis dahin mit den restlichen Junggesellen zusammen. Schüchtern versuchte sie seinen Blick zu erhaschen und nachdem ihr das geglückt war, zog sie ihn an seiner Hand vom Sofa hoch, schnurgerade auf die Tanzfläche. Diese Aktion wurde von den Anderen mit lautem »ja, da sieh einer an« kommentiert. Weller widersetzte sich nicht, denn es war ja nur ein Tanz. Die Zeit, in der die beiden gedankenverloren schwoften, verging wie im Fluge. Erst das flottere *I'm a believer* von den Monkees holte sie wieder in die Realität zurück. Fritz bedankte sich bei Rosi und duzte sie dabei zum ersten Mal. Denn bisher hatte er sich, immer wenn es nötig war, mit einem verwaschenen »Sie« aus der Affäre gezogen. Nach dem Genuss einiger weiterer Biere stieg Weller plötzlich ein süßlicher Geruch in die Nase. Er kannte diesen Duft und erspähte einen der Gäste, der sich einen riesigen Joint gebaut hatte und selbigen soeben genüsslich inhalierte. »Ich muss mal an die frische Luft«, sagte er zu Rosi, zog sich seine Jacke über und stolperte leicht benommen aus dem Haus hinaus in die Nacht. Die Biere hatten beim Polizisten ihre Spuren hinterlassen. Um einen halbwegs klaren Kopf zu bekommen, ging er zunächst nur ein paar Meter die Niedergasse hinunter bis zu deren Einmündung in die Gotenstraße. Dann hielt er sich rechts in Richtung Dorfmitte und Kirche. Ohne auf seine Uhr zu schauen lief Fritz fast eine Stunde im Ort umher. Die frische Luft sorgte dafür, dass er so allmählich wieder klare Gedanken fassen konnte. »Noch ist nichts passiert und deshalb gehst du nicht zurück zur Feier«, redete er auf sich ein und fasste den Entschluss, sich noch ein paar Stunden aufs Ohr zu hauen, um dann am nächsten Morgen halbwegs frisch in den Tag starten zu können. In seinem Zimmer über der Dorfkneipe angekommen, zog er schnell seine Klamotten aus, warf sie über den Stuhl und haute sich direkt in die Koje.

Weller war gerade eingeschlafen, da weckte ihn ein Klopfen an die Zimmertür. Er knipste die Stehlampe an und schlurfte mit kleinen Augen zur Tür. Wer mochte der späte Störer nur sein? »Hoffentlich habe ich im Treppenhaus nicht allzu viel Lärm gemacht und Familie Pohlert aufgeweckt?« Er befürchtete, dass der Wirt nun draußen, übel gelaunt auf dem Flur stand, um sich vehement bei ihm zu beschweren. So legte er sich schnell noch ein paar fadenscheinige Entschuldigungen parat und öffnete die Tür. Doch vor ihm stand nicht Tohn wie befürchtet, sondern Rosi. Für einen Moment verharrten sie regungslos und schauten sich dabei tief in die Augen. Immer weiter hinab, versank er machtlos in den Untiefen ihres blauen Ozeans. Ohne ein Wort zu verlieren, trat Rosi ganz dicht an ihn heran ... und dann ging auf einmal alles ganz schnell. Noch auf dem Gang umarmten und küssten sie sich leidenschaftlich. Fritz zog Rosi rasch ins Zimmer und warf die Tür hinter sich zu. Alles was nun folgte war hemmungsloser, wilder Sex zweier Menschen, die sich seit ihrer ersten Begegnung auf magische Weise voneinander angezogen fühlten. Weller hatte vollständig vergessen wer er war, worauf seine Werte beruhten und dass er gerade dabei war, mit einer möglichen Verdächtigen in die Kiste zu springen. Von den eventuellen Folgen ganz zu schweigen. Im Laufe der heftigen Fummelei landete Rosis roter BH auf der Stehlampe. Sofort wurde der kleine Raum von einem erotisierenden, warmen Lichtschein überflutet, der die Stimmung der beiden nur noch mehr anheizte. Glücklicherweise waren die übrigen Gästezimmer nicht belegt, denn die enorme Geräuschkulisse des Liebespärchens hätte wohl auch den Nachbarn den Schlaf geraubt. Die Stunden voller leidenschaftlicher Ekstase verrannen rasend schnell und die Nacht neigte sich gegen fünf Uhr schon ihrem Ende entgegen, als Rosi und Fritz erschöpft aber glücklich einschliefen.

Schallendes Gelächter aus der Wirtschaft machte sich im gesamten Gebäude breit und weckte Fritz unsanft auf. Das allsonntägliche Hochamt war seit zehn Minuten vorüber und manche der Kirchgänger hatten sich wie gewöhnlich zum Frühschoppen in der Dorfkneipe eingefunden. Grundsätzlich konnte man sagen, war diese Veranstaltung dem männlichen Geschlecht vorbehalten, während die Ehefrauen zu Hause das Mittagessen kochten. In Wellers Schädel hämmerte es fortwährend und er verspürte einen unmenschlichen Durst nach Wasser. Das Tageslicht schmerzte seinen Augen, deren verkniffene Blicke auf der Suche nach Rosi im Zimmer umherwanderten. Doch sie wurden nicht fündig, denn das Bett neben ihm war leer. Er wälzte sich zur Seite. Das Kopfkissen, auf dem sie geschlafen hatte, roch noch immer nach ihrem Parfüm. Sein Kopf sank bleischwer hinein und er atmete ihren Geruch. Irgendwann drehte er sich um und tastete nach seiner Armbanduhr, die er auf dem Nachttisch abgelegt hatte. »Au Scheiße, schon nach elf«, stöhnte Fritz, dem die Zeiger seiner Armbanduhr schonungslos zu verstehen gaben, dass er bereits den halben Tag verschlafen hatte. So entstieg er mühsam dem Bett, beugte seinen Oberkörper über das kleine Waschbecken und stützte sich mit beiden Händen darauf ab. Fritz drehte den Wasserhahn auf, senkte seinen Kopf schräg ins Becken hinab, ließ den Wasserstrahl in seinen weit geöffneten Mund fließen und sog gierig einige kräftige Schlücke in sich hinein. Wenn man ihn so sah, musste man unweigerlich den Eindruck gewinnen, als wollte er das gesamte Wasservorkommen Maybergs in einem Zuge leeren. Nachdem er nun seinen gröbsten Durst gestillt hatte, blickte er in den kleinen Wandspiegel vor sich. Gewissensbisse überkamen ihn. »Was war nur mit mir geschehen, dass ich mich darauf eingelassen habe? Wie soll ich mich nun Rosi gegenüber verhalten ... und was ist mit Karin? Welche Konsequenzen würden sich aus den Geschehnissen der Nacht ergeben?« Fritz fand keine Antworten auf all die Fragen, die in seinem Hirn herumspukten. Nur in einer Sache war er absolut sicher. »Bloß schnell nach Hause und pennen.« Sein Bedarf an weiteren Ermittlungen im Fall Heinrich Kreismüller war für heute restlos gestillt. So machte er sich notdürftig frisch, streifte seine Unterhose, die er vom Fußboden vor dem Bett aufgelesen hatte, wieder über und zog die nach ekligem Zigarettenqualm stinkende Kleidung, welche er am Vorabend bei der Party getragen hatte, widerstrebend an. Dann stopfe Fritz seine sieben Sachen einfach kreuz und quer in die Tasche und begab sich hinunter in die Wirtschaft. Schließlich musste er ja noch seine

Rechnung begleichen. Kaum hatte er einen Fuß in die Wirtsstube gesetzt und die Dörfler ihn erspäht, sank der Geräuschpegel auffallend. Die sonntäglichen Frühschoppner tuschelten urplötzlich nur noch leise miteinander und schauten immer wieder verstohlen zum jungen Polizisten. Tohn, der alleine hinter der Theke bediente, kam sofort zu ihm. »Gut geschlafen?«, fragte er mit einem verschmitzten Grinsen in seinem Gesicht. Sollte Pohlert doch etwas von seiner nächtlichen Exkursion mitkommen und diese Begebenheit bereits seinen Kumpanen berichtet haben? Alles deutete darauf hin. Fritz war beileibe nicht nach einer längeren Unterhaltung zumute. »Ja, alles bestens, nur ein wenig zu lange«, antwortete er knapp und zückte sogleich seine Geldbörse. »Ich fahre jetzt schon zurück nach Burgstadt und möchte bezahlen.« Der Wirt nickte und bat ihn kurz zu warten, da er die Rechnung eben noch schreiben müsse. So drehte er sich um und begann eifrig seinen Quittungsblock, der für solche Fälle immer neben dem Telefon bereitlag, zu bekritzeln. Fritz wunderte sich etwas darüber, dass Pohlert so lange rechnen musste, denn schließlich waren außer den beiden Übernachtungen zu je 25 Mark und den abendlichen Mahlzeiten doch weiter keine Kosten entstanden. Als er dann nach einer gefühlten Ewigkeit die von Tohn präsentierte Rechnung in Händen hielt, traute er seinen Augen kaum. Hatte ihm dieses Schlitzohr neben den erwarteten Leistungen zusätzlich auch noch das Frühstück, das Duschen und das Telefonat, welche von ihm allesamt als kostenfreie Einladung empfunden wurden, mit aufs Auge gedrückt. »Macht dann alles in allem 98,50 Mark«, betonte Pohlert seine Forderung. Fritz war zu müde, um lange über dessen Richtigkeit zu diskutieren. Er zog einen 100 Mark Schein mit der Bemerkung »der Rest ist Trinkgeld« aus seinem Portemonnaie, klatschte den Schein mit der flachen Hand energisch auf die Theke und verließ unter dem Gemurmel der übrigen Gäste das Lokal.

»Ich werde diesen Landeiern schon auf die Schliche kommen, wäre doch gelacht.« Von diesem Vorsatz, den er am Freitagabend noch vollmundig ausgegeben hatte, war am Sonntagmittag bei seiner Rückfahrt nicht mehr viel übrig. Zwar hatte er natürlich einige vielversprechende Spuren verfolgt, aber letztlich dienten sie nur dazu, wie sich herausstellte, mögliche Täter auszuschließen. »Sollten die beiden letzten Tage wirklich vertan gewesen sein? Von wegen, ich präsentiere meinem Kollegen Schuster am Montag den Mörder!« Weller schüttelte ratlos den Kopf. Was der junge Kommissar zu diesem Zeitpunkt noch nicht wusste, ja überhaupt nicht wissen konnte, war, dass der Fall auch in den kommenden Tagen nicht aufgeklärt wurde. Werner Maier, der durchaus das entsprechende Motiv für diesen Mord gehabt hatte, wurde durch die Bestätigung seines Alibis entlastet. Der Fingerabdruck auf der silbernen Kragenspange von Kreismüllers Jacke konnte ihm eindeutig zugeordnet werden, jedoch gaben seine Frau und die vorwitzige Nachbarin zu Protokoll, dass er an besagtem Abend das Haus nicht mehr verlassen hatte. Nach und nach rückte nun die Familie des Mordopfers immer mehr in den Fokus der polizeilichen Recherchen. Doch selbst bei der von Hauptkommissar Schuster angestrengten Hausdurchsuchung des Kreismüller-Anwesens, fand sich weder ein Beweis für die Schuld eines oder mehrerer Familienmitglieder, noch wurde man der Mordwaffe habhaft. Im Übrigen wurde der ominöse Hammer auch weder bei den zeitgleichen Untersuchungen des Maier-Hofes, noch in Justus' Wohnhauses aufgespürt. Dem armen Justus als Wellers Favoriten konnte ebenfalls nichts nachgewiesen werden. Denn dessen Schwester Klärchen lag in besagter Woche mit einer dicken Grippe im Bett. Die Ärmste war so krank, dass am späten Donnerstagabend aufgrund von hohem Fieber der Hausarzt noch einmal zu ihr gerufen werden musste. Und dieser gab bei seiner Vernehmung an, dass ihr Bruder die ganze

Zeit über nicht von ihrer Seite gewichen sei. Völlig ausgeschlossen wurde die abstruse Variante, ein längst Verschollener sei bei Nacht und Nebel wieder aufgetaucht und habe späte Rache an seinem Nebenbuhler geübt, wie Maria mit dem Brief ihres ersten Mannes angedeutet hatte. Kaum jemand im Ort mochte den Kreismüller. Manche hassten ihn gar. Fritz kam Rosis merkwürdiger Gefühlsausbruch, als sie mit den Pferden unterwegs waren, ständig in den Sinn. Sie war wohl diejenige, welche augenscheinlich am wenigsten über das vorzeitige Ableben ihres Stiefvaters bestürzt war und phasenweise sogar den Eindruck regelrechter Erleichterung versprühte. Doch glücklicherweise, wie Weller fand, hatte auch sie durch ihre Arbeit in der Dorfkneipe ein wasserdichtes Alibi vorzuweisen. Mal abgesehen von den *offiziellen* Terminen wie bei den Vernehmungen und der Hausdurchsuchung bekam Fritz Weller sie allerdings nicht mehr zu Gesicht. Und dabei gab sie sich ihm gegenüber völlig unterkühlt, als sei diese eine Nacht nie geschehen. Zwar zollte Maria ihrem toten Gatten, im Gegensatz zu Rosi, offensichtlich den nötigen Respekt, aber von Liebe war auch bei ihr nichts zu spüren. Bliebe letztlich nur sein Sohn Manfred, der allem Anschein nach überhaupt noch nicht realisiert hatte, was nun auf ihn zukommt. Wenn eines der Familienmitglieder Zeichen der Trauer zeigte, so war eigentlich nur er es. Nur konnte Weller nicht abschätzen, ob sie wirklich dem tragischen Verlust der Vaters galten, oder bloß seiner Furcht vor der eigenen ungewissen Zukunft, wie Rosi so zynisch spekuliert hatte. Wenn Wellers Recherchen an den beiden letzten Tagen wirklich etwas Unerwartetes an den Tag gefördert hatten, so betrafen die neuen Erkenntnisse vor allem ihn selbst. Denn nicht in seinen wildesten Träumen wäre ihm je in den Sinn gekommen, seiner Karin untreu zu werden. »Wie schnell man sich doch täuschen kann!« Fritz überlegte zunächst noch hin und her, ob er es seiner Verlobten beichten sollte. Doch er entschied sich, alles für sich zu behalten. Schließlich hatten weder Kollegen, noch Freunde und Bekannte, irgendetwas von seinem nächtlichen *Ausritt* mitbekommen. Letztlich wurde der Mordfall Kreismüller einige Monate später als ungelöst abgeschlossen. Alle erfolgsversprechenden Spuren waren im Sande verlaufen und gute Ansätze endeten immer wieder in Sackgassen. Zudem blieb das Tatwerkzeug unauffindbar. Auch tat der Mörder den Polizisten nicht den Gefallen, sich freiwillig zu stellen. Kommissar Fritz Weller empfand dieses Ergebnis als herbe Enttäuschung. Für ihn war es der erste große Rückschlag in seiner bis dahin makellosen beruflichen Karriere. Sein Ehrgeiz, sein Stolz und seine bis zu diesem Zeitpunkt unerschütterliche Wertevorstellung wurden auf harte Belastungsproben gestellt, welche ihn unmissverständlich bis an seine Grenzen und darüber hinaus führten. Noch Monate später nagte diese Schmach an seinem Selbstbewusstsein. Die Geschichte mit Rosi verbannte er so gut es ging aus seinem Gedächtnis, doch ganz vergessen würde er sie nie. Endlich erreichte Fritz hundemüde gegen halb eins seine kleine Wohnung in Burgstadt. Hungrig aß er schnell ein paar Happen, legte sich anschließend sofort ins Bett und schlief direkt ein. Das Licht des schmutzig grauen Tages stahl sich nach und nach davon, bis es schließlich dem übermächtigen Schwarz der langen Nacht komplett gewichen war.

Kapitel 13

Ein dumpfer Knall schreckte Weller aus seinem Ledersessel auf. Er hatte sich im Schlaf wohl geräkelt und dabei die halbvolle Chianti-Flasche mit seinem rechten Arm vom Wohnzimmertisch gestoßen, die daraufhin unsanft auf dem Holzboden landete. Doch hatte er bei diesem Missgeschick noch Glück im Unglück, denn die Flasche ging zumindest nicht zu Bruch. Tragisch war nur, dass fast der gesamte kostbare Inhalt bei dieser Aktion großflächig im Raum verteilt wurde und der Wein zudem in die Ritzen zwischen den Dielen rann. Schläfrig und mit kleinen Augen registrierte Fritz das Malheur, stöhnte aufgrund des Ungemachs und erhob sich, um aus der Küche einen Lappen zum Aufwischen zu holen. Kaum hatte er seine in weiße Tennissocken gehüllten Füße auf den Boden gesetzt, stand er auch schon mitten in der Weinlache. »Ach Scheiße, auch das noch!«, polterte Fritz, als er die Nässe bemerkte. Gefrustet hob er die Flasche wieder auf, die neben den Sessel gerollt war und deren Vorwärtsdrang von der Kante des unter dem Wohnzimmertisch liegenden roten Perser-Teppichs Einhalt geboten wurde. »Fünf Uhr«, ohne Gnade machten ihm die Zeiger seiner Armbanduhr klar, dass er beinahe sechs Stunden im Sessel geschlafen hatte. Längst war Freddies leises *Anyway the wind blows* in der Nacht verklungen. Fritz rieb sich die müden Augen. »Um sich jetzt noch ins Bett zu legen ist es eigentlich schon zu spät, und fürs Büro noch zu früh.« Er überlegte kurz, was er nun anstellen sollte. »Okay, auf geht's«, sagte er sich, trank den verbliebenen Rest des Chiantis aus der Flasche auf ex und beschloss, nachdem er Klarschiff gemacht und gefrühstückt hatte, ins Präsidium zu fahren. Schließlich wäre der Fall dort eher aufzuklären, als hier in seiner Wohnung. Passend zu diesem Start in den Tag, schickte nun auch noch eine aufkommende Erkältung ihre Vorboten in Form von argen Halsschmerzen. Da in Wellers miserabel bestücktem Medizinschrank keine entsprechenden Tabletten zu finden waren, erinnerte er sich an ein altes Hausmittel, um sein Leiden zu lindern: »Ein Glas warmes Wasser mit reichlich Kochsalz. Und mit diesem widerlichen Gebräu dann ordentlich gurgeln.« Es schmeckte wie erwartet scheußlich, verfehlte jedoch seine Wirkung nicht, wie Weller erleichtert im Laufe des Tages feststellen sollte. Nachdem er in seine traditionelle Kluft, bestehend aus ockergelbem Hemd, schwarzer Anzugsweste, hellblauer, verwaschener Jeans und braunen Wildleder-Westernstiefeln, geschlüpft war, warf er seinem derzeitigen Gesundheitszustandes geschuldet die dunkelblaue Daunenjacke über. Dieses Teil hatte sich Fritz extra gekauft, da er mit ein paar Freuden im Januar diesen Jahres geplant hatte, den Biathlonweltcup in Ruhpolding zu besuchen. Doch ein Banküberfall auf die Städtische Sparkasse Burgstadt zwei Tage vor Abreise machte dieses Vorhaben leider zunichte. Und da er grundsätzlich immer eine seiner Lederjacken bevorzugte, dümpelte das gute Stück an der Garderobe im Flur vor sich hin – bis heute. Als der Kommissar hastig seine Dienstmarke aus der schwarzen Lederjacke kramte, stieß er in deren Innentasche auf Heinrich Kreismüllers Notizbuch, welches Rosi ihm überlassen hatte. »Mensch, da hast du gestern Abend überhaupt nicht mehr dran gedacht«, ärgerte er sich. Aufgrund dieser Tatsache blätterte er es beinahe im Daumenkinotempo einige Male eilig durch. Hier und da hatte dessen ehemaliger Besitzer Worte und Zahlen hingekritzelt, welche so auf die Schnelle kaum zu entschlüsseln waren. Die einzig wiederkehrende Konstante bildete der monatliche Eintrag »ME 500 Mark«. Fritz grübelte und kratzte sich nachdenklich mit der rechten Hand am Hinterkopf. »Was war dessen Bedeutung? Sollte Heinrich Kreismüller tatsächlich des Englischen mächtig gewesen sein und mit »ME« sich selbst gemeint haben? Hieß es, dass er jeden Monat 500 Mark zur

Seite schaffte, wovon niemand etwas wusste? Über den gesamten Zeitraum kamen da schließlich stolze 23.000 Mark zusammen, die Mitte der Sechziger einem kleinen Vermögen glichen. Oder stand ME für ein immer wiederkehrendes monatliches Ereignis? War es am Ende vielleicht eine Art Stillhalteprämie für das Ergebnis eines Seitensprungs? Wenn ja, wer war die Dame? Oder erpresste man ihn?« Fritz konnte den Wert des Büchleins für seine aktuellen Ermittlungen nicht einschätzen. Wahrscheinlich hatte es überhaupt nichts damit zu schaffen. Aber egal, vielleicht verbarg sich die Antwort in den 1967er Unterlagen und wartete nur darauf gefunden zu werden. Welche Überraschungen und Wendungen würde der heutige Tag denn sonst noch für ihn bereithalten? Doch bei allen Zweifeln, die Wellers Gedanken wie rastlose Pilger auf der Suche nach der seelisch machenden Erleuchtung durchstreiften, gab es eine feste Größe. Trotzig sagte er immer wieder zu sich: »Dieses Mal versage ich nicht und wenn es das Letzte wäre, was ich mache, dieses Mal nicht!« Fritz, von dieser Maxime beflügelt, schnallte sich das Halfter mit seiner Dienstwaffe um, die er auf dem Wohnzimmertisch abgelegt hatte, steckte das Notizbuch ein und machte sich sogleich wild entschlossen auf ins Büro.

Gegen sechs Uhr im Präsidium angekommen, liefen ihm nur die uniformierten Kollegen von der Nachtschicht über den Weg und er war heilfroh, dass sie ihn nicht mit belanglosem Gequatsche behelligten. Nur wenige Minuten später hatte Weller in seinem Zimmer, des besseren Überblicks wegen, bereits alle Dokumente aus der Akte Heinrich Kreismüller großflächig ausgebreitet. Dabei nutzte er nicht nur die Arbeitsfläche seines Schreibtisches, sondern belagerte auch den Platz von Kommissarin Franck und fast den kompletten Fußboden. Gleich einem Jäger auf dem Hochsitz, der gespannt auf das erhoffte Wild in der Waldlichtung lauert, sichtete er bebrillt die Aufzeichnungen. Ein Auge ruhte dabei die ganze Zeit über auf Kreismüllers aufgeschlagenem Notizbuch, das er mit seiner Linken festhielt. Plötzlich, direkt vor seinen Füßen liegend, erfasste sein messerscharfer Blick eine Passage der Zeugenaussage Anton Pohlerts, des Wirts der Dorfkneipe *Zur Post*, die dieser am Fundort von Heinrich Kreismüllers Leiche den Beamten zu Protokoll gegeben hatte. »Ja klar, das könnte doch absolut zusammenpassen.« Kommissar Weller rutsche sofort hinunter von seinem Stuhl und hockte sich zwischen die Papiere auf den Boden. »Mensch, wie hieß der Elzer noch gleich mit Vornamen? Mist, davon steht hier nix!« Fritz fluchte, dass er sich dieses Detail damals nicht notiert hatte. »Aber der Name sollte in Erfahrung zu bringen sein, schließlich gibts in Mayberg noch genügend, die ihn kannten.« In Gedanken versunken, spulte er eine Reihe von möglichen Personen ab, die ihm sicherlich weiterhelfen konnten und starrte dabei gebannt auf die betreffenden Zeilen in Pohlerts Aussage. Unvermittelt wurde die Bürotür mit Schwung geöffnet und durch den entstandenen Windzug zahlreiche der ausgelegten Papiere aufgewirbelt. Weller, der mitten in diesem Wust in grellem Neonlicht auf seinen Knien lag, schaute zum Eingang und fauchte sofort: »Ehh langsam, sonst verlier ich noch den Überblick!« Steffi Franck verharrte völlig überrascht im Türrahmen. Eigentlich erschien ihr Kollege nie vor neun Uhr im Büro und jetzt war es gerade zehn vor acht. »Oh sorry, aber was machst du denn schon hier? Hast wohl eine lange Nacht gehabt, so wie du aussiehst?« Steffi entschuldigte sich bei Fritz, denn dessen tiefe Augenringe und die schweißnasse Stirn waren einfach nicht zu übersehen. »Was hast du mit dem alten Zeug hier vor?« Weller stand auf und wischte sich mit dem Hemdsärmel über seine Stirn: »Ich glaube, da ist eine Erkältung im Anmarsch. Außerdem konnte ich einfach nicht mehr schlafen. Zu viele rätselhafte Dinge geisterten durch meinen Kopf.« Fritz atmete schwer. »Aber ich bin mir absolut sicher, dass uns dieses *alte Zeug* noch sehr hilfreich sein wird. Den entscheidenden Hinweis habe ich zwar noch nicht gefunden, aber so langsam komme ich der Sache näher.« Wellers Worte klangen beinahe beschwörend, wie die eines Medizinmannes, der Manitus Beistand in einem herannahenden Krieg erbat. Zudem liebte es Weller seit jeher in Rätseln zu sprechen, um Andere neugierig zu machen. »Ja und sag schon!« Kommissarin Franck nervte das Gehabe ihres Partners und sie warf ihre roten langen Haare mit einer Kopfbewegung aus ihrem Gesicht. »Später, ich muss noch einer Kleinigkeit nachgehen.« Fritz vertröstete sie fürs Erste. »Na, von mir aus. Ich für meinen Teil beschäftige mich lieber mit der Gegenwart. Und da gilt es, den Mord an Manfred Kreismüller aufzuklären.« Steffi hatte inzwischen ihre silbrige Winterjacke mit samt des weinroten Stoffschals an die Garderobe gehängt. Mit vorsichtigen Schritten, wie wenn man von Stein zu Stein schreitet, um einen Bachlauf trockenen Fußes zu überqueren, hangelte sie sich zwischen den Dokumenten durch, setzte sich auf ihren Stuhl und legte sogleich nach: »Du erinnerst dich vielleicht noch an die Läufer, mit denen unser Opfer aneinander geraten war.« Sie ließ bei diesem Satz eine ordentliche Portion Sarkasmus in ihrer Stimme mitschwingen. »Mit drei von ihnen hatte ich gestern tagsüber ja bereits das Vergnügen. Bei denen war auch alles in Ordnung. Auf meinem Nachhauseweg hatte ich gestern Abend noch dem vierten im Bunde einen Besuch abgestattet. Cornelius Hahn, lustiger Name für einen Gas-, Wasser-, Schei...-Monteur, wohnt mit seiner Familie genaue wie ich in St. Josef. Er war zur Tatzeit mit seiner Frau und einem befreundeten Ehepaar in Burgstadt in der Tanzschule. Ihr Tanzlehrer hatte es mir vor ein paar Minuten bestätigt. Wie die anderen Läufer zuvor, hatte Hahn mir auch berichtet, dass Kreismüller immer seinen Schäferhund frei laufen ließ und sie einige Male von dieser Dreckstöle beinahe gebissen worden wären. Doch dieses Problem sei schließlich seit einer Woche gelöst. Demnach wurde der Köter tot hinter der Gemeindehalle gefunden. Beim Alibi unseres letzten Sportsfreunds wird es nun skurril. Hannes Erlemann ist eigentlich Schreiner beim Küchenbauer Schummrig in St. Josef. Ich rief heute Morgen um zehn vor sieben bei ihm zuhause an und sprach mit seiner Frau. Er hatte sich kurz zuvor in die Firma aufgemacht. Frau Erlemann schimpfte wie ein Rohrspatz über den alten Schummrig und titulierte ihn als Ausbeuter. Schließlich müsse ihr Mann sogar sonntags arbeiten und das nur wegen so einer blöden Küchenausstellung, die Anfang Dezember in Burgstadt stattfindet. Wenn ich mich beeilen würde, könnte ich ihren Mann noch in der Firma antreffen. Er wollte noch schnell Material aufladen und sich dann wieder zur Baustelle begeben. Schummrigs Küchenstudio mitsamt dem Lager ist nicht weit von meiner Wohnung entfernt. So bin ich direkt dorthin und traf Erlemann an, als er gerade in seinen Pritschenwagen einsteigen wollte. Zuerst rückte er nicht mit der Sprache heraus. Erst als ich ihm sagte, dass er seine Aussage auch gerne im Präsidium machen könne und er durch sein widerspenstiges Auftreten zum Kreis der Verdächtigen zählte, packte er recht kleinlaut aus. Er interessiere sich schon immer für die Malerei. Und weil er seiner Frau zu Weihnachten ein selbst gemaltes Bild schenken möchte, hatte er sich vor vier Monaten in der Volkshochschule zu einem Kurs eingeschrieben, der für gewöhnlich donnerstags von 18 Uhr bis 19:30 Uhr stattfindet. Am letzten Sonntag gab es nun für die Teilnehmer die Möglichkeit, in der Uni an einer Übungseinheit zum Thema Akt-Malerei Teil zunehmen. Diese Session dauerte nach seinen Angaben den gesamten Abend. Er sei so gegen eins wieder zuhause gewesen. Als ich ihn aufforderte, mir einige Namen der anderen Kursteilnehmer und des Leiters zu nennen, damit wir seine Aussage auf deren Wahrheitsgehalt überprüfen können, versuchte er sich zunächst mit Ausflüchten davonzustehlen. Es war ganz offensichtlich, dass der Knabe etwas verheimlichte. Doch nachdem ich nochmals verschärft mit dem Präsidium und U-Haft gedroht hatte, besann er sich eines Besseren und redete.« Auch Steffi besaß Talent dafür, andere auf die Folter zu spannen und legte extra eine kleine Pause ein, die Weller fast zur Weißglut trieb. »Diese Übungseinheit, wie Maler Erlemann sie treffend nannte, beschränkte sich nur auf ihn selbst und das Akt-Modell. Auch fand die Chose nicht wie ursprünglich behauptet in Räumlichkeiten der Uni statt, sondern in den Privat-Gemächern der jungen Dame. Es folgte natürlich wie erwartet die alte Laier: »Bitte sagen Sie es nicht meiner Frau, es war eine einmalige Sache, blablabla, wie schon tausend Mal gehört!« Steffi kochte innerlich vor Wut, da sie selbst vor zwei Jahren das gleiche Schicksal wie Erlemanns Frau ereilt hatte. Mit dem kleinen aber entscheidenden Unterschied, dass sie ihrem damaligen Lebensgefährten auf die Schliche kam und ihn daraufhin hochkant aus der gemeinsamen Wohnung beförderte. »Der Fremdmaler gab mir ihre Adresse und Telefon-Nummer. Aber bevor ich bei der guten Dame anrufe, brauche ich erst einen Kaffee. Du doch bestimmt auch?« Steffi war inzwischen aufgestanden und füllte den Kaffeefilter mit Pulver. »Nee, danke. Mir ist schon schlecht. Es ist genau wie beim Mord am Vater. Es gibt einen Haufen Verdächtiger, viele haben durchaus ein Motiv, aber alle präsentieren ein Alibi. Wellers Stimmung passte prima zum trostlosen Grau der tiefhängenden Regenwolken.

Mitten in diese Unterhaltung platzte Doktor Jakob. Gruft-Jaki stiefelte in seinem bis zum Kragen zugeknöpften weißen Kittel geradewegs ins Zimmer und machte sich, ehe er auf den eigentlichen Grund seines Erscheinens einging, über das augenscheinliche Chaos lustig. In seiner bekannt hellen Fistelstimme piepste er: »Also wenn ihr mich fragen würdet, ich würde all das Papier an die Wände kleben. So könntet ihr prima im Stehen lesen und hättet dazu noch eine schicke Tapete!« »Zum Glück fragt dich aber keiner. Erzähl uns lieber, was unser Mordopfer dir noch so alles verraten hat!«, konterte Weller barsch. Eigentlich war der Kommissar nahezu für jeden Spaß zu haben. Doch heute nervten ihn solch dummen Kommentare. »Schon gut, mach dich locker«, Jaki, sichtlich überrascht von dieser Reaktion, bemühte sich nun krampfhaft, Wellers miese Laune nicht noch weiter zu verschlechtern und startete sogleich mit seinem Bericht: »Wie ich dir gestern bereits sagte, habe ich Rostpartikel in der Kopfwunde gefunden. Der viel zitierte stumpfe Gegenstand, mit welchem Kreismüller erschlagen wurde, war daher mit an Sicherheit grenzender Wahrscheinlichkeit ein mittelgroßer Hammer. An der Fraktur konnten wir deutlich erkennen, dass der Täter mit der flachen Kopfseite des Hammers zugeschlagen hatte. Der Hieb wurde zudem mit einer solchen Kraft ausgeführt, dass das Metall gut fünf Zentimeter tief in den Schädel eindrang. Wir gehen außerdem davon aus, dass das Opfer von hinten angegriffen wurde, denn an seinen Händen und Armen fanden wir keine Abwehrverletzungen.« »Manfred war also chancenlos«, resümierte Kommissarin Franck. »Stimmt genau«, antwortete der Mediziner. »Kannst du uns irgendwas Brauchbares zum Täter liefern?«, hakte Weller hustend nach. »Eventuell kann ich das«, entgegnete Doktor Jakob und fuhr fort: »Geht man nun davon aus, dass sowohl Kreismüller als auch der Angreifer gestanden haben als der tödliche Schlag erfolgte, so müssten Opfer und Täter etwa gleich groß gewesen sein. Wir haben an unserem Dummy einige Tests mit Hieben aus verschiedenen Einschlagwinkeln durchgeführt, die dies belegen. Das Ergebnis stimmt genau mit den Beschädigungen am Schädel des Toten überein.« »Na prima, dann können wir Liliputaner und Basketballspieler aus dem Kreis der Verdächtigen ausschließen«, zischte Weller zynisch. Jaki ließ sich davon scheinbar nicht aus der Ruhe bringen. Unbeeindruckt von diesem verächtlichen Seitenhieb erklärte er weiter: »Mit absoluter Sicherheit steht fest, dass er bereits tot war, bevor er im Bach landete, denn in seiner Lunge fanden wir kein Wasser.« »Mensch Doc, du hast doch noch mehr herausgefunden. Komm spucks schon aus!« Fritz kannte Jaki schließlich seit vielen Jahren gemeinsamer Ermittlungsarbeit und wusste, dass der sich gerne den Höhepunkt für den Schlussakkord aufsparte. Und Gruft-Jaki enttäuschte die Polizisten nicht. »Eine Sache habe ich tatsächlich noch«, flüsterte er, Weller und Franck dabei geheimnisvoll durch seine runden Brillengläser anblickend. »An den Haaren des Toten, sowie an den in der Wunde befindlichen Rostteilchen, klebte nicht nur sein eigenes Blut, sondern auch geringe Mengen vom Blut einer zweiten Person. Jetzt sollte man doch annehmen, dass es sich dabei eigentlich nur um das Blut des Mörders handeln kann. Also glich ich es mit den Aufzeichnungen in unseren diversen Datenbanken ab. Und was soll ich euch sagen, die Recherche ergab tatsächlich einen Treffer.« »Das bedeutet, wir haben den Mörder!«, triumphierte Kommissarin Franck und hörte bereits das Klicken der Handschellen, die sie eben dem überführten Täter anlegte. Ihr Kollege allerdings hielt sich währenddessen merklich zurück. Sein Sinn stand ihm nicht nach verfrühten Jubelarien. Zu oft musste er in seiner langen Laufbahn schmerzhaft erfahren, dass Fakten, welche eben noch als totsicher angepriesen wurden, sich bei näherem Betrachten in Wohlgefallen auflösten. »Ich kenne dich schon lange genug, Jaki. Wenns so offensichtlich wäre, dann hättest du dir dieses Brimborium gespart und wärst sofort auf den Punkt gekommen.« Die Art und Weise, in der Doktor Jakob seine Ergebnisse präsentierte, hatte dafür gesorgt, dass Wellers pessimistische Grundeinstellung, was die zügige Aufklärung des Falles anbetraf, Risse bekam. Ein Hauch von gespannter Vorfreude durchzuckte sein Gesicht. »Du kennst denjenigen gut. Es ist ein alter Bekannter von dir Fritz, … denn die Blutspuren stammen von Manfreds Vater.« Gruft-Jaki war natürlich von Anfang an bewusst, welches Ass er damit noch im Ärmel hatte. Weller sank wie vom Schlag eines imaginären Hammers getroffen in seinen Bürostuhl. Auf die Schnelle waren ihm einige mögliche Personen eingefallen, doch Heinrich Kreismüller spielte in seinen Überlegungen nun überhaupt keine Rolle. Nun trieb Jaki leichtsinnigerweise sein Gehabe auf die Spitze. Wie jemand, der von Grauen und Furcht gepackt ein nahendes Unheil prophezeite, blickte er sich immer wieder verstohlen um, trat dicht an Steffi heran und hauchte ihr ins Gesicht: »Ich vermute, dass der alte Kreismüller als Zombie in Mayberg umhergeistert und sich der Seele seines Sohnes bemächtigte, damit er wiederauferstehen kann!« Die Polizistin wich mit ihrem Oberkörper zurück. Noch bevor sie sich äußern konnte, fuhr ihr Fritz in die Parade. Aufgebracht sprang er auf und schrie Jaki an: »Mann lass den Scheiß! Verpiss dich, wenn du nur solchen Müll von dir gibst!« Weller schwitzte und er hatte das Gefühl, sein Schädel zerspringe jeden Moment in Tausend Einzelteile. Nur seine Halsschmerzen, die ihn nach dem Aufstehen noch plagten, waren doch tatsächlich dank des Hausmittels verflogen. »Schon gut, mach demnächst deinen Mist alleine. Sieh zu, dass du den verdammten Hammer endlich findest, denn er scheint dieselbe Mordwaffe wie vor 24 Jahren gewesen zu sein!« Nach diesen Sätzen verabschiedete sich Jaki kopfschüttelnd bei Steffi, ohne den Kommissar auch nur eines weiteren Blickes zu würdigen. Beim Hinausgehen sagte er zu ihr: »Ach ja, zwei Dinge hätte ich doch beinahe vergessen. Zum einen, im Besprechungsraum sitzt Rosemarie Kreismüller, die eben die Identität des Toten einwandfrei bestätigte und noch unbedingt mit deinem Kollegen sprechen wollte. Und zum anderen stiefelte mir *der Lord* gerade über den Weg. Er bat mich höflichst darum euch kund zu tun, dass dein Kollege ihm *pronto* seine Aufwartung machen soll. Er will wissen, ob ihr schon eine heiße Spur habt.« Der *Lord*, mit Namen Gero von Hübenthal, war der Vorgesetzte der beiden Kommissare. Ein durchweg unbeliebter, selbstherrlicher Arschkriecher, der sich gerne mit den Leistungen seiner Mitarbeiter schmückte, bei brenzligen Situationen jedoch geschickt verstand, sich aus der Schusslinie zu manövrieren. Daraufhin entschwand Gruft-Jaki und zog die Bürotür mit einem lauten Knall hinter sich zu. »Mensch Fritz, was ist los mit dir?« Noch nie in ihrer gemeinsamen Zeit bei der Kripo hatte Kommissarin Franck ihn so erlebt. »Entschuldige bitte, aber die Geschichte treibt mich noch in den Wahnsinn.« Verzweiflung klang aus Wellers Worten. Doch nur wenige Sekunden später fasste er sich wieder und sprach mit fester Stimme: »Es nützt alles nichts. Der alte Leichenfledderer hatte ja Recht. Wir müssen endlich diesen verfluchten Hammer finden, sonst kommen wir keinen Millimeter weiter!« Hier stockte er und überlegte, wie sie ihr weiteres Vorgehen in dem Fall nun idealerweise gestalten sollten. Nach kurzen Gedankenspielen präsentierte er Kommissarin Franck seinen Plan: »Okay, ich hab's! Am besten ist, wir teilen uns zunächst auf. Du kümmerst dich um deinen laufenden Picasso und fühlst anschließend einem gewissen Gerd Müller mal auf den Zahn. Der hat eine Gebäudereinigungsfirma in St. Josef. Denn gestern Nachmittag stattete ich unserem alten Kumpel Heinzi einen Besuch ab, da mir Rosi erzählt hatte, ihr Stiefbruder habe sich in der Vergangenheit häufig in dessen Bar rumgetrieben.« »Rumgetrieben, wie passend für einen Puff«, lachte Steffi. »Kann schon sein, dass er seine Knete auch bei den Damen gelassen hat, aber hauptsächlich wurde wohl gepokert. Und Manfred muss ein miserabler Spieler gewesen sein, denn er schuldete Müller einen Batzen Kohle. Ist schon tragisch die ganze Geschichte. Da verprasst dieser Hallodri die letzten Kröten und Rosi mit ihrer Tochter muss auf Deutsch gesagt den Kitt aus dem Fensterrahmen fressen.« Fritz schüttelte fassungslos seinen Kopf und fuhr dann fort: »Doch jetzt wirds interessant. Unser Heinzi erwähnte nämlich noch, dass Manfred einige Tage vor seinem Tod behauptete, eine Geldquelle aufgetan zu haben und er somit seine Spielschulden in Kürze zurückzahlen könne. Also sieh zu, dass unser Meister Proper ordentlich Butter bei die Fische gibt. Denn ich habe so eine Ahnung, dass uns der Saubermann in der Sache noch von Nutzen sein wird. Und ich besänftige den Lord, bevor ich mich wieder an die alten Unterlagen mache. Aber zuerst höre ich mir an, was Frau Kreismüller denn auf dem Herzen hat.« Wellers sentimentaler Gesichtsausdruck bei der Erwähnung von Kreismüllers Stiefschwester erinnerte Steffi unweigerlich an gestern Abend, als ihr Kollege das Foto mit Rosis Porträt in seinen Händen hielt. »Schon klar. Ich hoffe nur für dich, dass dir deine Gefühle nicht den Sinn für die Realität vernebeln!« Obwohl ihr Wellers Verhältnis zu Rosemarie Kreismüller schleierhaft war, befürchtete sie ernsthaft, dass ihrem Kollegen die notwendige Objektivität abhanden gekommen war. »Ich weiß genau was ich tue und jetzt kümmer dich um deinen Kram!«, zischte ihr Weller scharf entgegen und eilte in den Besprechungsraum, welcher sich drei Türen weiter am Ende des Ganges befand. Die Bezeichnung *Besprechungszimmer* schmeichelte dieser mickrigen Kammer gehörig. Denn in dem sechs Quadratmeter großen Kabuff befand sich außer einem schlichten Tisch mit zwei orangen Kunststoffstühlen nichts Erwähnenswertes. Die Kammer versprühte maximal den morbiden Charme der frühen 70er Jahre und bedurfte eigentlich einer umfassenden Renovierung.

Weller trat ein und schloss die Tür hinter sich. Rosi, erhob sich aus dem Stuhl. Ihre bloße Anwesenheit bewirkte, dass seine miese Laune, die er noch vor wenigen Minuten publikumswirksam zu Markte getragen hatte, sich nun binnen Sekunden auf wundersame Weise in eine Art fürsorglicher Freude wandelte. Und nachdem nun der Tagesordnungspunkt *Begrüßung der Stiefschwester des Opfers* ausgiebig abgehandelt war, setzten sie sich an den Tisch. »Das ist gut, dass du hier bist, denn ich habe auch noch ein paar Fragen, oder besser gesagt interessante Neuigkeiten für dich. Aber was möchtest du denn mit mir besprechen?« Fritz ließ Rosi à la ladys first den Vortritt und sie kam seiner Aufforderung ohne lange zu zögern sogleich nach. »Habt ihr schon eine Spur? Gibts schon einen Verdächtigen?« »Wir haben reichlich Spuren, denen wir nachgehen und ermitteln zurzeit in alle Richtungen. Das bedeutet leider, dass du und deine Tochter, so schlimm wie es ist, auch noch vernommen werdet«, antwortete Fritz. »Was, zählen wir etwa zu den Verdächtigen? Glaubst du mir etwa nicht?« Rosi starrte den Polizisten entrüstet an. »Würde ich nur zu gerne. Deswegen muss ich unbedingt mit deiner Tochter sprechen. Ich hoffe, sie bestätigt deine Aussage von gestern, damit eure Unschuld einwandfrei bewiesen ist! Wie du dich sicher noch erinnern kannst, gab es beim Tod des alten Kreismüllers auch genügend Menschen, die den Täter im Kreis der Familie vermuteten.« »Und du, was denkst du?«, schrie Rosi Weller an und sprang auf. Der entgegnete mit gesenktem Kopf: »Ehrlich gesagt, weiß ich noch nicht, was ich von alldem halten soll.« »Denk was du willst, wir haben ihn jedenfalls nicht umgebracht. Wie sollen wir das überhaupt angestellt haben?« Sie setzte sich nun wieder hin und sah Weller fragend an. Er blickte auf und schaute ihr geradewegs ins Gesicht: »So viel kann ich dir schon mal sagen. Fest steht, dass dein Stiefbruder brutal mit einem Hammer vorgestern gegen 23 Uhr erschlagen wurde. Die Tatwaffe haben wir bislang jedoch noch nicht gefunden. Aber glaub mir, dieses Mal kriegen wir ihn!« »Vielleicht kann ich dir ja helfen. Aus Versehen stieß ich gestern im Schlafzimmer meiner verstorbenen Mutter einen Bilderrahmen vom Nachtisch. Das Glas zersplitterte beim Aufprall und hinter dem Jesusbild fand ich diesen Brief, der nur von meinem leiblichen Vater stammen konnte.« Ohne lange Umschweife nahm Rosi ein gefaltetes, mit Stockflecken übersätes Blatt Papier aus ihrer schwarzen Lederhandtasche und schob es Fritz über den Tisch zu. Der Kommissar klappte es auf und las den in gestochen scharfer Handschrift geschriebenen Text:

Treuer Freund,
 ich gehe dahin zurück, wo es mir in den letzten Jahren, bevor ich zurückkehrte, besser erging -
 ...sofern der Begriff »besser« hier überhaupt angebracht ist.
 Du brauchst nicht nach mir zu suchen, denn das was ich hier zu finden erhoffte, blieb mir verwehrt...
 Vielen Dank für alles was Du für uns getan hast.
 Michael
 ... irgendwann geschieht vielleicht »Sagenhaftes« und wir sehen uns wieder ...

Fritz stutzte für einen Moment. Dann stand er wortlos auf, stürzte aus dem Raum und ließ eine verdutzt dreinschauende Frau zurück. Nur wenige Augenblicke später erschien er wieder mit Kreismüllers Notizbuch und einem beschriebenen Blatt Papier auf der Bildfläche. Zum Vergleich legte er seinen Zettel neben Rosis. »Sofort als ich die Zeilen gelesen hatte, kam mir der Text bekannt vor. 1967 überließ mir deine Mutter diesen Brief für die Zeit der Ermittlungen, doch ich vergaß allerdings, ihn ihr wieder zurückzugeben. Sie sagte mir damals, dass es sich um den Abschiedsbrief deines Vaters Michael Bergheim handelte, den der bei seinem Verschwinden 1947 hinterlassen hatte. Aber genutzt hatte uns der Schrieb wie du weißt leider nicht. Nur wenn dein Brief von deinem Vater stammt, von wem ist dann meiner und warum log deine Mutter?« Weller drehte die beiden Papiere um, sodass Rosi die Schriften erkennen konnte und war gespannt auf ihre Antwort. Jetzt war Rosi diejenige, die große Augen machte. Denn die Handschrift in Wellers Brief, der angeblich von ihrem leiblichen Vater stammen sollte, erkannte sie sofort. »Nein Fritz, du musst dich irren, die Schrift ist eindeutig von meiner Mutter. Dieses kritzelige Sütterlin erkenne ich doch direkt wieder!« »Und warum verzichtete deine Mutter auf den Teil mit dem *Sagenhaften*? Denn ansonsten sind die Texte absolut identisch. Wollte sie uns damals etwas *Sagenhaftes* verheimlichen? Aber tu mir bitte den Gefallen, fang du jetzt nicht auch noch an, uns Geschichten von Geistern und Gespenster aufzutischen. Diese Ammenmärchen haben wir euch vor 24 Jahren nicht abgekauft und tuns auch dieses Mal nicht. Außerdem sind wir Polizisten und keine Geisterjäger, die gibts nur im Kino!« Weller lehnte sich genervt zurück. Rosi versicherte ihm darauf, dass sie nichts damit anzufangen wusste und er ihn doch unter Umständen in seine Untersuchungen einbauen könnte. »Na gut, lass ihn hier, mal sehn was der Wisch uns bringt.« Irgendwo war Weller selbst für den kleinsten Hinweis dankbar und er dachte kopfschüttelnd bei sich: »Ich glaube, ich habe gerade ein Déjàvu. Denn ich war doch schon mal in der Situation, dass ich mich aus lauter Verzweiflung auf diesen Hokuspokus eingelassen habe.« »Dir hatte meine Mutter also damals die Wahrheit gesagt, dass mein richtiger Vater den Krieg überlebt hatte und nach Mayberg heimgekehrt war? Und mir erzählte sie erst kurz vor ihrem Tod, wie es sich wirklich abgespielt hatte.« Enttäuschung gepaart mit Verwunderung spiegelte sich in Rosis Gesicht und in ihren Worten wieder. Dann jedoch schaute sie Fritz in die Augen und sagte mit fester Stimme: »Ich gebe zu, dass ich sie dafür gehasst habe, dass sie meinen Vater so eiskalt abserviert hatte.

Aber schließlich habe ich ihr verziehen. Denn meine Mutter war auch nur ein Opfer von Heinrich Kreismüllers hinterhältigen und niederträchtigen Machenschaften. Er spielte meine Eltern einfach gegeneinander aus und sie sind alle auf ihn reingefallen. Na ja, das Schwein hat seinen gerechten Lohn dafür bekommen.« Fragmente der Befragung Maria Kreismüllers an jenem Tag im November 1967 gelangten allmählich zurück in Wellers Bewusstsein. »Deine Mutter bat mich darum, euch weder etwas zum Inhalt ihrer Befragung und erst recht nichts zu dem Brief zu sagen, den sie mir überließ. Ich glaube ihre Worte »EINEN Vater zu verlieren genügt« vergesse ich wohl nie. Na ja, und mit dem EINEN hatte sie mir gegenüber natürlich den alten Kreismüller gemeint. Sie versprach mir auch in die Hand, dir die ganze Wahrheit zu gestehen, wenn der richtige Zeitpunkt gekommen ist ... und besser spät als nie, kann ich da nur sagen!« »Mag sein. Aber seitdem ich es nun weiß, habe ich meinen Vater ständig vor Augen und träume sogar nachts von ihm. Es ist jedes Mal der gleiche Ablauf ... Ich bin noch klein, sehe ihn wie er zur Hoftür herein kommt und höre wie er nach mir ruft. Dann laufe ich zu ihm. Er hebt mich hoch und gibt mir einen Kuss.« Rosi strich sich mit ihrer Hand sanft über ihre Wange und lächelte: »Dann fühle ich mich einfach nur noch geborgen und behütet.« Fritz lauschte ihr gebannt. Sie schien in Gedanken weit, weit weg zu sein und wirkte einfach nur glückselig. Doch dann, wie aus heiterem Himmel, änderte sich ihre Stimmung und von der eben gezeigten Zufriedenheit war plötzlich nichts mehr übrig. Weller gewann rasch den Eindruck, als spiegelte sich nun in Rosis stahlblauen Augen all das Leid und Unrecht wieder, das ihr Zeit ihres Lebens widerfahren war. Sie schwiegen. Undeutliches Stimmengewirr drang vom Flur in den kleinen Raum. Nach einer Weile sagte Rosi leise: »Ich denke, wir haben für den Moment alles geklärt, oder?« Fritz grübelte kurz und antwortete schließlich:

»Eigentlich schon, doch eine letzte Frage habe ich noch an dich. Wie hieß eigentlich der Elzer mit Vornamen? In meinen Aufzeichnungen hatte ich ihn nicht vermerkt und die Mayberger sprachen immer nur vom alten Elzer.« »Der hieß, der hieß ... Matthias«, antwortete Rosi wie aus der Pistole geschossen. »Dann passt alles zusammen. Du erinnerst dich noch an seine monatlichen Einträge ›ME 500 Mark‹ von Anfang 1964 bis zu dessen Tod im November 1967.« Fritz deutete auf das kleine Notizbuch, welches neben den beiden Briefen auf dem Tisch lag. »Ja, und was hat es damit auf sich?«, fragte sie schroff. »Ich durchforstete die alten Unterlagen des Mordfalls Heinrich Kreismüller und in einer Zeugenaussage fand ich den entscheidenden Hinweis. Kann es sein, dass so um den Jahreswechsel 63/64 der Wagen deines Stiefvaters demoliert war?« Der Kommissar lauerte auf ihre Antwort wie ein hungriger Löwe auf seine Beute. »Ja stimmt. Das muss Anfang Januar 1964 gewesen sein. Ich bemerkte, dass die Stoßstange an seinem guten Mercedes eingedellt war. Zum gleichen Zeitpunkt kam unsere Magd Katharina vom Einkaufen aus dem Ort und berichtete, dass der alte Elzer am Vorabend von einem Wagen angefahren worden sei und nun mit mehreren Knochenbrüchen in St. Josef im Krankenhaus liegen würde. Als Heinrich das erfuhr sagte er nur, dass er sich um alles kümmern werde. Wir sollten nur unsere Klappen halten. Niemand sonst aus der Familie fuhr den Wagen ... außer Manfred. Er drehte heimlich damit seine Runden, wenn der Alte nicht zuhause war.« Rosi hatte soeben Manfred als damaligen Unfallverursacher eiskalt entlarvt. »Und Heinrich Kreismüller zahlte dem Unfallopfer bis zu dessen Tod eine satte monatliche *Schweigerente*. Zumindest diesen kleinen Aufklärungserfolg konnte Weller auf seinem Habenkonto nun verbuchen. Glücklich machte ihn dieser Umstand jedoch nicht. Denn als er das Büchlein Rosi wieder zurückgeben wollte, sagte sie mit Tränen in ihren Augen:

»Behalte es, oder schmeiß es weg. Ich brauch jedenfalls nichts von ihm. Schon gar kein Andenken.« Daraufhin blickte sie schweigend aus dem Fenster. Wenig später verabschiedeten sie sich voneinander und Weller kündigte seinen Besuch auf dem Hof für den heutigen Abend an. Als sie sich schon auf dem Flur befanden, fiel ihm noch die Sache mit Manfreds Hund ein und er fragte Rosi, ob das Tier denn alt oder krank gewesen sei. »Der Hund war weder alt noch krank, er wurde vergiftet. So ein Drecksack hatte Giftköder ausgelegt. Das Tier schleppte sich noch bis hinter die Gemeindehalle und ist dort elendig krepiert. Aber was solls. Letztlich wird in dem Kaff doch eh alles vertuscht und denjenigen kriegt ihr sowieso nicht zu fassen.« In Rosis Antwort klangen Verbitterung und Resignation. »Du traust uns wohl überhaupt nichts zu. Also lass dich überraschen!« Mit dieser Ankündigung Wellers im Gepäck machte sich Rosi nun per Bahn auf den Heimweg und Fritz raffte sich widerwillig auf, um dem *Lord* den Stand der Ermittlungen zu offenbaren. Doch wie es der Zufall wollte, wurde Wellers unbeliebter Vorgesetzter kurzfristig zu einer Besprechung mit dem Polizeipräsidenten einberufen und der Kommissar begab sich, erfreut von diesem glücklichen Umstand, sofort wieder an seinen Schreibtisch, um in den alten Aufzeichnungen nach weiteren Hinweisen zu stöbern. Und noch immer hoffte er in seinem Innersten, dass Rosi nichts mit diesem Mord zu schaffen hatte. Doch nur Sekundenbruchteile später verblassten diese Hoffnungen und durch Wellers Hirn zuckten instinktive Befürchtungen, die ihm genau das Gegenteil suggerierten. So hin und her gerissen durchlebte er quasi eine Achterbahn der Gefühle, eine Sinus-Kurve der Spekulationen, ein Intervall der Emotionen mit ständigen *ups and downs*.

Gegen zehn Uhr signalisierte Wellers beigefarbenes Tastentelefon in Form von aufdringlichen, immer wiederkehrenden

Drei-Ton-Salven das Bemühen eines Anrufers, mit ihm in Kontakt treten zu wollen. Aus seinen Gedankengängen gerissen, hob der Polizist missmutig den Hörer nach gut einer Minute ab. »Na, habe ich dich geweckt?« Am anderen Ende der Strippe war seine Kollegin, die sich diese Spitze einfach nicht verkneifen konnte. Weller nuschelte etwas von »viele Unterlagen durchsehen« in den Hörer. Jedenfalls waren dies die Worte, die Steffi aus dem undeutlichen Gemurmel ihres Kollegen noch am ehesten verstehen konnte. Also kam sie ohne weitere Umschweife auf den Grund ihres Anrufes zu sprechen. Demnach sei sicher, dass der Picasso nun auch endgültig von der Liste gestrichen werden kann. Seine Muse habe soeben alle Angaben bestätigt. Steffi lachte: »Das Einzige, was der Erlemann am Sonntagabend geschwungen hat, war sein Pinsel ... und ich meine nicht den mit den Borsten. Aber zu seinem Glück und zu unserem Pech nicht den verdammten Hammer, wo das Teil auch immer stecken mag.« Fritz registrierte diese Tatsache beiläufig und antwortete, dieses Mal verständlicher, jedoch ohne Bezug auf Kommissarin Francks Nachrichten zu nehmen: »Der Hund vom Kreismüller wurde laut der Aussage seiner Stiefschwester vergiftet. Sag den Uniformierten, sie sollen sich diesen einen Läufer noch mal vorknöpfen. Ich könnte mir vorstellen, dass der Knilch etwas damit zu schaffen hat. So gehässig, wie der von der Sache gesprochen hatte.« »Dein Wunsch ist mir Befehl, Chef. Hoffentlich kriegen wir den Mistkerl in die Finger, der das zu verantworten hat.« Steffi, eben noch heiter gestimmt aufgrund ihrer Anekdote vom malenden Läufer, klang nun bitterböse. Anschließend fuhr sie gemäßigter fort: »Bis später, ich melde mich wieder, denn ich biege gerade in den Firmenhof deines Gebäudereinigers ein. Bin ja nur mal gespannt wie ein Flitzebogen, welche interessanten Neuigkeiten mich hier erwarten.« In Punkto der zu erwartenden Neuigkeiten, war in ihrer Stimme eine gute Portion Ironie nicht zu überhören, da bisher alle Spuren zu keinem zählbaren Ergebnis führten. Nach dem Telefonat brütete Weller wiederum über den 24 Jahre alten Akten, zwischendurch immer wieder von heftigen Hustenattacken durchgerüttelt. »Ich weiß es genau. Der Schlüssel zur Aufklärung des Mordes an Manfred liegt in der Vergangenheit verborgen!« Sich seine grauen Haare raufend lief er im Büro herum, setzte sich dann wieder, um nur Sekunden später in der Annahme, er habe einen Hinweis erkannt, kniend auf dem Fußboden zwischen den Papieren herumzurutschen. Mit den zerzausten Haaren wirkte er phasenweise wie ein zerstreuter Professor. Die Zeit verrann. Mehrfach hatte er mittlerweile alle Schriftstücke akribisch begutachtet. »Irgendetwas übersehe ich, es ist zum Mäuse melken! Wo nur versteckt sich dieses eine Detail?« Wutentbrannt war er kurz davor den alten Krempel im Rundordner abzuheften, doch ein plötzlicher Geistesblitz beförderte ihn schlagartig aus dem Tal der Tränen. »Na klar, der Bachlauf! Warum bin ich da nicht direkt drauf gekommen? Damals plätscherte das Flüsschen noch offen durch den Ort vor sich hin und ich bin doch noch auf meiner morgendlichen Runde daran entlang gelaufen. Bislang sind wir davon ausgegangen, dass die Fundstelle auch der Tatort war. Aber was, wenn der Mord an einer anderen Stelle geschah?« Fritz wusste genau, was nun zu tun war. Er schnappte sich seine Jacke, eilte zu seinem silbernen Passat und machte sich schnurstracks auf den Weg zu Maybergs Ortsbürgermeister.

Kapitel 14

Weller hatte gerade gegen 13 Uhr die Stadtgrenze Burgstadts passiert, als der nervige Ton des Polizeifunkgerätes ihm wiederum Gesprächsbedarf signalisierte. Diesmal meldete er sich direkt. Schließlich hatte er es nun sehr, sehr eilig. »Was gibts? Ich hoffe es ist wichtig!« Ohne zu wissen, wer sein Gesprächspartner beziehungsweise seine Gesprächspartnerin am anderen Ende der Leitung war, blaffte Weller energisch ins Mikrophon. Es war wiederum Steffi, die nun mit unerwarteten Neuigkeiten daherkam. Nur schweren Herzens verzichtete sie darauf, ihm die Begebenheiten so ausschweifend und farbenfroh, wie sie es in ihrer sonst so blumigen Sprache liebte, zu schildern. Doch aufgrund der griesgrämigen Begrüßung ihres Kollegen beschränkte sie sich nun auf das Wesentliche. Sie verschwieg die beiden Dobermänner, die auf sie zugeprescht kamen, als sie auf Müllers Firmengelände aus ihrem Pkw aussteigen wollte und sie vor Angst ganz starr und regungslos gewesen war. Auch erwähnte sie nicht, dass dieser Gerd Müller ein fettwanstiges, Zigarre qualmendes Ekelpaket war, der seine Mitarbeiter im tiefsten, für auswärtige Ohren widerwärtig klingenden Dialekt pausenlos rund machte. Und dass die dunkelhaarige Susi in Heinzis Bar sie zu einem Quickie in ihrem Zimmer animieren wollte, davon erzählte sie schon erst recht nichts. Vielleicht auch, da diese unerwartete Offerte in ihrem tiefsten Inneren ihre Neugier geweckt hatte. »Die Zeit drängt Fritz, ich habe eine heiße Spur. Deswegen hier nur das Wichtigste in Kürze: Gerd Müller, dieser widerliche Gebäudereiniger-Chef, bestätigte, dass der Tote Spielschulden in Höhe von 40.000 Mark bei ihm hatte. Kreismüller verlor das Geld an ihn, beim Pokern in der *Roxy-Bar*. Außerdem bestätigte er, dass Manfred ihm letzte Woche 5000 Mark zurückgezahlt hatte und dabei noch prahlte, dass der Rest nur noch eine Frage von wenigen Monaten sei. So, und jetzt wirds richtig spannend. Unser Meister Proper erzählte außerdem, dass er neulich abends in der *Roxy-Bar* rein zufälligerweise ein Gespräch zwischen Heinzi und Manfred mitbekommen hatte. Dabei habe es sich so angehört, als ob die beiden jemanden mit pikanten Fotos erpressten. Also bin ich dann sofort mit zwei kostümierten Kollegen in die *Roxy-Bar*. Der feine Herr Schraffelhuber hatte sich zunächst natürlich gewunden wie ein Aal. Doch Tina, eins seiner Mädels, bekam kalte Füße und packte schließlich aus. Ihr feiner Chef hatte laut ihrer Aussage mit Kreismüller zusammen heimlich Fotos eines Lokalpolitikers bei seinem Schäferstündchen mit ihr geschossen und den armen Teufel daraufhin erpresst. Selbsterklärend haben wir Heinzi mit samt seinen Damen postwendend eingebuchtet und den Laden dicht gemacht. Aber das nur so am Rande, denn es kommt noch besser. Das Erpressungsopfer war Hans-Peter Schimmelpfennig, Maybergs honoriger Bürgermeister ... und ich bin eben auf dem Weg zu ihm.« Wellers Kollegin sprach so schnell, dass er zwischendurch nur einige »ach, ja« und »so so« zu der Unterhaltung beisteuern konnte. Doch am Ende ihrer Ausführungen ergriff der Kommissar rasch seine Chance und antwortete knapp: »Dann haben wir dasselbe Ziel, denn auch ich bin auf dem Weg zu ihm. Jedoch habe ich ein anderes Anliegen, bei dem ich seine Hilfe benötige.« Am besten ist, wenn du vor dem Haus auf mich wartest. Ich bin in 20 Minuten in Mayberg, dann gehen wir zusammen rein.«

Aus den dunklen Wolken prasselten dicke Regentropfen unaufhörlich hernieder und zwangen die Scheibenwischer zu Höchstleistungen. Weller klappte das Handschuhfach auf und irgendwo zwischen Handschellen, den kümmerlichen Resten einer Schokoladentafel und der August-Ausgabe des Playboys dieses Jahres, worauf ihm eine dunkelhaarige Schönheit oben ohne aufreizend entgegenlächelte, zog er Queens 89er *Miracle-Album* auf Kassette heraus und schob diese in den Recorder. Aus reiner Gewohnheit drehte er die Lautstärke fast bis zum Anschlag auf. Doch nach wenigen Minuten schmerzten Brians kreischende Gitarrenriffs und Freddies Falsett dermaßen in seinem Schädel, dass er ihn wieder ausschaltete. »Ich muss wirklich krank sein, dass mir sogar Queen auf die Nerven geht«, murmelte er vor sich hin. Der Kommissar jagte seinen Passat in Höllentempo über die nasse Bundesstraße gen Mayberg. Verkehrsregeln gab es in dieser Situation nur für die Anderen, nicht aber für ihn. Beinahe wäre er in einem der angrenzenden Felder gelandet, als er heftig niesen musste. Nur mit einem wilden Schlenker konnte er sein Fahrzeug auf der feuchten Piste halten und hatte dazu noch ausgesprochenes Glück, dass ihm in diesem Moment niemand entgegen kam. »Sollte diese unerwartete Spur, die Steffi aufgetan hatte, tatsächlich zur Lösung des Falles führen? Was wäre das für eine Wendung der Geschichte!« In Wellers Kopf keimte leise Hoffnung auf, dass es doch der Bürgermeister gewesen sein möge, der seinem Erpresser für ewig den Garaus gemacht hatte. Als er in die Niedergasse einbog, sah er bereits von weitem den dunkelblauen Kadett-Kombi. Der Wagen seiner Kollegin parkte gut 50 Meter hinter der Dorfkneipe am gegenüberliegenden Fahrbahnrand. Wie vereinbart wartete sie vor Schimmelpfennigs weiß gestrichenem Wohnhaus. Weller stellte sein Gefährt unmittelbar vor ihrem Kadett ab. Auf Steffi wirkte es sehr mühsam, wie sich Fritz aus seinem Dienstwagen schälte. Der kam nun mit eingezogenem Kopf, so als wenn er vor dem Regen in Deckung gehen wollte, zu ihrer Beifahrerseite geeilt und stieg ein. Kommissarin Franck, die gerade genüsslich einen Puddingplunder verspeiste, sagte mit vollem Mund, als sie in Wellers blasses Gesicht sah: »Mensch, du siehst ja aus wie der Leibhaftige. Hier iss, habe ich dir extra mitgebracht.« Sie reichte ihm ein Marzipanteilchen. »So fühle ich mich auch«, antwortete er mit belegter Stimme und musste sich fast zwingen, dass er die mitgebrachte Leckerei hinunter bekam. Er schaute aus dem Seitenfenster und erblickte das alte Haus auf der gegenüberliegenden Straßenseite. »Hier muss damals die Party gewesen sein.« Weller war still. Kein Wort drang aus seinem Mund. Nur die Gedanken an die Geschehnisse von vor 24 Jahren kreisten in seinem Hirn. »Kennst du das Gebäude?« Steffi starrte ihren Kollegen verwundert an. »Ja, das ist eine lange Geschichte«, antwortete er wortkarg. Weitere Ausführungen – Fehlanzeige. Steffi verzichtete darauf nachzubohren. Es hätte ohnehin bei Fritz auch keinen Zweck gehabt. Also begaben sie sich anschließend zum Haus des Bürgermeisters. Der kurze gepflasterte Weg führte sie durch den gepflegten Vorgarten hin zur Haustür. Ihre Erwartungshaltungen hätten unterschiedlicher nicht sein können. Während Steffi felsenfest davon überzeugt war, dass Schimmelpfennig dem Kreismüller eins über den Schädel gezogen hatte, ging es Fritz im Grunde genommen zunächst nur um die Bestätigung seines Geistesblitzes, der ihn vor einer guten Stunde ereilt hatte.

Nachdem sie geschellt hatten, dauerte es nicht lange, da wurde die Tür von Frau Schimmelpfennig geöffnet. Sonnenbankgebräunt, in pinkfarbenem Jogging-Anzug und mit blondierten Haaren, stand die Mitfünfzigerin im krassen Gegensatz zu allem, was sich sonst so in ihrer Umgebung tummelte. Wäre Weller besser drauf gewesen, hätte er sich, cool wie er eigentlich war, bei diesem grellen Farbenspiel zum Schutz der Augen seine dunkle Sonnenbrille aufgesetzt. Auf die Frage nach ihrem Gatten schickte die aufgetakelte Dame des Hauses die Polizisten in das kleine Nebengebäude, quer über den Hof. »Da hat mein Mann sein Bürgerbüro untergebracht. Er hockt schon den ganzen Tag in seinem Kabuff, weil er die nächste Gemeinderatssitzung vorbereiten müsse«, nörgelte sie. Als Steffi Franck und Fritz Weller den kleinen Raum betraten, saß Schimmelpfennig telefonierend hinter seinem Schreibtisch. Den wenigen Platz an der Wand hinter ihm nahm größtenteils eine hellrote Fahne ein, in deren Mitte das Dorfwappen abgebildet war. Dieses zeigte einen grauen Mühlstein, dessen untere Hälfte von zwei sich kreuzenden Pflasterer-Hämmern eingefasst war. Den oberen Teil hingegen umrandeten zwei goldfarbene Ähren. Es symbolisierte die historischen Haupterwerbszweige, Landwirtschaft und Basaltabbau, der Gemeinde. Rechts daneben gequetscht hingen ein Ehrenteller aus Zinn, der dem Bürgermeister für seine langjährigen Verdienste von der Freiwilligen Feuerwehr der Gemeinde verliehen worden war, und eine Schwarz-Weiß-Luftaufnahme Maybergs im DIN A3-Format aus dem Jahre 1973. Rasch beendete Schimmelpfennig das Telefonat und kam hinter seinem Tisch hervor, um die Fremden zu begrüßen. Er schien ein wahrer Sitzriese zu sein, denn die von Weller geschätzten 1,80 Meter Körperlänge reduzierten sich binnen Sekunden um mindestens einen Kopf. In seiner in Grautönen gehaltenen Tracht war der Gute das glasklare Pendant zu seiner farbenfrohen Gemahlin. Dadurch und aufgrund der Tatsache, dass sein rötliches Haupt nur noch von wenigen grauen, fettigen Haarsträhnen umspielt wurde, wirkte der untersetze Mann auch deutlich älter als Madam. »Was für ein jämmerlicher Wicht«, dachte Kommissarin Franck leicht angewidert von dessen Anblick bei sich. Erstaunlicherweise schien der Gnom, nachdem sich die Beamten vorgestellt hatten, nur wenig überrascht über deren Erscheinen bei ihm sein. »Wie gut kannten Sie Manfred Kreismüller und, wenn wir schon mal dabei sind, auch einen gewissen Heinzi?« Kommissarin Franck kam ohne große Umschweife direkt auf ihr Anliegen zu sprechen. »Ich habe damit gerechnet, dass die Polizei zu mir kommen wird, nach dem Mord an ihm. Aber ich war's nicht, so viel steht fest. Meine Familie kanns bezeugen, denn mein Schwager feierte seinen 50. Geburtstag und der wohnt in Burgstadt«, haspelte

Schimmelpfennig aufgeregt. Er schwitzte mindestens genauso sehr wie Weller, doch nicht weil er wie der Kommissar erkältet war. War es vielleicht sein schlechtes Gewissen, das ihm arg zu schaffen machte? Die beiden Polizisten, allen voran Steffi Franck, waren sehr gespannt, wie sich die Sache nun weiter entwickeln würde. Weller hielt sich mit Fragen bisher noch merklich zurück. Er überließ seiner Kollegin das Feld und Steffi hakte auch sofort energisch nach: »Ach ja, Sie haben mit uns gerechnet?« Komplett bedröppelt, wie ein begossener Pudel, antwortete der Bürgermeister kleinlaut: »Nach der Verbandsgemeinderatstagung letzten Donnerstag vor zwei Wochen sind wir am späten Abend noch in der *Roxy-Bar* gelandet und haben reichlich Bier und Sekt verkonsumiert. Ich hatte schon ganz schön einen in der Krone, als die Tina mit einem Mal richtig zutraulich wurde. Sie hatte sich mir förmlich an den Hals geschmissen.« Schimmelpfennig legte immer wieder Pausen ein und rang mit seiner Fassung. »Unseligerweise kam es dann wie es kommen musste ... wir sind natürlich in ihrem Separee gelandet ... und was dann war können Sie sich ja vorstellen. Ich habe sie selbstverständlich auch bezahlt, wie sich das gehört. Meine Frau weiß übrigens nichts davon. Warum sollte ich ihr auch davon erzählen? Es war schließlich nur eine einmalige Sache.« Den letzten Satz nuschelte er gedankenversunken in seinen nicht vorhandenen Bart. »Ein paar Tage danach stand Manfred plötzlich dumm grinsend in meinem Büro und fragte mich, ob es mit der Tina denn Spaß gemacht hätte.« Plötzlich war Schimmelpfennig wie ausgewechselt. Stand er vor Sekunden den Polizisten noch zaudernd gegenüber, wirkte er nun entrüstet und seine Spucke befeuchtete bei jedem Zischlaut das nähere Umfeld. Steffi und Fritz wichen sicherheitshalber einen Schritt zurück, doch das Lama blieb ihnen hartnäckig auf den Fersen. »Ich wollte den Vogel schon hochkant rausschmeißen, da zog er drei Fotos aus der Tasche, auf denen ich mit dem Mädel in eindeutiger Pose abgelichtet war, sozusagen in flagranti. 10.000 Mark wollte der Halunke von mir, ansonsten würde er meinen nächtlichen Ausritt Publik machen. Also gab ich ihm das Geld mit der Abmachung, dass nun Ruhe sei. Als er dann letzte Woche, ich glaube es war am Dienstag, wieder die gleiche Summe wollte, fiel ich aus allen Wolken. Ich vertröstete den Gauner und sagte ihm, dass ich Zeit bräuchte, um die Kohle zu besorgen. Ich überlegte nun verzweifelt, wie ich am elegantesten aus der Nummer wieder rauskommen könnte. Und ich muss gestehen, als im Dorf erzählt wurde, dass sie ihn tot aus dem Bach gezogen hatten, war ich doch sehr erleichtert. Bekomme ich mein Geld jetzt wieder zurück?« Mit dieser Frage beendete der spuckende Bürgermeister seine Rede. »Wenn sich alles so herausstellt, wie Sie angegeben haben und die Untersuchungen abgeschlossen sind, dann ja. Aber ich würde an ihrer Stelle mit Frau Bürgermeister sprechen und ihr alles gestehen, denn Heinzi war zum jetzigen Stand der Ermittlungen ebenfalls in die Erpressung verstrickt. Manfred und er heckten, so wie es den Anschein hatte, die Sache gemeinsam aus. Und Heinzi schmort mit seinen Ladys inzwischen im Knast. Das bedeutet für Sie, dass Sie auf jeden Fall als Zeuge geladen werden.« Weller schaltete sich nun aktiv in die Unterhaltung ein und machte Schimmelpfennig dessen derzeitige Lage unmissverständlich klar. »Ja, dann muss ich wohl«, japste der Bürgermeister und blickte eingeschüchtert zu Boden. »Aber nun mal was ganz anderes!« Fritz hatte sich lange genug das Geseier des sabbernden Zwerges angehört. Der, schon von der Annahme ausgehend, dass das Gespräch nun beendet sei, schaute Weller in einer seltsamen Mischung aus Überraschung und Konsternierung mit großen Augen an. »Was will er denn jetzt noch von mir?« Schimmelpfennig hatte diese Frage auf der Zunge, brachte sie jedoch nicht über seine Lippen. »Gibt es hier im Ort Stellen, an denen der

Bach noch frei zugänglich ist?«, fügte der Kommissar hinzu und blickte seinem schwitzenden Gegenüber ernst ins Gesicht. Schimmelpfennig schnäuzte kräftig in sein Stofftaschentuch, umgangssprachlich auch Sacktuch genannt, und setzte sich auf die Kante seines Schreibtisches: »Nee, nee, der Segbach wurde im gesamten Dorfbereich im Zuge der Straßensanierung Mitte der Siebziger komplett kanalisiert. Um die Kanaldeckel hochzuhieven, braucht man ein spezielles Hebeeisen. Dazu sind die Dinger sauschwer. Außerdem gibts noch hinter den Gleisen am Fußgängerüberweg von der Segbachstraße zur Bergstraße einen Reinigungsschacht, der durch ein Gitter mit Vorhängeschloss verriegelt wird. Der Bürgermeister langte nach hinten und hob die Dorffahne ein Stück zur Seite. Dahin kam nun ein blechernes Schlüsselkästchen zum Vorschein, welches er sogleich öffnete. »So, da ist er!« »Halt, fassen sie den Schlüssel nicht an!«, schrie Fritz den verdutzt schauenden Ortsvorsteher an. »Den nehmen wir sicherheitshalber als Beweisstück mit.« Ruckzuck hatte sich Kommissarin Franck ihre weißen Gummihandschuhe übergestreift und der besagte Schlüssel wanderte augenblicklich in ein kleines durchsichtiges Plastiktütchen, von denen Steffi immer für alle Fälle einige in ihrer Jackentasche mitführte. »Sie haben doch bestimmt noch irgendwo einen Ersatzschlüssel«, Weller bemühte sich angestrengt Ruhe zu bewahren. Der Kleine nickte: »Ja stimmt, den habe ich im Haus.«

Also begaben sich die drei in Wellers Dienstwagen unter Schimmelpfennigs ortskundiger Führung zu besagtem Reinigungsschacht. Die Uhr zeigte inzwischen bereits halb vier, als die Gruppe an der Stelle hinter den Gleisen eintraf. Unverhofftweise hatte es doch noch aufgehört zu regnen. Geschätzte fünf Meter vom Fußgängerüberweg und der Bergstraße entfernt, umgeben von riesigen Brombeerhecken, fanden die Beamten einen mit schwarzblauen Basaltsteinen ummauerten, gut 1,50 Meter hohen und genauso breiten Gewölbeschacht vor. Abgesperrt wurde er, wie vom Bürgermeister beschrieben, von zwei schwarz gestrichenen Gittertüren, die ihrerseits in der Mitte mit einem schweren goldfarbigen Vorhängeschloss verriegelt waren. Deutlich war das Rauschen des Baches zu hören. »Vorsicht beim Öffnen des Schlosses, es könnten Fingerabdrücke darauf sein!« An einem normalen Tag hätte Steffi ihrem Kollegen recht schroff zur Antwort gegeben, dass sie schließlich nicht erst seit gestern bei der Kripo sei. Doch heute beschränkte sie sich auf ein wortloses Kopfnicken, während sie sich wiederum ihre Gummihandschuhe überstreifte. Sie steckte den Schlüssel ins Schloss und drehte ihn um. Wellers aufgestaute Anspannung entlud sich binnen Sekundenbruchteilen, als selbiges untermalt von diesem erlösenden Klickgeräusch seinen Widerstand sofort aufgab. Nichts stand dem Kommissar nun mehr im Wege. Völlig verdrängt hatte er seine starke Erkältung. Unbewusst wischte er sich fortwährend mit seinem rechten Handrücken seine laufende Nase oder zog sie einfach hoch. Fast ehrfürchtig öffnete Fritz nun knarrend eine Seite des eisernen Gitters und leuchtete mit seiner Taschenlampe in den gut drei Meter tiefen Schacht hinab. Sein Herz klopfte heftig und drohte ihm vor Aufregung beinahe aus dem Hals zu springen. »Zu dieser Jahreszeit ist das Wasser bestimmt 40 bis 50 Zentimeter tief, da brauchen Sie schon Gummistiefel. Am besten solche wie Angler. Aber auf den ersten zehn bis fünfzehn Metern gibts links einen schmalen Laufsteg, da kommen sie trockenen Fußes rüber. Auf dem Stück wurde der Kanal aus Ziegelsteinen gemauert und ist so hoch, dass man normal stehen kann. Danach allerdings beginnen die eigentlichen Rohre, da kommen Sie dann sowieso nur gebückt durch. Nur passen Sie bloß auf, es ist höllisch glitschig da unten. Außerdem gibts da noch Ratten.« Schimmelpfennig klang besorgt, als der Kommissar die im Mauerwerk eingelassenen Eisensprossen hinunterkletterte. Sicherheitshalber hielt er sich daher mit beiden Händen daran fest und klemmte die Taschenlampe zwischen seine Zähne, deren Licht so nur eine geringe Fläche der Wand unmittelbar vor seinen Augen ausleuchtete. Das Atmen fiel ihm wegen seiner Erkältung nun zwar sehr schwer, aber für diesen kurzen Abstieg sollte es noch langen. Als Weller sich einige Sprossen hinabgehangelt hatte, sah er direkt vor sich im Schein seiner Taschenlampe getrocknete Blutspuren an der Wand. Vorsichtig kletterte er hinab bis auf den kleinen gemauerten Vorsprung. »Fritz, hast du was gesehen?« Kommissarin Franck, die oben am Rand des Einstiegs mit Bürgermeister Schimmelpfennig zurückgeblieben war, stützte sich mit ihren Händen am Gitter und am Mauerwerk ab und schaute hinunter. Ihre Stimme hörte sich dabei energisch und fordernd an. »Blutspuren, fast die gesamte Wand hinab bis zum Sockel und dazu noch auf einigen Sprossen! Verständige die Kriminaltechniker, es wartet Arbeit auf sie! Ich gehe nun weiter rein!« Wellers Worte hallten durch den dunklen, kalten Schacht. Dann war Stille. Nur noch das monotone Rauschen des Baches drang nach draußen. Steffi hatte die Kollegen längst benachrichtigt und stand wieder am Eingang des Schachtes. Von ihrem Kollegen war seit Minuten kein Laut zu hören. Plötzlich erspähte sie erleichtert zunächst den spärlichen Lichtschein von Wellers Taschenlampe, der von Sekunde zu Sekunde die Wasseroberfläche immer weiter erhellte. Kurz darauf folgte der Kommissar selbst. Beim Aufstieg klammerte er sich nur mit seiner Rechten an die Sprossen. In seiner Linken hielt er, so wie es von oben aussah, einen grauen Stofffetzen. Fritz gab noch immer keinen Ton von sich. Doch seine Augen strahlten, nachdem ihn das matte Tageslicht wieder umarmt hatte, als habe er soeben den Schatz der Nibelungen aus Maybergs Kanalisation gezogen. Steffi Franck sah nun, dass es sich bei dem Stück Stoff wohl um eine alte Uniformjacke handelte. »Ich fand das Bündel in einer Nische, gut fünf Meter vom Einstieg entfernt.« Fritz brach endlich sein Schweigen und schob den schmutzig grauen Stoff beiseite. Zum Vorschein kam ein angerosteter, blutbefleckter Hammer. Just in diesem Moment riss die dichte Wolkendecke für ein kurzes Intermezzo auf. Ein zarter Sonnenstrahl bahnte sich seinen Weg hindurch und hüllte die Szenerie in sein helles Licht. »Fritz, das ist er! Mensch, du hast ihn gefunden!«, jauchzte Steffi bewundernd. Und Schimmelpfennig fügte noch hinzu: »Solche Hämmer haben früher die Steinmetze zum Behauen der Pflastersteine genutzt.« Für einen Moment wirkte Fritz, als wenn alle Last der letzten 24 Jahre mit diesem Fund von seinen Schulten gefallen sei. Er hob sogar seine Mundwinkel, sodass ein Ansatz eines zufriedenen Lächelns unverkennbar war. Doch nur wenige Augenblicke später wurde die Sonne wieder von der grauen Wolkensuppe aufgefressen und nahezu zeitgleich flammten düstere Gedanken durch Wellers Kopf. Er war sich nun gar nicht mehr sicher, ob er sich eher freuen oder fürchten sollte. Hielt er nun doch nach all den Jahren den vermeintlich entscheidenden Puzzlestein zur Auflösung der zwei Fälle in Händen. Fritz betrachtete den Hammer vorsichtig und bemühte sich, das Teil nicht mit seinen bloßen Händen zu berühren. »Welche grausamen Geheimnisse verbarg er in sich? Welche davon könnte man ihm entreißen? Führte er sie tatsächlich zum wahren Täter?« Der Rost hatte im Laufe der Jahre eine leichte Schicht über dessen raue Oberfläche gezogen. An der Innenseite des Hammerkopfes, dem Nutzer zugewandt, entdeckte Fritz seltsame Einkerbungen. Zunächst nahm er an, dass es sich dabei um normale Gebrauchsspuren handelte. Aber bei näherem Betrachten schien es eine Art Gravur zu sein. »Was ist das bloß, sieht aus wie drei Striche. Und daneben ist noch was. Das Ding muss doch bestimmt 50 Jahre, wenn nicht noch mehr auf dem Buckel haben.« Der Kommissar blickte die Umherstehenden fragend an.

Es war inzwischen fast 17 Uhr und das Tageslicht hatte sich nahezu gänzlich davongestohlen. Mittlerweile waren auch die angeforderten Kriminaltechniker am Fundort erschienen, welche eilig von Kommissarin Franck ins Thema eingewiesen wurden. Schnell baute man einige 500-Watt-Strahler rings um den Eingang des Reinigungsschachtes herum auf, die den Bereich nun in ihr gleißendes Licht tauchten. »Es nutzt alles nichts. Ich muss nach Hause, um die Sitzung fertig zu planen«, dachte sich der Ortsbürgermeister schweren Herzens, der nur allzu gerne weiter mit von der Partie gewesen wäre. Denn grundsätzlich waren alle Dörfler seit jeher unbändig neugierig und ihr Dorfoberhaupt bildete in dieser Beziehung absolut keine Ausnahme. Schimmelpfennig war bereits einige Meter gegangen, als er schnell näher kommende Schritte hinter sich hörte. Er drehte sich um, blieb stehen und sah Kommissar Weller, der ihm schnaufend nachgehetzt kam. Der Polizist rang gierig nach Luft, als er zu ihm aufgelaufen war. Das Atmen fiel Weller sichtlich schwer. Nur mit größter Mühe brachte er einige holprige Worte heraus: »Eine Frage habe ich noch an Sie. Wer außer Ihnen hatte sonst noch die Möglichkeit, an die Schlüssel in Ihrem Büro ranzukommen?« Der Befragte hielt kurz inne und antwortete nachdenklich: »Mmh, eigentlich niemand ... außer ... nee, nee das kann nicht sein.« »Was kann nicht sein?« »Die Rosi putzt die Gemeindeeinrichtungen und auch alle 14 Tage mein Büro.« Dies war beileibe nicht die Antwort, die Fritz zu hören erhoffte, doch sie fügte sich nahtlos in seine dunklen Vorahnungen ein. Er senkte seinen Kopf. Schimmelpfennig, dem nicht bewusst war, welche Reaktion er beim Kommissar mit dieser Antwort auslöste, schaute ihn daraufhin recht hilflos an. »Haben Sie noch mehr Fragen, oder kann ich jetzt gehen?« Mehr traute er sich in dieser seltsamen Situation nicht zu sagen. »Gehn Sie ruhig, ist schon okay.« Fritz nickte dankend. Schimmelpfennig blickte dem Kommissar noch kurze Zeit nach, als dieser langsam, fast bedächtig mit hängenden Schultern und Kopf ins gleißende Licht zurücktrottete. »Fritz, hier bist du, ich suche dich schon die ganze Zeit.« Ein Schreck fuhr Kommissarin Franck durch Mark und Bein. Klar, Weller war stark erkältet, da sieht man selbstverständlich nicht wie das blühende Leben aus. Doch nun, im grellen Schein der Schachtbeleuchtung, wirkte er wie ein Gespenst, dessen blutleeres, schmerzverzerrtes Antlitz von tiefen Falten und Furchen durchzogen wurde. Alle Zuversicht, alle Freude über ihren Fund schien völlig verblasst. Welche Antwort des Bürgermeisters hatte bloß solches Entsetzen in ihm geschürt? »Was hast du von Schimmelpfennig erfahren?« Steffi sah Fritz mitleidend an. »Rosi Kreismüller putzt das Büro. Außer Schimmelpfennig selbst hatte, laut dessen Aussage, nur noch sie Zugriff auf die Schlüssel.« Wellers Antwort klang verzweifelt. Er schaute dabei seiner Kollegin nicht in ihr Gesicht. »Was hast du nun vor?« Er reagierte nicht. Steffi wiederholte ihre Frage. Hatte sie vorher noch leise mit Fritz gesprochen, klang ihre Stimme nun deutlich eindringlicher, ja nahezu beschwörend. Energisch fasste sie seine rechte Schulter. Wellers Blick schnellte hoch und erfasste ihre Augen. Prägten eben noch Anzeichen von Resignation sein Verhalten, so wich diese im Eilzugtempo nun trotzigem Optimismus. Steffis Wachrüttelaktion hatte gewirkt. Sie atmete innerlich erleichtert auf, als er nun wieder wie gewohnt logisch folgernd die nächsten Schritte plante: »Vorausgesetzt, es ist Manfred Kreismüllers Blut, das an der Schachtwand und am Hammer klebt, dann müssen wir herausfinden, wie der Knabe hierhin gekommen ist. Das müsste doch, verdammt nochmal, jemand mitbekommen haben. Aber vielleicht wurde er auch an einer anderen Stelle getötet und man hat ihn hierher gekarrt.« »Vielleicht wurde er hierhin gelockt und er bekam eins übergebraten!«, warf Steffi ein und erntete sogleich Lob von Weller, was dieser nur sehr selten zu tun pflegte: »Guter Ansatz, vielleicht doch der gehörnte Motorradhändler!? Wurde dessen Alibi bereits bestätigt?« »Bislang noch nicht. Ich klär das direkt wenn ich nachher wieder im Büro bin. Außerdem muss ich alles, was wir bis jetzt herausgefunden haben, noch zu Papier bringen.« Wie die meisten ihrer Kollegen einschließlich Weller hasste Kommissarin Franck den Bürokram. Aber sie unternahm alles ohne zu meckern, um Fritz in diesem Fall den Rücken freizuhalten. Vielleicht war es ihre weibliche Intuition, die sie dazu bewog, doch in ihr festigte sich der Glaube, dass er kurz vor der Überführung des Täters stand. Nur im Bezug auf Rosi Kreismüller war ihr Weller völlig fremd. Obwohl Steffi noch seine Worte »ich weiß was ich tue« in den Ohren klangen, blieb ihr deren Beziehung ein Rätsel. »Hatten sie damals was miteinander? Sieht wirklich danach aus. Aber den Fall und die eigene Karriere damit aufs Spiel setzen?« Nein, das war für die junge Kommissarin nur schwer vorstellbar. Schließlich kannte sie ihren Kollegen bereits seit längerer Zeit, oder glaubte das bis gestern zumindest. Während Weller noch an der Fundstelle blieb, eilte seine Kollegin per pedes zu ihrem Dienstwagen vor Schimmelpfennigs Haus und fuhr zurück ins Präsidium. Sowohl der Hammer als auch die Uniformjacke waren inzwischen feinsäuberlich eingetütet und zum Abtransport ins Labor bereits im schwarzen VW Bus der Techniker verschwunden. Fritz packte einen von ihnen an dessen typischem weißem Ganzkörperkondom, als er gerade an ihm vorbeilaufen wollte. »Auf dem Hammer sind Zeichen eingraviert. Ich muss unbedingt wissen, was sie bedeuten und am besten gestern!« Glücklicherweise hatte Weller wohl einen Kollegen angesprochen, der nicht Punktum den Griffel fallen lässt. Denn der Kriminaltechniker versprach ihm, sofort mit den Untersuchungen anzufangen, wenn sie wieder zurück in Burgstadt sind. Zudem hatte der Kollege offenbar solches Mitleid mit dem schniefenden Kommissar, dass er ihm zum Abschied noch eine komplette Rolle Papierküchentücher, von denen die Techniker immer mehrere in ihrem Fundus hatten, mit den Worten »sicher ist sicher, die sollte fürs Erste reichen« in die Hand drückte. Und Weller ließ sich nicht lange bitten. Er nahm das Geschenk gerne an, riss hektisch zwei Blätter ab und schnäuzte so kräftig hinein, dass man beinahe befürchten musste, selbst sein Gehirn würde mit ins Taschentuch gespült. Mit halbwegs freier Nase stieg er anschließend in seinen Passat und schlich im Schritt-Tempo die Bergstraße hinunter bis zum Bahnübergang. Dann bog er links in die Frankenstraße Richtung Ortsmitte ab. Er hatte sich schließlich für den Abend noch bei Rosi Kreismüller angekündigt, um mit ihrer Tochter zu sprechen. Denn laut Aussage ihrer Mutter konnte nur Sandra deren Alibi bezüglich des Mordzeitpunktes bestätigen. »Aber vorher besuche ich noch jemanden. Bin ja nur mal gespannt, ob der mich noch kennt.« Fritz hoffte sehr, dass dieser Jemand ihn mit brauchbaren Informationen versorgen konnte. Wiederum in der Niedergasse angekommen, stellte er seinen Wagen auf einem kleinen, mit Verbundsteinen gepflasterten, gut beleuchteten Parkplatz ab. Außer ihm parkte kein weiteres Fahrzeug dort. Fritz verharrte für einen Augenblick in seinem Dienstwagen und sah sich um. »Keine Hecken mehr«, stellte er beiläufig fest. Er befand sich nun genau an dem Ort, wo ihm damals, als er den Parkplatz nach Spuren absuchte, die Schreckenskreatur in den Büschen aufgelauert und ihn zu Tode erschreckt hatte. Fritz hangelte sich schwerfällig aus seinem Vehikel und schlug die Autotür hinter sich zu. In Gedanken versunken vergaß er sogar die Karre abzuschließen. Er ging einige Schritte bis zu einem Haus, aus dessen Fenstern im Erdgeschoss Licht auf den schmalen Gehsteig drang. Die schwere Eingangstür war nicht verschlossen. Er zog sie auf und nur wenigen Sekunden später stand er mitten in der Wirtsstube der Dorfkneipe *Zur Post*.

Kapitel 15

Bis auf einen alten hageren Mann an der Theke, der sich mehr oder weniger krampfhaft an seinem Bier festhielt, war das Lokal menschenleer. Nur das Gedudel des Spielautomaten erfüllte die Luft. Kaum eine Minute an diesem Ort und Fritz fühlte sich als Passagier einer Zeitmaschine, die ihn in kürzester Zeit fast ein Viertel Jahrhundert zurück in die Vergangenheit katapultiert hatte. Seit damals wurde offenbar außer besagtem Spielautomat und der alten Musikbox, die einem neumodischen CD-Abspielgerät gewichen war, nichts an der Einrichtung verändert. Immer noch die rotbraune Holzverkleidung und dieselben Tische und Stühle. Auch das goldfarbene Schild *Stammtisch* prangte noch immer an der Säule in der Mitte der Wirtschaft. Der Deckenventilator drehte noch genauso verzweifelt wie einst seine Runden und selbst das schmierige, schwarze Wählscheibentelefon aus Bakelit im Schrank hinter der Theke hatte die Jahre erfolgreich überdauert. Diese Umgebung schien auf Fritz einen seltsamen Einfluss auszuüben. Plötzlich bildete er sich ein, dass er lautes Palaver hörte. Dann sah er vor seinem geistigen Auge, dass alle Tische voll besetzt waren und die Menschen sich lauthals zuprosteten. Obwohl er direkt bei ihnen stand, nahmen sie ihn nicht wahr. Sogar der widerliche Zigarettenqualm und der eklige Bierdunst quälten wieder seine Nase. Ihm wurde übel. Hinter der Theke zapfte Anton Pohlert, der Wirt, eifrig einige Biere und unterhielt gleichzeitig die umherstehenden Gäste mit flotten Sprüchen. Die Schiebetür, welche den großen Saal von der eigentlichen Wirtschaft trennte, öffnete sich einen Spalt breit. Rosi drückte sich hindurch. Ihre Augen hatten Fritz sogleich erfasst. In ihrem schwarzen Minirock und dem roten, enganliegenden Pulli kam sie direkt auf Fritz zu und lächelte ihn aufreizend an. »Nebenan ist ein Beerdigungskaffee«, sagte sie lachend und zeigte mit ausgestrecktem rechtem Arm zum Saal. Rosis Lachen hatte etwas Befreiendes an sich und Fritz erwiderte beschwingt: »Ach ja, wer ist denn gestorben?« »Heinrich Kreismüller! Schau, sie sind alle zu seinem *Ehrentag* gekommen.« Sie schob die Tür mit einem kräftigen Ruck ganz beiseite. Fritz erschrak bei dem was er nun sah. Einige der Anwesenden kannte er tatsächlich. Wie zum Beispiel Heinrichs damaliger Intimfeind Werner Maier samt Gattin, die neugierige Nachbarin, sowie der hornbebrillte Zeuge, der dem Alt-Bundespräsidenten Heinemann ähnelte. Wie Rosi schienen alle um keinen Tag gealtert zu sein. Außerdem waren sie nicht, wie es bei Beerdigungen üblich ist, in Schwarz sondern in leuchtend heller Tracht gekleidet. Merkwürdigerweise konnte Fritz niemanden von der Familie erkennen. Außer Rosi schienen weder Heinrichs Frau Maria, noch deren gemeinsamer Sohn Manfred anwesend zu sein. Bis auf einen Gast, der mit dem Rücken zur Eingangstür unmittelbar vor ihm saß, konnte Fritz in alle Gesichter sehen. Und trotzdem war er sich absolut sicher, den Mann zu kennen. Aber woher nur? Die Trauerfeierlichkeiten waren in vollem Gange. Fritz verharrte gute drei Meter hinter der Schiebetür im Saal und wurde zunächst von den Gästen nicht beachtet. Doch plötzlich stoppten alle ihre Gespräche und sahen in seine Richtung. Wie gebannt klebten ihre Blicke am Gast, der Fritz seinen Rücken zugedreht hatte. So als habe jemand unter ihnen ein Zeichen gegeben, wanderten ihre Blicke zum Kommissar und fixierten ihn. Angst ergriff ihn. Er rang nach Luft. Langsam drehte sich der Mann vor ihm um. Als Fritz sah, wer da vor ihm hockte, atmete er erleichtert auf. Es war sein damaliger Kollege Winfried Schuster. Doch nur Sekundenbruchteile später gewann das blanke Entsetzten wieder die Oberhand in seinem Hirn. Denn Schuster war doch bereits seit fünf Jahren tot. Schließlich hatte Fritz als einer von Sechsen den Sarg mit Winfrieds Leichnam bei dessen Beerdigung getragen. »Gnädiger Herr, belieben mit uns eine Tasse des aromatischen Kaffees einzunehmen?« Es war tatsächlich Schuster, der, wie er es liebte, einen versnobten Adeligen zum Besten gab. Fritz nahm die weiße Tasse zögernd in die Hand, die ihm sein ehemaliger Kollege reichte und trank einen kräftigen Schluck daraus. Doch die süßliche Flüssigkeit schmeckte nicht nach Kaffee. Er setzte die Tasse sofort ab. Angewidert musste er feststellen, dass sich stattdessen dunkelrotes warmes Blut in dem Gefäß befand. In dem Moment tranken alle anderen ihre Tassen in einem Zuge aus und wischten sich mit ihren Händen das Blut von den Lippen. »Das ist Blut, Winfried!«, schrie Fritz entsetzt. »Was hast du erwartet? Aber du errätst nicht, von wem es ist!« Winfried sah Weller fragend an. »Sag schon!« Fritz taumelte verängstigt einige Schritte zurück. »Es ist deins! Dein Herzblut Fritz, das du über all die Jahre vergossen hast. Und jetzt beende endlich, was du damals begonnen hast.« Fritz lief an Rosi, die die ganze Zeit teilnahmslos im Türrahmen gestanden hatte, vorbei, zurück in die Wirtschaft. Gesichtslose Gestalten hetzten ihm nach und hatten ihn schnell umzingelt. Mit weit aufgerissenen Augen erkannte Fritz nur deren riesige, blutverschmierte Münder. Immer und immer wieder zischten sie fordernd: »Beende es, beende es, beende es!« Fritz ging aus Furcht in die Knie, senkte seinen Kopf und hielt seine Arme schützend darüber. »Tohn, Kundschaft!« Fritz fand sich in geduckter Haltung wieder. Sein Herz raste. Er zitterte am ganzen Körper. Der alte Mann an der Theke hatte ihn bemerkt und nach dem Wirt gerufen. Durch das Geschrei des knorrigen Greises wurde Weller gottlob aus diesem merkwürdigen Tagtraum zurück in die Realität befördert. Der Kommissar erhob sich und schüttelte ungläubig seinen Kopf: »Mensch, was war das denn? Wenn das so weiter geht, kann ich mich noch in die Klapse einliefern lassen.« Er wische sich mit einem der Papiertücher die zahlreichen Schweißperlen von seiner Stirn.

Kurz darauf hallte aus dem Durchgang hinter der Theke ein schläfriges »ja ja, ich komme schon«. Kaum waren diese Worte verklungen, kam deren Absender in die Wirtsstube geschlurft. Auch dessen Kleidung drückte, wie die übrige Einrichtung, eher eine gewisse konservative Langlebigkeit, denn überschäumenden Enthusiasmus bezüglich der aktuellen Mode aus. Die dunkelbraune Stoffhose mit diesem enormen Schlag und das beige Hemd waren wohl seine Hommage an die frühen Siebziger. Weller erkannte Pohlert direkt wieder. Zwar sichtlich in die Jahre gekommen, doch immer noch diesen umtriebigen Ausdruck in seinem Gesicht, sobald er ein mögliches Geschäft witterte. Fritz hatte zudem den Eindruck, dass Tohn, wie ihn die Einheimischen nannten, auch im Laufe der letzten Jahre geschrumpft war. Jedenfalls hatte er den Wirt als genauso groß wie er selbst in seiner Erinnerung. Anton Pohlert starrte den unerwarteten Gast mit großen Augen an und sagte nach einer kurzen Pause des Nachdenkens freundlich lächelnd: »Der junge Kommissar, der den Mord am alten Kreismüller aufklären wollte, herzlich willkommen!« »Und jetzt bin ich hier, um den Mord am jungen Kreismüller aufzuklären, schönen guten Abend!« Es fühlte sich für Weller merkwürdig an, aber irgendwo freute er sich sogar darüber, den Wirt der Dorfkneipe *Zur Post* wiederzusehen. Nur allzu gut wusste er noch, wie er von diesem bauernschlauen Filou, bei seinem letzten und einzigen Aufenthalt, als es ums Bezahlen ging, ordentlich über den Tisch gezogen wurde. Dementsprechend vorsichtig, was die kostenfrei offerierten Gaben Pohlerts anbetraf, beabsichtigte Fritz Weller dieses Mal zu Werke zu gehen. Doch bevor er auf den eigentlichen Grund seines Besuches zu sprechen kam, verlangte Fritz vom Wirt zunächst einen doppelten Klaren. »Den brauch ich jetzt!« Er kippte den Schnaps in einem Zug hinunter. Das Zeug brannte wie Feuer in seinem lädierten Hals. Nachdem der Fusel seine Kehle hinunter geronnen war, zog er eine leidende Grimasse und kommentiere das Ganze mit einem seufzenden: »Aaaah, das war gut!« Fritz war absolut kein Freund von dieser Art Hochprozentigem, doch der Klare zeigte sich als echte Wohltat, nachdem er vor wenigen Minuten diese haarsträubende Vision durchleiden musste. »Ich bin hier, weil ich nur eine Sache von Ihnen wissen will. Wie lange arbeitete Rosis Tochter am letzten Sonntag?« Im Grunde genommen interessierte den Kommissar nichts anderes. Ihm war natürlich bewusst, dass Anton Pohlerts Antwort das Pendel, in Bezug zu Rosis Aussage zu deren Alibi, in die ein oder die andere Richtung ausschlagen ließe. Fritz fürchtete sich vor Tohns Worten, die Rosi mitsamt ihrer Tochter immer weiter in den Strudel der Verdächtigung ziehen würden. Doch sollten sich im Umkehrschluss ihre Worte bestätigen, so wäre ihre Unschuld nahezu wasserdicht besiegelt. »Ja ja, die Sandra. Haben Sie das Mädel schon kennen gelernt?« In Tohns Verhalten erkannte Fritz, dass dem Wirt wohl brisante Informationen unter den Fingernägeln brannten, die nur zu gerne das Licht der Welt erblicken sollten. Der Polizist antwortete dem Kneipier, dass er anschließend noch zum Kreismüller-Hof fahren werde, Rosis Tochter bislang aber nur vom Hörensagen her kannte. »Dann werden Sie sicherlich überrascht sein! Ich weiß es noch, als wenn es gestern gewesen wäre. Den alten Kreismüller haben wir '67 im Dezember unter die Erde gebracht und im August des darauffolgenden Jahres kam die kleine Sandra zur Welt.« Tohn sinnierte kurz vor sich hin, als spulte er die Bilder aus dieser Zeit vor seinem geistigen Auge ab. Weller wurde neugierig und drängte ihn endlich zur Sache zu kommen. »Sie können sich sicherlich vorstellen, was damals hier im Dorf los war. Ein vaterloser Balg, die Mutter alleinerziehend! Heute ist das ja gang und gäbe, aber Ende der Sechziger schlug die Geschichte hohe Wellen. Was wurde im Ort alles darüber spekuliert, wer denn der Vater sein könnte. Rosi machte wenig mit Jungs rum und einen festen Freund hatte sie zu der Zeit auch nicht. Aber ein Gerücht, besser gesagt zwei, hielten sich noch längere Zeit recht hartnäckig.« »Ach ja, und die wären?« Fritz konnte natürlich rechnen und rein vom zeitlichen Ablauf passte es zu dieser einen leidenschaftlichen Nacht an besagtem Wochenende im November 1967, die er mit Rosi verbracht hatte. Aber warum hatte sie ihm nicht auch nur ein Sterbenswörtchen von seiner Vaterschaft gesagt? Und wenn sich tatsächlich das eine Gerücht auf ihn beziehen sollte, wer war dann der andere mögliche Vater Sandras? Tohn holte tief Luft und fuhr mit seinem Bericht fort: »Es wurde viel getuschelt in Mayberg und es war mit Sicherheit auch genug dummes Geschwätz darunter, aber viele behaupteten, dass Heinrich Kreismüller bei Rosi seine Finger im Spiel hatte. Ich habe zufälligerweise einmal ein Gespräch der beiden mitbekommen, dass sich beileibe nicht nach normaler Vater-Tochter-Beziehung angehört hatte. Na ja, sei's drum, es kam jedenfalls nie raus, wer es nun war und Rosi hatte nie auch nur eine Silbe darüber verloren.« »Was ist mit dem zweiten Gerücht?« Fritz zeigte sich schockiert von dieser Spekulation. Doch insgeheim ahnte er, was nun kommen würde. »Es gab da mal einen jungen Polizisten, der hier übernachtete ... Mensch Weller, ihr wart so laut, man hatte euch im ganzen Haus gehört. Meine Söhne konnten sich am nächsten Morgen ihr Grinsen und ihre Sprüche am Frühstückstisch kaum verkneifen!« Nun hatte der Wirt die Katze aus dem Sack gelassen. Die Vergangenheit schien Fritz Weller endgültig eingeholt zu haben. Für wenige Augenblicke standen sich die Männer sprachlos gegenüber. Der knorrige Alte an der Theke hing den beiden während des Gesprächs regelrecht an den Lippen und registrierte begehrlich jedes Wort von ihnen. Pohlert kam um die Theke herum und trat dicht an Fritz heran. Der Atem des alten Gastwirts roch nach Bier mit Zwiebelmett. Selbst Wellers verstopfte

Nase konnte nicht verhindern, dass dieser liebreizende Duftmix seinen Geruchssinn auf eine harte Bewährungsprobe stellte. Tohn flüsterte: »Am letzten Sonntag war abends nicht viel los. Die Kegler sind kurz vor 21 Uhr weg. Als ich eine halbe Stunde später abgesperrt habe, war Sandra bereits nach Hause. Aber sie bringt doch nicht ihren eigenen Onkel um!« Als Kommissar Weller diese Uhrzeit hörte, schoss ihm direkt *zwei Stunden* durch den Kopf. »Zwei Stunden, in denen Rosi angeblich mit Sandra alleine zu Hause gewesen war. Warum nur war am Sonntag nicht Hochbetrieb in der Kneipe, der Sandra bis 23 Uhr und darüber hinaus beschäftigt hatte. Musste denn ausgerechnet an diesem letzten Sonntag schon so früh Feierabend sein? Sollte es denn tatsächlich auf eine der beiden Frauen hinauslaufen? Machten sie am Ende gemeinsame Sache?« Aber noch bestand ja Hoffnung. Denn die Fingerabdrücke auf der Mordwaffe lagen noch nicht vor und was Krauses Alibi anbetraf, war schließlich auch noch nicht das letzte Wort gesprochen. Tohn fand rasch in seinem Erzählmodus zur gewohnten Lautstärke zurück. Mit ausladenden Gesten berichtete er nun unter anderem von Werner Maier und dessen rasantem Aufstieg. Denn während dieser von Jahr zu Jahr wohlhabender wurde, ging es mit Kreismüllers einst blühendem Besitz in gleichem Maße den Segbach runter, wenn er das mal so salopp sagen durfte. Und das, wo der Maier doch damals zu gut wie pleite war. Nach Heinrichs Tod lag die Entscheidungsgewalt nun alleine bei Manfred. Der habe Zug um Zug anschließend alle Felder verkauft. Nach Minuten lethargischen Schweigens und Zuhörens fand Weller nun seine Sprache wieder. »Ein Zeuge erzählte mir gestern, dass Manfred bei der letzten Kirmes mit dem Motorradhändler wegen dessen Frau aneinandergeraten sei. Steckt hinter dieser harmlosen Kirmesschlägerei vielleicht noch mehr dahinter?« Fritz hatte sich wieder an Marek Ceplaks Aussage von gestern Morgen erinnert und konfrontierte den alten Wirt nun damit. Ein verschmitztes Grinsen durchzog Tohns Gesicht: »Eigentlich wissen das alle im Dorf, dass der Manfred was mit Frau Krause am Laufen hatte. »Mit der Biker-Braut!«, warf Weller lauthals ein. »Ja genau, ich sehe Sie lesen auch die Zeitung«, schmunzelte Tohn und legte nach: »Der Manfred wollte möglichst unauffällig zu Werke gehen und parkte seinen Wagen mal hier, mal da.« »Ach ja, zufälligerweise auch am Reinigungsschacht hinter den Bahngleisen?«, fuhr der Kommissar dem Wirt aufgeregt in dessen Parade. Überrascht von diesem Einwurf, bestätigte er Wellers Frage. »Nur der gute Krause selbst wollte es nicht wahrhaben, oder er hatte es nicht mitbekommen.« »Was? Dieses Techtelmechtel soll ihm niemand aus dem Dorf gesteckt haben?« Fritz sah den Wirt ungläubig an. »Der Krause ist nicht sonderlich beliebt im Ort. Ich nehme an, die Leute habens ihm gegönnt.« »Nicht beliebt? Warum das?« Weller hakte energisch nach. »Weil der alte Geizkragen jeden Pfennig dreimal umdreht. Im Dorf nennt man einen wie ihn ein Freibiergesicht. Der sich gerne auf Kosten anderer die Hucke zu säuft. Aber wenn er mit seiner Runde an die Reihe kommt, ist er wie vom Erdboden verschluckt. Krause raucht auch Zigaretten. Aber nur die holländische Marke *van Anderen*, die schmecken ihm besonders gut!« Tohn lachte sich bei seiner Erzählung halb tot. Und seine hübsche Frau Inge hatte sich nun eben mit Manfred vergnügt. Anscheinend ist Krause mit seinen Zuwendungen ihr gegenüber ähnlich geizig gewesen und Manfred war da sozusagen als Lückenfüller in die Bresche gesprungen, wenn sie verstehen was ich meine!« »Ist schon klar«, Weller nickte bloß. In normaler Tagesform hätte er diesen Umstand selbstverständlich mit einem Lächeln quittiert, aber nicht heute und nicht jetzt. Fritz hatte sich bereits von Tohn verabschiedet und war auf dem Weg zur Ausgangstür. Aber noch immer ließ ihn der Wirt nicht aus seinen Fängen. »Einen Moment noch!«, rief er dem Polizisten nach. Pohlert bemerkte bereits nach den ersten Sekunden ihres Wiedersehens, dass der Kommissar stark erkältet war. Zum Abschied kam er daher mit einem alten Hausrezept zur Linderung dessen offensichtlichen Leidens um die Ecke: »Mit der Erkältung gehören sie doch normalerweise ins Bett und nicht hier hin.« »Das, so oder ähnlich, höre ich mir schon den ganzen Tag an. Aber ich muss durchhalten, denn schließlich habe ich noch genügend Arbeit vor der Brust. Und bevor die nicht erledigt ist, brauche ich übers Ausruhen nicht nachzudenken.« Fritz dachte zunächst »jetzt der auch noch« bei sich. Aber er fand es auch rührend mit anzusehen, wie besorgt alle um ihn waren. »Anscheinend sehe ich wirklich so erbärmlich aus, wie ich mich fühle?« Tohn schlurfte zurück hinter die Theke und bückte sich kurz. Fritz vernahm das leise Klirren von Flaschen, die leicht aneinanderstießen. Einen Moment später tauchte Tohn wieder mit hochrotem Kopf aus der Versenkung auf und stiefelte zum Polizisten. »Hier, für Sie! Einfach in einen Topf mit Wasser stellen und auf dem Herd aufwärmen, dann in einem Zug hinunter mit der Brühe, gut einpacken und ab ins Bett. Sie schwitzen zwar dadurch wie ein Schwein, doch am nächsten Morgen geht es gleich besser, sie werden schon sehen. Na ja, bei mir hilft es jedenfalls immer.« Mit diesen gut gemeinten Ratschlägen drückte der Wirt dem angeschlagenen Polizisten eine Flasche Bier, in Form eines Stubbies, in die Hand und fügte anschließend noch hinzu: »Das *Burgstädter Katzenbräu* hat seinen Namen nicht zu unrecht. Diese Plörre kannst du wirklich nur bei medizinischen Notfällen saufen. Ansonsten kommt mir nur unser gutes *Sankt Josef Pilsener* ins Haus, besser gesagt ins Glas. Aber zum Aufwärmen ist das einfach zu schade. Ach ja, und dieses Mal kostet es wirklich nichts. Und der Klare geht auch aufs Haus.« Augenzwinkernd beendete Tohn seine gesundheitstechnischen Ausführungen unter Zuhilfenahme von heimischen Brauereiprodukten.

Weller bedankte sich artig. Er hatte zwar schon davon gehört, dass warmes Bier bei Erkältungen hilft, doch den Selbstversuch bislang noch nicht unternommen. Nun endlich, nachdem Fritz aufgrund eines dringenden Bedürfnisses die sanitären Einrichtungen des Lokals auf Herz und Nieren getestet hatte, verabschiedete er sich herzlich von Pohlert. Auf Wellers »bis demnächst« antwortete der alte Wirt: »Da müssen Sie sich aber beeilen, denn nächstes Jahr nach der Fastnacht ist endgültig Schluss für uns.« Er werde im Dezember schließlich schon 73 und seine Frau quengelte auch schon die ganze Zeit an ihm rum, den Laden an Günther, einen seiner Zwillinge, zu übergeben. Der habe das Hotelfach gelernt und zusammen mit dessen Frau brächten sie die Wirtschaft bestimmt wieder auf Vordermann. Denn die alten Zeiten, in denen alle noch regelmäßig in die Dorfkneipe gingen, seien längst vorbei. Heutzutage würden die jungen Leute lieber in die Discos fahren und die Alten so allmählich wegsterben. Und zum Beleg für Tohns Feststellung war während Wellers Besuch nicht auch nur ein weiterer Gast im Lokal aufgetaucht. Wehmütig verließ Fritz das Lokal und eilte geschwind zurück zu seinem Dienstwagen. Denn er hatte schließlich neue Anweisungen für seine Kollegin, deren Erledigung weiß Gott keinen Aufschub duldeten. Mittels seines Autotelefons erreichte er Kommissarin Franck. Sie hockte missmutig am Schreibtisch in ihrem Büro und brachte via mechanischer Schreibmaschine den Tagesbericht zu Papier. Dabei tippte sie die Tasten so energisch, dass die Typenhebel krachend auf dem eingespannten Papier aufschlugen. Hätte das Papier eine eigene Sprache gehabt, es hätte bei jedem Schlag vor Schmerzen laut aufgeschrien. »Manfred Kreismüllers Ford Capri muss unbedingt heute noch untersucht werden, denn er könnte damit am Tatort gewesen sein. Ich kann mir gut vorstellen, dass wir die auffällige goldene Kiste in einer der Scheunen auf dem Hofgelände finden!« Wellers Nervenkostüm war bis aufs Äußerste angespannt. Obwohl Steffi Franck ihm nicht persönlich gegenüber stand, fühlte sie alleine durch den Klang seiner Stimme und die Betonung seiner Worte, welche Höllenqualen er momentan durchlitt. »Allem Anschein nach kannte der Täter Manfreds Angewohnheiten und lauerte ihm deshalb an den Gleisen auf!« Seine sonst so ruhige Stimme überschlug sich fast bei jedem Wort, als er von der Aussage des alten Wirts, bezüglich Manfreds geheimen Parkplätzen berichtete. »Gibt es schon Ergebnisse, was die Fingerabdrücke auf Schloss, Schlüssel und Hammer angeht?« Der Kommissar rang gierig nach Sauerstoff wie ein 100 Meter Läufer, der soeben nach absolviertem Rennen das Ziel erreicht hatte. Steffi antwortete: »Nein noch nicht, aber die Techniker sind eben eingetroffen und arbeiten bereits mit Hochdruck daran. Einer von ihnen rief mich nämlich vor gut fünf Minuten an und sagte mir, dass du mit ihm gesprochen hast.« Fritz beruhigte sich etwas. »Ich hoffe, wir bekommen die Daten zügig und wenn sich herausstellt dass …« Hier machte er eine Pause und fuhr nach kurzem Innehalten fort: »Wir brauchen auf jeden Fall noch die öligen Fingerabdrücke von diesem Motorradhändler. Denn ich habe auch erfahren, dass unser umtriebiges Mordopfer mit dessen Frau, unserer *Heißen Biker-Braut*, mehr oder weniger heimlich herumgemacht hatte.« Diese Idee ihres Kollegen stieß bei Kommissarin Franck auf Unverständnis und sie entgegnete, dass sie den Krause als möglichen Täter doch so gut wie ausgeschlossen hätten. Fritz beharrte jedoch auf seiner Forderung und bekräftige sie, indem er zornig zurückblaffte: »Egal, wir gehen jeder Spur nach. Tu was ich sage!« Steffi antwortete nicht. Stattdessen knallte sie den Telefonhörer auf die Gabel und zischte: »So ein dämlicher Arsch! Soll er doch seinen Scheiß alleine machen!« Dieser verbale Coitus Interruptus zeigte Wirkung beim Kommissar. Im Eifer des Gefechts war er wohl meilenweit über das Ziel hinausgeschossen. Und dabei brauchte doch er die Unterstützung seiner Partnerin, wie ein Fisch das Wasser. Er senkte seinen Kopf und beugte sich, gestützt auf seine Unterarme, über das Dach seines Passats. Er kannte sich selbst nicht wieder und verstand nicht mehr, was derzeit in ihm ablief. Fritz drückte die Wahlwiederholungstaste an seinem Funktelefon ... Besetztzeichen. Auch einige weitere Versuche brachten dasselbe ernüchternde Resultat. So blieb der Reumütige für heute auf seiner Entschuldigung sitzen. Die zusätzliche Last des schlechten Gewissens seiner Kollegin gegenüber drückte nun auch noch auf sein ohnehin schon arg gebeuteltes Gemüt. »Was geht in mir vor? Das bin doch nicht ich!« Wie ein angeknockter Boxer, der nach soeben überstandener Runde, nicht wissend wo oben und unten ist, in seine Ecke zurücktaumelt, stieg Weller in seinen Dienstwagen. Sein Schädel drohte aufgrund des Hin und Her, der Irrungen und Wirrungen der letzten Tage, zu bersten. Was ist überhaupt noch real und was Traum? »Beende es, beende es!« Zu allem Überfluss bohrten sich, bei Wellers kurzer Fahrt zum Kreismüller-Hof, auch wieder diese angsteinflößenden Befehle der unheimlichen Kreaturen aus Tohns Kneipe in sein Hirn. »Verdammt noch mal, ich versuche es ja, ich versuche es ja!« Sein gellender Antwortschrei der Beschwichtigung ließ die imaginären Stimmen verstummen und Totenstille kehrte ein.

Das gelbe Licht aus der Küche erhellte den nahe am Haus gelegenen Teil des Innenhofes. Dort parkte Fritz nun seinen Dienstwagen unmittelbar neben einem alten, olivgrünen VW Polo. »Wird wohl Rosis Tochter gehören«, mutmaßte er, denn bislang war ihm die Kiste jedenfalls noch nicht aufgefallen. Er hielt einen Augenblick inne, um seine Gedanken neu zu sortieren, was ihm merklich schwer fiel. »Jetzt versau die Sache bloß nicht!«, heizte er sich verzweifelt an. »Was taugt das Alibi der beiden nach Pohlerts niederschmetternder Aussage überhaupt noch?« Nachdenklich raffte der Kommissar sich auf und stapfte schwerfällig die wenigen Treppenstufen empor zur Haustür. Die Muskulatur seiner Beine ächzte unter der Last der hartnäckigen Erkältung und des kräfteraubenden Arbeitstages. Jeder seiner Atemstöße stieg als Dunst vor seinen Augen auf in den kalten, dunklen Abendhimmel. Weder das leuchtende Antlitz des Mondes, noch der Lichtschein eines einzigen, mickrigen Sternes wurde von der massiven Wolkensuppe am Firmament zur Erde hindurchgelassen. Wie würde Rosi reagieren, wenn er ihr Tohns Aussage zum Sonntagabend und den Fund des möglichen Mordwerkzeuges präsentierte? In welcher Verfassung fände er ihre Tochter vor? Wie ginge sie mit dem Tode Manfreds um? Ob sie auch so unnahbar, so eiskalt wirkte wie ihre Mutter? Viele Fragen und Befürchtungen durchströmten Wellers Hirn, als er kräftig gegen die Tür pochte. Lange brauchte er nicht in der Kälte auszuharren. Denn bereits nach wenigen Augenblicken wurde die Lampe im Hausflur angeschaltet und Rosi öffnete sogleich höchstpersönlich. Aus dem Radio in der Küche tönte leise der unverkennbare Jingle der 20 Uhr Nachrichten des hiesigen Radiosenders. Der Sprecher begann seinen Bericht von einer Bundestagsdebatte und Neuverschuldung. Jedenfalls waren dies die Bruchstücke, die Fritz auf die Schnelle erkennen konnte. »Du bist spät dran! Ich habe schon angenommen, du hättest es vergessen!« Mit einer Handbewegung bat Rosi den Polizisten hinein und schloss die Tür. »Vergessen? Nein, wie könnte ich? Den ganzen Tag habe ich an euch gedacht.« Fritz sah Rosi an und just in diesem Moment war eines für ihn gewiss: Am heutigen Tag, so schwierig er für ihn auch gewesen sein mag, hatte er wesentlich mehr erreicht, als in den gesamten Untersuchungen im Mordfall Heinrich Kreismüller. Ihm war plötzlich klar wie Kloßbrühe, dass er es nun in der Hand hatte, vielleicht nicht nur den aktuellen Mord, sondern auch endlich den Tod an Manfreds Vater aufzuklären. »Jetzt oder nie! Zuneigung hin oder her! Entweder verdächtige ich sie zu Unrecht, oder …« Weller entschloss sich kurzerhand, sie mit den Fakten zu konfrontieren und nicht lange um den heißen Brei herum zu reden. »Wir sind heute ein gutes Stück weitergekommen. Wir sind uns ziemlich sicher, dass er in Mayberg in der Nähe dieses Reinigungsschachtes umgebracht und dort in den Bach geworfen wurde. Außerdem haben wir einen Hammer gefunden, der so wie es aussieht, das Mordwerkzeug war. Er lag versteckt und eingewickelt in eine alte Uniformjacke im Kanal. Zurzeit untersuchen wir alles auf Fingerabdrücke und analysieren das Blut, das daran klebte. Es kann nicht mehr lange dauern, dann haben wir endlich Klarheit.« Bewusst erhöhte Weller nun den Druck auf Kreismüllers Schwester und war auf ihre Reaktion gespannt. Aber sie verharrte emotionslos. Seine Worte schienen an ihr abzuprallen wie Wasser auf Fels. »Wir untersuchen auch das Gitterschloss und den Schlüssel dazu. Den haben wir übrigens von eurem Bürgermeister. Der sagte uns auch, dass außer ihm eigentlich niemand Zugriff darauf hatte. Außer vielleicht der Reinigungskraft, die regelmäßig sein Büro säubert.« Weller legte nun gezielt nach und fixierte Rosi mit seinen Augen. Beim Wort Schlüssel bemerkte er bei ihr ein leichtes Zucken der rechten Schläfe. Hatte er tatsächlich ihren Abwehrriegel geknackt und sie aus der Reserve gelockt? So als sei es das Selbstverständlichste auf der ganzen weiten Welt antwortete sie: »Dass ich putzen gehe, um uns über Wasser zu halten, habe ich als wenig wichtig in der Sache angesehen. Deswegen habe ich darüber auch nichts erzählt. Und wegen dem blöden Schlüssel … beim Saubermachen bin ich gegen das dämliche Schlüsselkästchen gestoßen. Das Ding fiel natürlich auf den Fußboden und ich musste alle Schlüssel wieder zusammensammeln und aufhängen … kann schon sein, dass ihr meine Abrücke darauf findet.« Diese Antwort klang aus ihrem Munde für Weller durchaus plausibel und zudem ließe es sich leicht feststellen, da ihre Abdrücke schließlich seit damals in der Polizeidatenbank hinterlegt waren. »Aber bist du nicht hier, um mit meiner Tochter zu sprechen? Sie ist oben in ihrem Zimmer.« Kaum hatte Rosi dies ausgesprochen, ertönte schrille, elektrische Gitarrenmusik im gesamten Treppenhaus, die einen bis ins Mark erzittern ließ. »Du brauchst nur dem Lärm nachzugehen!«, fügte sie sogleich kopfschüttelnd hinzu, drehte sich um, ließ ihn alleine im Hausflur zurück und verschwand in der Küche. Jeder Andere hätte sich wegen Rosis seltsamen Verhaltens wahrscheinlich verwundert die Augen gerieben. Jeder Andere – Fritz jedoch nicht mehr.

»Sie werden sicherlich überrascht sein.« Mit diesem Satz Pohlerts im Kopf erklomm er müde die Treppe in den ersten Stock. Mit jeder genommenen Stufe stieg seine Anspannung. Gleich würde er es mit seinen eigenen Augen sehen, was der alte Wirt mit seiner Geheimniskrämerei gemeint hatte. Erwartete ihn wirklich seine Tochter, von deren Existenz er bis vor kurzem überhaupt noch keinen Schimmer hatte. Und welche Rolle spielte sie in diesem Fall? Die dunkelbraune Holztür des Zimmers gegenüber Heinrich Kreismüllers altem Büro war nur angelehnt. Fritz war aufgeregt wie ein grüner Junge, als er pro forma an die Tür klopfte und sie dann langsam aufstieß. Im faden Schein einer 25-Watt-Birne erblickte er eine zierliche, dunkelhaarige Frau in hellblauem Jogging-Anzug, die, ihren Rücken dem Eingang zugewandt, am Schreibtisch saß und in ein Buch vertieft schien. Jedenfalls reagierte sie nicht auf sein Anklopfen. Der kleine Raum, dessen hölzerner Boden mit einem braungemusterten Teppich nahezu vollständig ausgelegt war, strahlte aufgrund der in einem matten Orange-Ton gestrichenen Zimmerwände eine unverhoffte Behaglichkeit aus. Für Fritz glich es einer Oase im sonst alles überlagernden Dunkel des kalten, ungastlichen Gemäuers. Die rechte und linke Wand des Zimmers zierte je ein großes, waagerechtes Bild im Poster-Format, deren auffällige Motive ihm sofort bekannt vorkamen. So zeigte das Gemälde links Elvis Presley als lächelnden Barkeeper, der Marilyn Monroe, James Dean und Humphrey Bogart gut gelaunt ihre bestellten Getränke servierte. Das rechte, eine schwarz-weiß Fotografie vermutlich aus den USA der 20er Jahre, stellte eine Gruppe von Männern dar, die bei Arbeiten an einem Wolkenkratzer in schwindelerregender Höhe auf einem Stahlträger sitzend ihre Mittagspause genossen. Links vom Schreibtisch, mit dem Rücken zur Wand, stand ein einfaches grau-violett gemustertes Ausziehsofa mit davor befindlichem kleinem, rundem Glastisch und rechtsseitig, mit der Stirnseite zur Außenwand, ein schmales Bett. Gut einen halben Meter rechts neben der Eingangstür waren in Augenhöhe mehrere dunkle Holzbretter regalartig auf die Wand montiert. Schon ein Blick in den Raum genügte und jedem Gast war direkt klar, welchem Hobby hier leidenschaftlich gefrönt wurde. Denn alles war üppig dekoriert mit Elefanten aus fast allen nur erdenklichen Materialien, in den verschiedensten Größen, Formen und Farben. Selbst auf dem beigefarbenen Bettzeug prangte unübersehbar ein orientalisch anmutendes Motiv der gutmütigen Dickhäuter. Fror man im Treppenhaus noch jämmerlich, so war es hier nun aufgrund einer kleinen, mobilen Elektroheizung mollig warm. Fritz öffnete den Reißverschluss seiner Winterjacke und trat ein. Behutsam, um die junge Frau nicht unnötig zu erschrecken, jedoch laut genug um gegen das Musikgeplärre anzukommen, räusperte sich der Polizist. Doch seine Vorsicht war vergebene Liebesmüh. Denn von seinem Hüsteln aufgeschreckt, drehte sich die Frau ruckartig um. Quasi von 0 auf 100 hatte sich ihr Pulsschlag beschleunigt. Ihr Herz pumpte das Blut mit Hochdruck durch die Adern. Sie riss ihre Augen weit auf. »Oh sorry, das wollte ich nun wirklich nicht!« Fritz entschuldigte sich promt bei ihr und stellte sich vor. Der alte Wirt hatte tatsächlich nicht zu viel versprochen. Denn augenscheinlich gab es, wenn überhaupt, nur geringe äußerliche Gemeinsamkeiten mit ihrer Mutter. Vielmehr erinnerte sie ihn stark an ein Jugendfoto seiner Mutter, welches so um 1925 irgendwo am Landwehrkanal im Stadtbezirk Tiergarten aufgenommen wurde. Aber vielleicht war es auch ein Anflug von Fieberwahn, der ihm diese unverhoffte Übereinstimmung vorgaukelte. Ihr schwarzes, leicht gewelltes Haar reichte bis zu ihren Schultern. Während Rosis stahlblaue Augen zumeist eine intensive Kälte ausstrahlten, so zeigten ihre braunen, rotunterlaufenen Augen nur die Anzeichen echter Trauer. Die blasse junge Frau hatte in den letzten Stunden offensichtlich so manche Träne vergossen, denn rechts neben ihrem Buch türmte sich ein Berg von gebrauchten Papiertaschentüchern auf dem Schreibtisch. Wenn es überhaupt äußerliche Gemeinsamkeiten mit ihrer Mutter gab, so waren es die schmale Gesichtsform und die schlanke Figur. Obwohl man bei näherem Betrachten feststellte, dass Rosis Tochter etwas zierlicher und geringfügig kleiner war als sie selbst. Sandra reduzierte die Lautstärke der Musik nun deutlich. »Danke oh Herr, welch eine Wohltat!« Fritz seufzte erleichtert in sich hinein, denn sein Schädel dröhnte ohnehin schon genug und hätte dieser Dauerbeschallung vermutlich nicht mehr lange standgehalten. »Meine Mutter hatte bereits angekündigt, dass Sie heute noch mit mir sprechen wollen!« Die junge Frau hatte sich von Wellers unbeabsichtigtem Begrüßungsschreck augenscheinlich wieder erholt. Doch vollständig abgelegt hatte sie ihre Unsicherheit noch lange nicht. Denn nur mit größter Mühe gelang es ihr, das nervöse Zittern ihres angewinkelten rechten Beines zu unterdrücken und sie strengte sich an, halbwegs ihre Fassung zu wahren. Fritz bemerkte dies deutlich und sein Unterbewusstsein scheute sich nun davor, Sandra so knallhart anzugehen, wie es die Sachlage von ihm als Kommissar erforderte. »Ich will Sie einfach nicht leiden sehen«, schoss ihm wiederholt durch den Sinn. Schließlich sollten die ersten Worte, die er mit seiner möglichen Tochter wechselte, nicht unbedingt von Mord und Totschlag handeln. »Was ist das für eine Gruppe? Ich glaube, die habe ich schon mal gehört?« Ohne lange zu überlegen lenkte Fritz das Gespräch hin zu ihrer Musik, die der in die Jahre gekommene Stereo-Kassetten-Recorder im Augenblick zum Besten gab. »Das sind die Ärzte. Sind absolut geil, finden Sie nicht auch?« »Ach ja, klar. Die sind das. Ich mag eigentlich keine deutschsprachige Musik, doch ihre rotzfrechen Texte sind nicht übel und richtig abrocken können die auch, das muss man ihnen schon lassen. Ich hab mal im Radio gehört, dass die Jungs wie ich aus Berlin stammen.« Sandra war sichtlich überrascht, dass der Polizist sie nicht wie erwartet zu Manfreds Tod befragte, sondern stattdessen irgendwelches Zeug über Musik laberte. In einer Mixtur aus Verwunderung und höflich vorgeheucheltem Interesse antwortete sie daher: »Aus Berlin? Das hört man bei ihrer Aussprache aber überhaupt nicht. Was hören sie denn am liebsten?« Die Frage Sandras nach seiner favorisierten Musik war natürlich ein gefundenes Fressen für Weller. Daher erklärte er kurz in wenigen Worten, dass er schon viele Jahre in Burgstadt leben würde und eigentlich noch nie so richtig berlinerisch geredet habe, um anschließend voller Inbrunst zu antworten: »Ich höre seit Jahren Queen.« »Und, traurig?« Plötzlich klang ihre Stimme weich und mitfühlend in seinen Ohren. »Was heißt traurig? Es hatte sich ja angedeutet. Aber die Musik lebt ja zum Glück weiter.« Nun war er gänzlich von seinem ursprünglichen Vorhaben abgekommen und minutiös präsentierte Fritz in chronologischer Reihenfolge alle Hits, nur gelegentlich unterbrochen von Sandras erstaunten Einwürfen: »Was, das ist auch von denen?« Unbewusst hatte er sich während der Unterhaltung einen der kleinen Elefanten aus dem Wandregal in seine Hand genommen. Das Stück schien aus einer Art bläulich-weiß schimmernder Keramik zu sein. Seine Oberfläche war spiegelglatt und die Konturen der Figur filigran herausgearbeitet. »Das ist Mondstein. Manfred hatte ihn mir letztes Jahr zu meinem Geburtstag geschenkt.« Es war Sandra nicht entgangen, dass Weller die walnussgroße Figur in seiner Hand hielt. Dann wurde sie nachdenklich: »Manfred war kein schlechter Mensch. Doch alles was er anpackte ging schief. Nichts wollte ihm so recht gelingen. Meine Großmutter sagte immer, wenn er wieder was Dummes fabriziert hatte, dass er mit der Bürde, die ihm sein Vater auferlegt hatte, nicht fertig würde.« Tränen kullerten Sandras Wangen hinunter. Sie wischte sich mit ihrem Ärmel durch ihr Gesicht. Und Weller sagte verlegen: »Sie sind der erste Mensch, mit dem ich mich unterhalte, der gut über ihn spricht. Und wie war das Verhältnis von ihrer Mutter zu Manfred?« »Sie gerieten sich oft wegen Nichtigkeiten in die Wolle. Aber ich glaube, insgeheim wussten beide, was sie aneinander hatten.« Sandra stockte und fuhr dann, den Polizisten mit ihren verheulten Augen ansehend, fort: »Meine Mutter erzählte mir, dass sie Sie noch von damals kennt.« Fritz hielt ihrem herzzerreißenden Blick stand, wenn es ihm auch alles andere als leicht fiel und er entgegnete nachdenklich: »Ja, das stimmt. Es war mein erster Mordfall.« »Ist schon seltsam, im Jahr darauf wurde ich geboren. Als ich noch klein war, fragte ich meine Mutter oft, wo denn MEIN Vater sei. Denn alle aus meiner Klasse hatten ja einen. Mmh, eigentlich hatte sie mir nie eine richtige Antwort gegeben. Nur einmal, da muss ich so ungefähr zehn gewesen sein, da nahm sie mich sanft in die Arme und sagte lächelnd, dass es Liebe war. Ich kann mich noch sehr gut an diesen Augenblick erinnern, weil sie wirklich glücklich aussah, ... denn glückliche Augenblicke gabs nicht besonders viele in unserer Familie.« Fritz Weller und Sandra Kreismüller standen sich nun still gegenüber, so als erwartete jeder vom Anderen, endlich auf alle bohrenden Fragen die erlösenden Antworten zu erhalten. Fritz grübelte hin und her. Er war sich absolut nicht sicher, ob Rosi ihre Tochter am Ende nicht doch in die Geheimnisse der besagten Liebesnacht im November 1967 eingeweiht hatte und Sandra es nun nur aus seinem eigenen Munde bestätigt haben wollte. Plötzlich drang lautes Stimmengewirr von unten aus dem Treppenhaus und dröhnende Motorengeräusche eines LKWs aus dem Innenhof ins Zimmer. Nahezu zeitgleich rief Rosi lautstark nach Kommissar Weller. Diese förmliche Anrede klang schon etwas komisch in seinem Gehörgang, da sich die beiden doch normalerweise duzten. Fritz stellte den Mondstein-Elefanten sachte zurück ins Regal. Sandra drückte ihm noch ein Päckchen Papiertaschentücher mit der Bemerkung »dauernd die Nase hochziehen ist echt nervend« in die Hand, ehe er ihr Zimmer verließ. Er nahm das Geschenk dankend an und steckte es in seine Jackentasche. »Wir sehen uns mit Sicherheit bald wieder.« Sandra nickte nur. Freude und Furcht schienen sich in Sekundenbruchteilen in ihren Gesichtszügen abzuwechseln, nachdem sie seine Ankündigung vernommen hatte. Weller sah ihre innere Zerrissenheit sich in ihren Augen widerspiegeln. Ihr rätselhafter Gesichtsausdruck brannte sich wie ein unverkennbares Mal in seinem Gedächtnis ein. Fritz lächelte. Dann wand er sich um, zog den Reißverschluss seiner Jacke aufgrund der im Treppenhaus vorherrschenden winterlichen Temperaturen wieder zu und polterte hastig die Stufen hinunter.

Zwei Beamte in ihrer grünen Tracht standen in der sperrangelweit offenen Haustür neben Rosi und sonnten sich im warmen Licht der 60 Watt Flurbeleuchtung. Der Kleinere der beiden rief dem Kommissar entgegen: »Wir erhielten vor 30 Minuten einen Anruf, dass wir hier unbedingt heute noch einen goldfarbenen Ford Capri abholen sollen. Der Wagen müsse dringend im Rahmen der Ermittlungen im Mordfall Manfred Kreismüller untersucht werden!« Wellers Kollegin hatte trotz seines überflüssigen Ausrasters am Telefon dessen Wunsch in die Tat umgesetzt und die Bereitschaftspolizei aus St. Josef benachrichtigt, die sich ihrerseits anschließend sofort mit einem Abschleppwagen im Gepäck ins nur fünf Kilometer entfernte Mayberg aufgemacht hatten. Doch wer jetzt als Reaktion auf die angekündigte Maßnahme der Polizei auch nur die geringsten Anzeichen von Empörung bei Rosi erwartet hatte, sah sich doch sehr getäuscht. Beinahe gleichgültig nahm sie Wellers kurze Erklärung entgegen, was die Polizei mit dieser spätabendlichen Aktion zu erreichen erhoffte und dass der Wagen aus diesem Grund ins Labor nach Burgstadt gebracht werden müsste. »Du wirst schon wissen, was du tust. Der Wagen steht vorne in der Scheune, wo auch sonst«, antwortete die Stiefschwester des Toten lakonisch. Dabei deutete sie mit ihrem rechten Zeigefinger auf das von der Flurlampe schwach beleuchtete Gebäude auf der gegenüberliegenden Hofseite des Wohnhauses. »Haben Sie den Schlüssel?«, fragte der Größere der Uniformierten. »Ja, der liegt doch immer hier rum«, murmelte Rosi, drehte sich um und ging zu der kleinen hölzernen Kommode, die im Flur links neben der Küchentür platziert war. Sie zog die oberste Schublade auf, kramte geschwind einen Schlüsselbund heraus und warf ihn dem Polizisten in hohem Bogen zu. Da der Beamte nicht auf diese Art der Schlüsselübergabe vorbereitet war, wäre der Bund voll in seinem Gesicht gelandet. Doch dank Wellers Geistesgegenwart, der blitzschnell seine Rechte ausgestreckt und das Geschoss circa 20 Zentimeter vor dem Aufschlag abgefangen hatte, kam es glücklicherweise nicht dazu. »Reaktion ist alles!« Der Kommissar reichte seinem geretteten Kollegen lässig den Bund und verzog dabei keine Miene. Daraufhin verabschiedeten sich die Streifenpolizisten kopfschüttelnd von Weller und Rosi und stiefelten mit gezückten Taschenlampen zur besagten Scheune. Nachdem sie den schweren Eisenriegel zur Seite geschoben, sowie beide Flügel des massiven gut drei Meter breiten, dunklen Holztors knarrend nach vorne aufgeschwungen hatten, bugsierten sie Manfreds Capri mit Hilfe des Abschleppunternehmers auf die Ladefläche des im Hof stehenden LKWs und rauschten unter den Augen von Rosi Kreismüller und Fritz Weller nach wenigen Minuten gen Burgstadt davon. Beide standen noch immer in der geöffneten Eingangstür, bis die gleichmäßig leiser werdenden Motorgeräusche komplett verstummten. Außer dem leisen Gedudel des Radios aus der Küche und Fritzens verschnupftem Röcheln beim Atmen war kein Laut zu hören. Zudem kroch die abendliche Kühle zwar langsam aber dennoch unaufhaltsam in ihre Kleider.

»Hast du mit Sandra gesprochen?« »Ja, das habe ich. Bin ich Sandras Vater?«

Rosis bis dahin so gleichgültig wirkendes Auftreten änderte sich schlagartig. Wie damals an jenem Abend im November 1967 fasste sie seine Hände und küsste ihn liebevoll auf den Mund. Die Eiseskälte ihrer stahlblauen Augen schien sich vollständig verflüchtigt zu haben. Nicht auch nur der leiseste Hauch von Verbitterung, von abgrundtiefem Hass ganz zu schweigen, war in ihnen zu sehen. Eine angenehme Wärme umfing Fritz. Selbst die alles durchdringende Novemberkälte war gewichen. Wie von einem plötzlichen Zauber gefangen, schwanden seine Sinne. Alle Probleme und Sorgen, die ihn bedrückten, alle Zweifel, die an seiner Seele nagten, waren auf wundersame Weise aus seinen Gedanken verschwunden. Eine schier grenzenlose Erleichterung breitete sich rasch in seinem gepeinigten Körper aus und überlagerte wirkungsvoll alle Schmerzen. Obwohl es geschätzt nur eine Minute dauerte, in der sie so Auge in Auge zusammen standen, war es für Fritz wie eine gefühlte Ewigkeit. Langsam öffnete Rosi ihre Hände und ließ ihn los. Wie durch eine mysteriöse Hypnose gesteuert, drehte Fritz sich um, ging die Treppe hinunter und stolperte durch den gepflasterten Hof zu seinem Dienstwagen. Ihm war so, als bewegte er sich in Zeitlupentempo. Alles wirkte so unreal. Mechanisch wie ein Roboter öffnete er die Fahrertür, stieg ein, schloss die Tür, steckte den Zündschlüssel, trat das Kupplungspedal, startete den Motor durch Drehen des Zündschlüssels – der erste Gang war bereits eingelegt – und fuhr langsam aus dem Hof. Im Rückspiegel sah er Rosis dunkle Konturen in gleißendem, gelb-rötlichem Licht verschwimmen. Fritz kniff geblendet seine Augen zusammen. Er passierte die monströse Hofmauer. Unbarmherzig vereinnahmte ihn sogleich das widerwärtige, kalte Dunkel der endlosen Nacht. Plötzlich prasselten heftige Schläge und Stöße auf den schleichenden Passat inklusive dessen gedankenversunkenem Insassen ein und schüttelten das Gespann kräftig durch. Die Weller suggerierten Befehle beinhalteten offensichtlich nicht die Inbetriebnahme der Scheinwerfer. So kam er in der nächsten leichten Linkskurve vom geteerten Feldweg ab und eierte ein gutes Stück über die angrenzende, holperige Wiese. Aufgeschreckt bremste Fritz abrupt. Da er dummerweise auch nicht angeschnallt war, schlug er mit der Stirn recht unsanft auf das Lenkrad. Tohns Stubbi machte zudem einen Satz vom Beifahrersitz gegen die Klappe des Handschuhfachs, welche daraufhin aufsprang, und landete schließlich polternd auf der Gummimatte im Fußraum. Was war bloß mit ihm geschehen? Fritz verharrte für Minuten regungslos am Steuer seines Dienstwagens, denn das Letzte, woran er sich noch reichlich verschwommen erinnern konnte, war Rosis inniger Kuss. Er spürte sogar noch ihre Lippen auf seinem Mund. Wellers Kopf dröhnte wie ein Brummkreisel. Vorsichtig ertasteten seine Fingerspitzen in der Mitte seiner Stirn eine leichte Erhebung. Er knipste die Innenbeleuchtung an, um sich das Malheur im Rückspiegel näher zu betrachten. Sturzbäche von Blut flossen zwar nicht, jedoch schmerzte die errötete Stelle selbst bei der leichtesten Berührung. Wehleidig zischte er dabei: »Das hat mir gerade noch gefehlt. Das gibt sicher 'ne ordentliche Beule.« Da erspähten seine müden Augen das Geschenk vom alten Wirt im Fußraum der Beifahrerseite. Fritz hob die kleine Bierflasche sofort auf. Wunderbar kühl lagen ihre angenehmen Rundungen in seiner Hand. Und in Ermangelung eines Kühlakkus drücke er sie vorsichtig, kommentiert von leidenschaftlichen »Aahs« und »Oohs« der Schmerzlinderung, gegen die aufkeimende Schwellung. Hätte jemand im Dunkeln sein Gestöhne gehört, auf den Grund *Beule am Kopf* wäre der- oder diejenige dabei vermutlich nie gekommen. Als das Glas der Flasche vollständig Wellers Körpertemperatur angenommen hatte, legte er sie sachte auf den Beifahrersitz zurück. »Deinen kostbaren Inhalt brauche ich schließlich gleich noch«, murmelte er beschwörend vor sich hin und schmiss anschließend die Klappe des Handschuhfachs mit Schwung zu, welches von selbiger beim Aufprall auf die Umrandung postwendend mit einem blechernen Knall quittiert wurde. Da Weller den Motor bei seiner kurzfristigen Bremseinlage abgewürgt hatte, drehte er den Zündschlüssel erneut um und startete die Kiste. Danach knipste er die Innenbeleuchtung aus und die Scheinwerfer an. Eine dichte Nebelbank hatte inzwischen die Umgebung gnadenlos eingehüllt, sodass die Sichtweite nur geschätzte 50 Meter betrug. Fritz konnte von Glück reden, dass der Untergrund in diesem Bereich der Wiese, trotz des Dauerregens der letzten Tage, erfreulicherweise kaum aufgeweicht war. Und so gelang es ihm recht mühelos, nach diesem unfreiwilligen Intermezzo den Wagen behutsam zurück auf den Weg zu steuern. »Sicher ist sicher, man kann ja nie wissen.« Beinahe hätte sich der Kommissar schon wieder nicht angeschnallt. So stoppte er kurz nachdem er wieder festes Terrain erreicht hatte, gurtete sich behäbig aber ordnungsgemäß an und setzte seine Fahrt fort. Vom geteerten Feldweg bog er nach wenigen hundert Metern links nach Mayberg ab. Vorbei an der Gemeindehalle kurvte

Fritz wie selbstverständlich durch die gut beleuchteten Dorfstraßen des Ortes, hin zur Bundesstraße.

Wie von Geisterhand gesteuert zog es ihn unaufhaltsam zurück nach Burgstadt. Und je weiter sich Weller vom Kreismüller-Hof entfernte, desto intensiver stiegen die Eindrücke in seinem Bewusstsein empor, die er dort vorhin gewonnen hatte. Immer und immer wieder hatte er dabei Sandras eigenwilligen Gesichtsausdruck nach seinem angekündigten baldigen Wiedersehen vor Augen. Doch unvermittelt, quasi wie aus dem Nichts, erfasste ihn unbändige Wut. Sein Verstand hatte endlich wieder die Oberhand über Rosis einnehmenden Zauber gewonnen. Wieder einmal stand er mit nahezu leeren Händen da. Ja klar, er hatte Rosi mit den aktuellen Ermittlungsergebnissen konfrontiert und den Capri des Toten hatten sie sichergestellt, aber sonst? Wer trieb hier bloß sein teuflisches Spiel mit ihm, welches ihn an den Rand des Wahnsinns führte? War es Rosi, war es die Umgebung, war es vielleicht die Vergangenheit, oder alle Faktoren zusammen? War Sandra nun seine Tochter, oder war sie es nicht? Was ist mit dem Alibi der beiden? »Und warum zum Geier, da doch so viele Fragen nach der passenden Antwort verlangten, bin ich nicht augenblicklich umgekehrt?« Es war wie verhext. Er raufte sich die grauen Haare. Um seinem Frust die notwendige Luft zu verschaffen, stieß Fritz unter Tränen des Zorns einen gellenden Schrei aus. Sein verzweifeltes Grübeln und sein Hadern mit sich selbst vereinnahmten den Kommissar so sehr, dass dieser ohne seine Umgebung auch nur im Geringsten wahrzunehmen, mit starrem Tunnelblick, Kilometer für Kilometer dahinrauschte. Doch sein vorübergehender Dämmerzustand sollte bald höchst unsanft beendet werden. Denn wie aus dem Nichts tauchte plötzlich im Nebel das leuchtende Rot einer Ampel, begleitet von hektisch flackernden Baustellenlampen in seiner Fahrbahnhälfte vor ihm auf. Bauarbeiter hatten hier auf

Höhe des alten Eisenbahnviadukts vor gut einer Stunde eine Nachtbaustelle eingerichtet. Seinen Dienstwagen vor der Ampel anzuhalten, gelang dem sichtlich überraschten Weller nicht mehr. Er rutschte mit quietschenden Reifen daran vorbei und brachte sprichwörtlich mit dem letzten Hemd seinen Passat erst unmittelbar vor der eigentlichen Absperrung zum Stehen. Wiederum flog Tohns Stubbi mit einem dumpfen Schlag billardartig zuerst gegen die Klappe des Handschuhfachs, welche sich wieder öffnete, um schließlich als Abpraller auf der Gummimatte im Fußraum zu landen. Wellers Herz sprang ihm vor Schreck fast aus dem Hals. Ein Hustenanfall überkam ihn. Obwohl es schweinekalt im Wagen war, lief ihm der Schweiß eimerweise den Rücken hinunter. »Hey du Penner, bist du besoffen oder was!? Mensch mach deine Augen auf! Willst du uns über den Haufen fahren, du blöder Idiot?!« Einer der anwesenden Bauarbeiter in seinem gelben Regenmantel und gleichfarbigem Helm stiefelte mit hoch erhobenen Armen erzürnt gestikulierend der Schnarchnase nach dessen haarsträubendem Manöver entgegen und blieb auf Höhe der Fahrertür stehen. Da der PKW-Fahrer zunächst keine Reaktion zeigte, wiederholte der Mann lautstark seine Anschuldigungen unter Zuhilfenahme einiger unflätiger Schimpfwörter. Es dauerte eine Weile, bis Fritz überhaupt registriert hatte, was da neben seinem Wagen für ein Spektakel war. Er kurbelte langsam das Seitenfenster hinunter. »Ich hab's versaut. Ich kanns einfach nicht«, sagte er mit tränenerstickter Stimme und sah seinem Gegenüber ins Gesicht. Wellers jämmerliches Erscheinungsbild und dessen merkwürdige Worte ließen den vor Sekunden noch tobenden Arbeiter erschaudern und er verstummte sogleich. Fritz kurbelte das Fenster wieder hoch, lenkte seinen Dienstwagen um die Baustelle herum und fuhr davon. Das Handschuhfach klappte er wieder zu, doch die Bierflasche ließ er für das letzte Wegstück im Fußraum liegen. Zurück im Nebel blieb ein sprach- und ratloser Arbeiter in seiner gelben Schutzkleidung. Weller schmolz fast vor lauter Selbstmitleid dahin. Doch als die Lichter Burgstadts hinter dem dichten Nebelvorhang vor seinen Augen auftauchten, kehrte mit einem Mal leise Hoffnung in die Seele des Polizisten zurück und er spürte das warme Blut durch seine Adern fließen. Ihm war, als habe jemand mit Hilfe eines Defibrillators seine stehengebliebene Pumpe wieder zum Schlagen gebracht. Sogar das dumpfe Schock-Geräusch der beiden Elektroden, als diese ihre aufgestaute Energie an ihm entluden, durchzuckte seine Gehörgänge. Fritz schüttelte sich mächtig, so als habe er eben in eine saure Zitrone gebissen und er erinnerte sich nun wieder daran, dass seine Kollegen ihm doch schließlich versprochen hatten, heute noch mit den diversen Untersuchungen der sichergestellten Beweisstücke zu beginnen. Und obwohl er todmüde war und quasi bereits sein Bett nach ihm rufen hörte, beschloss er daher nicht nach Hause, sondern, getrieben von der Ungewissheit, ins Präsidium zu fahren. Nur noch einmal stoppte Fritz kurz. Aber diesmal tat er es freiwillig und absolut gerne, denn ihn plagte sein schlechtes Gewissen. »Schnell noch Kartoffel-Chips besorgen, denn Steffi liebt doch die Dinger!« Gute 300 Meter vor seinem eigentlichen Ziel bog er von der Bundesstraße zu einer Tankstelle ab und kaufte eine große Tüte, sozusagen als kleine Wiedergutmachung für sein kotzbrockenhaftes Verhalten ihr gegenüber. Und so trudelte Weller gegen 22:30 Uhr auf dem Gelände des Präsidiums ein. Er parkte seinen Dienstwagen wie üblich im Hinterhof. Bevor er ausstieg, beugte er sich schräg hinab zur Beifahrerseite und tastete nach der Bierflasche, die, wie konnte es auch anders sein, unter den Sitz gerollt war. Nachdem er sie sich geangelt und auch die Rolle Papiertücher vom Fußraum hinter sich aufgelesen hatte, griff er sich noch die Chipstüte und schlappte müde aber voller Erwartungen zum Nachbargebäude des Präsidiums. Denn dort waren außer der polizeieigenen Autowerkstatt auch praktischerweise die Räumlichkeiten der Kriminaltechniker untergebracht.

Kapitel 16

Im ersten Stock brannte tatsächlich noch das Licht. Zwei Polizisten von der Nachtschicht kamen Fritz im Treppenhaus entgegen und grinsten, als sie ihn erblickten. Denn mit der Papierrolle unterm rechten Arm, der Chipstüte unter dem anderen, in der linken Hand das *Burgstädter Katzenbräu*, mit triefender Nase und zu allem Überfluss mit leichter aber dennoch unübersehbarer Beule mitten auf seiner Stirn, machte Fritz wahrlich eine skurrile Figur. »Na Kollege, suchst du die Asservatenkammer oder veranstaltest du noch 'ne Party?«, stichelte der eine. Ohne auch nur die winzigste Reaktion auf das dämliche Gelaber zu zeigen, ließ er die beiden einfach kommentarlos links liegen. Denn seine Gedanken waren Weller bereits voraus ins Labor der Techniker geeilt und linsten schon durchs Elektronenmikroskop. Kaum hatte der Kommissar den Flur, der die Untersuchungsräume beherbergte, erreicht und die links gelegenen Toilettenräume passiert, da vernahm er das Herunterdrücken einer Klinke mit anschließendem Aufziehen einer Tür. Zu überlegen woher die Geräusche stammen brauchte er nicht, denn nur Sekundenbruchteile später schnellte ein schwarz gelockter Kopf, genau wie ein Kuckuck aus dem Oberstübchen in gleichnamiger Uhr es zur vollen Stunde zu tun pflegte, aus dem Türrahmen rechts vor ihm. Weller sah den Mann an, überlegte kurz und lachte dann schallend: »Ohne dein Ganzkörperkondom hätte ich dich doch fast nicht wiedererkannt!« »Das hören wir oft«, erwiderte sein Gegenüber grinsend. Vor dem Polizisten stand der Kriminaltechniker, den er heute Nachmittag am Fundort in Mayberg um dessen Unterstützung gebeten hatte. »Ich habe dich ins Haus kommen sehen. Ich hätte da nämlich schon ein paar Neuigkeiten für dich«, sagte der Lockenkopf freudig erregt und winkte Fritz mit einer einladenden Geste hinein. Auf dem Labortisch mitten im

Raum entdeckte der Kommissar seine Fundstücke aus dem Reinigungsschacht, inklusive des schweren Vorhängeschlosses und des dazugehörenden Schlüssels aus Bürgermeister Schimmelpfennigs Büro, mustergültig in Reih und Glied nebeneinander platziert. Da der Kriminaltechniker nun so langsam seinen Arbeitstag beenden wollte, begann er auch sogleich mit seinen Ausführungen: »Also, das Vorhängeschloss war blitz blank, sozusagen sauber wie geleckt. Doch auf dem Schlüssel wurden wir fündig.« Unweigerlich wanderte Wellers Blick zu dem genannten Objekt. Angestrengt fixierte er das Teil, so als versuchte er die Abdrücke mit bloßem Auge zu erspähen. »Ach ja, deine Kollegin rief an und gab uns den Tipp, dass wir zuerst im Kreis der Familie recherchieren sollten ... und sie hatte Recht. Denn ein Vergleich mit Rosemarie Kreismüllers archivierten Abrücken ergab eine volle Übereinstimmung.« »Das belegt nur ihre Aussage, dass ihr das Schlüsselkästchen beim Putzen im Büro des Bürgermeisters heruntergefallen ist und sie alle Schlüssel wieder vom Boden auflesen musste«, fiel Fritz dem Wissenschaftler hektisch abwiegelnd ins Wort. »Ich kann dir ja nur erzählen was Tatsache ist«, entgegnete dieser beschwichtigend und fuhr dann fort: »Die Uniformjacke gehörte einem Soldaten der Wehrmacht, so viel ist sicher. Und obwohl das gute Stück demnach um die 50 Jahre alt ist, fanden wir auf dem Knopf der linken Brusttasche einen wunderschönen, nagelneuen Fingerabdruck eines rechten Daumens. Und wie es der Zufall wollte, genau der gleiche wie auf dem Hammerstiel. Darauf waren zwar auch reichlich alte Abrücke vorhanden, aber die konnte man komplett in die Tonne kloppen.« Weller war zwar einerseits heilfroh darüber, endlich brauchbare Ergebnisse in den Händen zu halten, jedoch fürchtete er sich anderseits mindestens in gleichem Maße vor den sich daraus ergebenen möglichen Schlussfolgerungen. »Komm sag schon, haben wir da auch einen Treffer?«, fragte Fritz mit trockenem Mund und leicht zittriger Stimme. »Nee du, bis jetzt noch Fehlanzeige.« »Habt ihr den Abdruck denn schon mit denen der Stiefschwester des Toten verglichen?« »Ja ja, selbstredend. Ging schließlich in einem Aufwasch mit dem Schlüssel. Wir lassen zurzeit einen Abgleich mit unserer Datenbank laufen. Aber das kann ja dauern, wie du weißt.« Weller legte die Papierrolle, das Stubbi und die Tüte Chips am Rand des Labortischs ab und setzte sich erschöpft, jedoch auch in gewissem Maße erleichtert auf den davorstehenden schlichten Holzschemel. »Ich nehme an, die Analysen der Blutspuren am Schacht, auf der Jacke und am Hammer laufen noch.« Auf den Techniker wirkten diese Worte des Kommissars nun wieder deutlich ruhiger und nicht mehr so zerfahren, wie noch vor wenigen Augenblicken. Und so bestätigte er: »Ja richtig, wird wohl morgen Mittag werden. Aber apropos Hammer, das ist ein gutes Stichwort. Ein guter Kumpel von mir ist Kurator des rheinischen Museums hier in Burgstadt. Ich rief ihn an, ob er Zeit hätte sich den Hammer anzusehen.« »Und, hatte er?« »Nee, dummerweise haben die heute eine Vernissage, da ist er unabkömmlich. Aber er versprach mir, dass er morgen nachmittags mal reinschneit.« Fritz wurde es allmählich unerträglich warm in seiner dicken Winterjacke und er öffnete den Reißverschluss bis auf Bauchhöhe. Er griff in die rechte Jackentasche und nahm das Päckchen Papiertaschentücher heraus, das er von Sandra bekommen hatte. Da sich inzwischen ein riesiger Tropfen Schnodder an seiner Nasenspitze angesammelt hatte, riss er es an der Perforation auf und wollte gerade ein Tuch herausziehen, da stockte seine Bewegung. Nagender Zweifel verdrängte plötzlich wiederum sein Gefühl der Erleichterung und erneut breitete sich diese lähmende Ungewissheit in ihm aus, die ihn seit dem Zeitpunkt begleitete, als er das Mordopfer erkannt hatte. »Dann vergleich sie sicherheitshalber noch mit denen, die hier drauf sind«, sagte Weller monoton und reichte dem Kriminaltechniker das Kunststoffpäckchen, ohne ihn dabei anzusehen. »Und wer außer dir hat sich sonst noch darauf verewig?« »Rosis Tochter!« Fritz sah dem Lockenkopf mit ernster Miene ins Gesicht. »Aha Rosi, so so!«, entgegnete dieser, untermalt von einer generösen Geste. »Ich meine selbstverständlich Frau Kreismüllers Tochter Alexandra«, verfeinerte Weller mürrisch seine Antwort. »Okay, mach dich locker! Reicht es dir, wenn ich morgen früh an die Sache ran gehe?« »Von mir aus. Heute wird eh niemand mehr verhaftet«, murmelte Fritz leise vor sich hin. Unterdessen hatte sein Kollege ein Blatt von der auf dem Tisch liegenden Papierrolle abgerissen und hielt es ihm hin. »Ich bin ja echt dankbar, dass du mir die Rolle gegeben hast. Aber das Zeug ist wirklich wie Schmirgelpapier. Meine Nase fühlt sich an, als wenn sie glüht.« »Sorry, Kumpel, ich wollte eben nichts sagen, aber die Farbe passt gut zu der Beule auf deiner Stirn. Wie hast du das denn eigentlich angestellt?« »Das willst du nicht wirklich wissen«, machte Weller kurzerhand unmissverständlich klar, nicht darüber sprechen zu wollen, nahm das ungeliebte Tuch und wischte sich damit vorsichtig seine stark gerötete Nase. Danach erhob er sich ächzend vom Schemel, sammelte seine Habseligkeiten wieder ein und hatte schon Worte des Abschieds auf der Zunge. »Ach ja, ich hab da noch was. Ich nehme an, das könnte dich interessieren!« Der Wissenschaftler öffnete die oberste Schublade des links unter dem Labortisch stehenden Rollcontainers und zog ein Foto heraus. »Wir haben die Stelle mit den Einkerbungen am Hammerkopf vorsichtig gesäubert. Jetzt kann man vielleicht mehr erkennen.« Er gab Fritz das Bild. Und obwohl ausschließlich der besagte Bereich stark vergrößert abgelichtet war, konnte er das Rätsel nicht entschlüsseln. Auch das Drehen des Fotos um 180 Grad brachte keine Erleuchtung. »Sieht irgendwie abstrakt aus … mmh, könnte alles oder nichts sein … vielleicht ein

Namenskürzel oder so was?« Weller zog die Mundwinkel der Ahnungslosigkeit nach unten und blickte sein Gegenüber mit Fragezeichen in den Augen an. Doch der war in diesem Fall keine große Hilfe und lachte nur ironisch: »Wäre nur zu schön, wenns die Initialen des Mörders wären!« Mit der Bemerkung »das Foto kannst du behalten, ich habe noch mehr davon« entließ der Kriminaltechniker ihn in die Nacht.

»Ich penne heute hier.« Weller war nun endgültig platt wie eine Flunder und deshalb begab er sich geradewegs in sein Büro. Dort angekommen knipste er das Zimmerlicht an. Kommissarin Franck hatte sich offensichtlich einen schmalen Pfad zu ihrem Arbeitsplatz mitten durch den Papierdschungel ihres Kollegen gebahnt und die Dokumente einen Fuß breit auseinandergeschoben. Außerdem lagen alle Unterlagen, die Weller auf ihrem Schreibtisch ausgebreitet hatte, nun aufeinandergestapelt neben seinem Telefon. Der reumütige Kommissar legte die Tüte Kartoffel-Chips auf die Tastatur ihrer Schreibmaschine. »Sorry!« Er stellte sowohl die Papierrolle als auch die Bierflasche kurz daneben ab, griff sich einen Notizzettel, schrieb das schlichte aber gewichtige Wort der Entschuldigung darauf und tackerte ihn flugs gut sichtbar an den Rand der Tüte. Dann klemmte er sich das verhasste Nasenputzhilfsmittel wieder unter den linken Arm, nahm das Stubbi, knipste das Licht wieder aus, zog die Tür leise hinter sich zu und trottete ins Nachbarzimmer. Hier befand sich das Domizil der Team-Sekretärin Uschi Schalupke. Sie war die älteste Tochter seines langjährigen Partners Hauptkommissar Rolf Schalupke. Dieser trat Ende der Sechziger die Nachfolge von Winfried Schuster an und die zwei waren über viele Jahre ein nahezu unschlagbares Gespann. In den Kreisen der Burgstädter Polizei nannte man sie schlichtweg nur *Starsky and Hutch* ... bis zu Rolfs gewaltsamem Tod vor gut drei Jahren. Aber das ist eine andere Geschichte. Wenige Monate darauf erbte Wellers aktuelle

Partnerin Schalupkes Platz. Das Büro der Sekretärin war unter anderem der zentrale Umschlagplatz aller Neuigkeiten, seien sie von Belang oder auch nicht und außerdem, worauf es Fritz nun abgesehen hatte, auch die inoffizielle Apotheke des Präsidiums. Uschi hielt sich ständig ein Sammelsurium diverser Arzneien zur Linderung aller möglichen und auch unmöglichen Beschwerden in einem Schuhkarton auf Vorrat. Die Kiste stand wie immer im obersten Fach ihres Dokumentenschrankes. Frau Schalupke war natürlich auch schon lange nach Hause gegangen, denn schließlich zeigte die Zimmeruhr bereits 23:15 Uhr und so fühlte sich Weller, als wäre er in einem Selbstbedienungsladen. Er parkte seine Mitbringsel auf dem Schreibtisch der Sekretärin, nahm die Kiste heraus, stellte sie daneben ab und fand nach kurzem Suchen eine Packung Paracetamol. »Mensch, warum bin ich heute Morgen nicht direkt zur ihr? Na ja, ist jetzt eh egal«, dachte sich Fritz und drückte sich zwei der Pillen aus der Plastikverpackung direkt auf seine belegte Zunge. Dann hebelte er geschickt mit einem herumliegenden Plastikfeuerzeug den Kronkorken von Tohns Stubbi ab und spülte die Tabletten damit ohne abzusetzen auf ex hinunter. Ob das Bier nun gut oder schlecht schmeckte, konnte Fritz nicht feststellen, denn aufgrund seiner Erkältung empfand er sowieso alles gleich mies. Aufgewärmt hatte er die Flasche zwar auch nicht, aber zusammen mit den Tabletten, so hoffte er, wirds bestimmt die gleiche Wirkung haben. Und nachdem er sich den Erkältungscocktail reingezogen und seine Papierrolle unter den linken Arm geklemmt hatte, schlich er aus dem Zimmer. Anscheinend hatte die Wirkung der Mixtur bereits eingesetzt, denn er ließ sowohl die leere Bierflasche samt Kronkorken neben der Arzneisammlung auf dem Schreibtisch zurück, noch löschte er das Zimmerlicht, vom Schließen der Bürotür ganz zu schweigen. So schlurfte er schon recht benebelt bis ans Ende des Ganges, an dem gegenüber dem Besprechungsraum seine Ruhestätte für diese Nacht, nämlich das Krankenzimmer der Abteilung, angesiedelt war. Er betrat den kleinen Raum und zog dieses Mal die Tür hinter sich zu, nachdem er zuvor die auf dem Beistelltisch stehende Nachttischlampe angeschaltet hatte. »Ich will nur noch schlafen.« Er warf die Papierrolle ans Kopfende der Liege und entledigte sich anschließend ohne große Umschweife seiner Winterjacke, seiner Stiefel und der Weste, indem er die Teile einfach neben sich zu Boden fallen ließ. Dann schnallte er die Dienstwaffe ab und schmiss sie oben auf den Kleiderhaufen. Fritz lag bereits mit der kratzigen olivgrünen Baumwolldecke bis zur Nasenspitze zudeckt auf der Pritsche und wollte eben das Licht löschen, da griff seine linke Hand wie automatisiert nach der Winterjacke. Und nur wenige Sekunden später starrte er auf seinem Rücken liegend gebannt auf das Foto, welches ihm der Kriminaltechniker vorhin überlassen hatte. Zunächst noch scharf fokussiert den Blick auf die Zeichen gerichtet, wurde die Abbildung, je länger er sie betrachtete, immer undeutlicher, bis sie endgültig vor seinen Augen verschwommen war. Seine Muskulatur entspannte sich und die Hand, die das Foto eben noch hochgehalten hatte, sank samt Bild auf seine Brust. Wellers Augen schlossen sich. »Rosi ... Sandra ... Mord ... Sandra ... Rosi ... Freddie Mercury ist tot ... Rosi ... Sandra ... beende es, beende es jetzt ... beende ... Rosi.« Und obwohl das Licht der kleinen Lampe neben ihm noch brannte, glitt Fritz getrieben von den Eindrücken der letzten Tage in einen tiefen Schlaf.

Ich gehe durch einen schmalen dunklen Gang und stoße eine Holztür mit Bullauge nach vorne auf. Vor mir im hellen Neonlicht steht Freddie Mercury in schrillem kanariengelbem Aufzug. In seiner Rechten hält er das silbrig glänzende, obere Teil eines Mikrofonständers, wie in einem Rockkonzert. Doch es sind nicht seine Bühnenklamotten. Vielmehr erinnern sie mich an die typische Kleidung eines Wettkampfrichters beim Sport. Nur halt nicht in weiß. »Freddie, du hier? Im Radio erzählten sie, du seiest gestorben!« Ich bin verwirrt. »Wird wohl was dran sein, wenn die es sagen. Außerdem, wer will denn schon ewig leben? Aber lassen wir das. Hier geht's schließlich nicht um mich, sondern nur um dich!« Ich staune. Freddie spricht echten Mayberger Dialekt, gemischt mit gelegentlichen Anleihen aus dem Hochdeutschen. Ich schmunzele. »Willst du zu Olympia?« Ich stutze. »Was fragt er?« »Willst du zu Olympia?« Er wiederholt seine Frage, doch diesmal klingt sie energischer, fordernder. Ich bin verwirrt und antworte kleinlaut: »Aber das war doch vor fast 30 Jahren. Ich habe nichts, ja rein gar nichts mehr seitdem mit dem Modernen Fünfkampf zu schaffen.« »Stell dich nicht so an, mein Lieber. Da hinten wartet schon die erste Disziplin auf dich und deine Konkurrenz ist übrigens schon durch. Nur du fehlst noch.« Freddie drehte sich zur Seite und zeigte mit dem Mikrofonständer zur Anlage. Von den zehn Schießbahnen ist nur noch die Nummer 7 beleuchtet. Alle anderen liegen im Dunkeln. Ohne Gelegenheit mich zu seiner komischen Aufforderung zu äußern, stehe ich mit einem Mal zehn Meter von der Zielscheibe entfernt, habe die Luftpistole im Anschlag und fixierte die Ringe. Mein rechter Zeigefinger macht was er will. Ich ballere die ersten acht Patronen einfach drauf los. »Das ging ja besser als erwartet.« Alles Neuner und Zehner. »So, die beiden letzten gehen jetzt auch noch.« Ich halte meine Konzentration hoch. »Doch was ist das denn plötzlich für ein seltsames Gefühl? Beobachtet mich jemand?« Ich drehe mich um, schaue nach links und rechts. Ich sehe niemanden. Diese brennenden Blicke bohren sich schmerzhaft in meinen Kopf. Ich muss hier weg. »Schnell noch die beiden letzten Schuss raushauen. Na klasse, zwei lupenreine Fahrkarten!« Doch für Ärger ist kein Platz. Denn schon gleich im nächsten Augenblick stehe ich einem mir unbekannten Gegner auf der Planche gegenüber. Wir tragen beide die für das Degenfechten typische Schutzkleidung. Doch was soll diese alberne bunte Pfauenfeder an seiner Maske? Und obwohl das Gefecht noch nicht begonnen hat, schwitze ich bereits tierisch. »Unfair!!« Mein Kontrahent grüßt nicht, sondern greift unvermittelt an. Ich verteidige mich, gehe leicht in die Knie und hechte reflexartig auf ihn zu. Meine Parade Riposte überrumpelt ihn und ich treffe meinen Gegner entscheidend in Brusthöhe auf seiner Weste. In diesem Moment flackern seine Augen hinter dem Drahtgitter seines Gesicht-Schutzes grell rot auf und sein Degen fällt klirrend zu Boden. Ohne groß zu überlegen, ziehe ich ihm das Visier vom Kopf. Doch da fällt seine weiße Kampfausrüstung körperlos in sich zusammen. Die Kleidung hat den Boden noch nicht berührt, da befinde ich mich schon graulend im Wasser beim 200 Meter Schwimmen. Mein Rennen ist im vollen Gange. Ich gebe alles. Meine Arme brennen allmählich wie Feuer. Ich schwimme alleine. Zuschauer gibts auch keine. Selbst Wettkampfrichter Freddie scheint sich offensichtlich aus dem Staub gemacht zu haben. Ich tauche ein über den anderen Zug mit meinem Kopf unter Wasser und atme zum linken Beckenrand blickend aus. Doch was ist denn nun los. In den Tauchphasen glaube ich dort die dunkelgrauen Umrisse eines Mannes zu erkennen. Habe ich meinen Kopf über Wasser, ist weit und breit kein Mensch zu sehen. »Bin ich etwa schon so platt, dass ich unter plötzlichen Visionen leide?« Nur noch die letzte Bahn. Meine Arme sind schwer wie Blei! Mir ist zum Kotzen! Ich schlage an und sitze auf wundersame Weise in vollem Reiterdress auf dem Rücken des Pferdes, welches mir Rosi damals zum gemeinsamen Ausritt gegeben hatte. Ich bin knochentrocken. »Warum brauchte ich mich nicht abzutrocknen?« Keine Zeit, um lange darüber nachzugrübeln. Ich muss höllisch Acht geben. Den Oxer habe ich zum Glück ohne zu reißen hinter mich gebracht. Als Nächstes steuere ich den Wassergraben an. Ich gebe meinem Pferd die Sporen und nehme Fahrt auf. Schließlich brauchen wir genügend Tempo, um die drei Meter zu überspringen. Wir erreichen den Randbereich ... Absprung! Wir fliegen schwerelos durch die Luft. Doch mitten über dem Graben wird unser Vorwärtsdrang sanft abgebremst. Wir schweben über dem Hindernis und ich schaue hilflos nach unten. Das Wasser ist kristallklar. Ich erschrecke mich, denn tief unten liegt ein Mann in grauer Uniform und starrt mich mit weit aufgerissenen, glutroten Augen an. Ich will seinem Blick entkommen, denn er ist beängstigend und ich fürchte mich. Ich feuere mein Pferd an, schlage es mit den Zügeln und trete das arme Tier kräftig in die Seiten. Aber ich komme nicht los. Der quälende Blick des Mannes hält mich unbarmherzig gefangen und lässt mich einfach nicht entkommen. Ich leide unsagbar. Da schließt er seine Augen. Wir sind wieder frei und setzen rasch auf der anderen Seite auf. Aber ich habe keine Zeit, um Luft zu schnappen. Denn schon stehe ich in meinem alten blauen Trainingsanzug am Start zum 3000 Meter Geländelauf und trage darüber ein Laibchen mit der Startnummer 3. Ich bin tatsächlich auf Kurs Olympia, denn nur die ersten drei qualifizieren sich. »Wann muss ich loslaufen? Wo ist der Starter und wo sind meine Gegner?« Egal, ich renne einfach los. Die ersten eineinhalb Kilometer gehen echt gut. Trotzdem ich Jahre lang nicht mehr gelaufen bin. Ich fühle mich beschwingt, denn von meinen Verfolgern ist weit und breit keine Spur zu sehen. Ich laufe durch das leicht hügelige Waldstück in der Nähe der Sportschule in Warendorf. Hier kenne ich schließlich jeden Meter mit Vornamen. Unerwartet höre ich plötzlich Schritte hinter mir, die langsam näher kommen. Doch sie klingen seltsamerweise nicht nach Spikes oder Laufschuhen, sondern eher nach Armeestiefeln. Langsam fällt es mir nun doch schwer, das angeschlagene Tempo zu halten. Ich kämpfe verbissen. Das unüberhörbare Stakkato der Stiefel kommt näher und näher. Ich laufe am Anschlag. »Es kann doch verdammt noch mal nicht mehr weit sein!« Da komme ich aus dem Waldstück und biege in einen matschigen Feldweg ein. Es ist der Weg, der zum Kreismüllergut führt. Ich erkenne über der Einfahrt zum Hof das Zielbanner. In den Wiesen rechts und links vom Weg begleiten mich hunderte, wenn nicht tausende Freddies im *I want to break free*-Outfit inklusive Staubsauger als Pappaufsteller. Ich keuche. Das Ziel kommt immer näher, meine Verfolger auch. Eigentlich sollte ich mich nicht umdrehen. »Das ist ein Zeichen von Schwäche«, sagte mein Trainer. Trotzdem schaue ich. Ich kann jedoch nicht sehen wer mich da hetzt, denn dichter Nebel versperrt mir die Sicht. Aber ich spüre, dass mein Gegner inzwischen bedrohlich nahe ist. »Nein, verdammt noch mal, ich lasse mir den Platz nicht mehr wegnehmen!« Der glitschige Untergrund ist absolut kräfteraubend, denn ich rutsche ständig nach hinten weg. Schlamm spritzt nach allen Seiten. Ich spüre den Dreck in meinem Gesicht und im Nacken. Ich ächze gotterbärmlich, bekomme bestimmt die dritte oder vierte Luft. Schritte, Schritte dicht hinter mir … ich laufe wie im Tunnel. Das mitleidige Geräusch meines eigenen Japsens dröhnt laut in meinem Schädel und bringt ihn fast zum Bersten. Da, nur noch wenige Meter … im Ziel steht Freddie Mercury in seinem wallenden, weißen Zandra Rhodes Fummel und reckt mir die Bronzemedaille entgegen. Die Schritte des unsichtbaren Kontrahenten sind nun fast auf gleicher Höhe mit mir. Ich will nicht mehr zur Seite schauen. Ich beiße auf die Zähne. »Komm schon, komm schon gib alles, alles was drin ist! Ich schaffe es, ich schaffe es!« Ich greife nach der Medaille. »Jaaa … ich habe sie!« Doch kaum halte ich sie in meiner Hand, wird alles um mich herum blutrot und Flammen schlagen aus meiner Trophäe empor. Ich kann sie trotz der grenzenlosen Schmerzen nicht loslassen. Sie ist mit mir verschmolzen. Meine Haare haben Feuer gefangen, ich kann es nicht löschen … überall Flammen … ich schreie … niemand ist da, niemand hört mich … ich schreie!!

»Fritz, Fritz wach auf!« Erschrocken öffnete Weller mit schmerzverzerrtem Gesicht seine Augen. Sein wirrer Blick wanderte hektisch und orientierungslos im Zimmer umher, bis er schließlich an Kommissarin Francks roter Mähne haften blieb. Langsam beruhigte sich sein Herzschlag und die Hitze in seinem Körper verflüchtigte sich. »Was für ein Horror! Aber ich lebe zum Glück noch!«, dachte sich Weller und schnaufte kräftig durch. »Fritz, es ist alles gut, du hast bloß schlecht geträumt.« Die Stimme seiner Kollegin klang wirklich beruhigend in seinen Ohren. »Ja, alles ist gut, bloß weiß ich so langsam nicht mehr, was Traum und was Realität ist«, wiederholte er gedankenversunken ihre Worte und sah sie fragend an. Steffi merkte natürlich, dass Weller noch immer leicht neben der Spur zu sein schien und vermied es deshalb, ihn mit Vorwürfen zu überhäufen. Vielmehr beschränkte sie nun ihre Ausführungen auf die Geschehnisse, welche sich in der letzten halben Stunde in den angrenzenden Büros zugetragen hatten: »Kommen wir zur Realität. Du kannst dir ja mit Sicherheit lebhaft vorstellen, was eben hier los war, als unsere Uschi aufkreuzte. Die Zimmertür weit offen stehend, ihr Büro hell erleuchtet und dann zu allem Überfluss findet sie auf ihrem Schreibtisch die durchwühlte Medikamentenkiste mitsamt leerer Bierflasche vor. Und du kennst ja unsere Sekretariatsmaus, wenn die mal loslegt, man was hat die gezetert. Aber sie hat noch keinen blassen Schimmer davon, wer es war, der letzte Nacht ihr Büro heimgesucht hat … jedenfalls noch nicht.« Steffi lächelte mitleidig, denn Uschi Schalupke war zwar die gute Seele der Abteilung, doch solches Chaos, wie es Fritz veranstaltet hatte, konnte die Sekretärin bekanntermaßen auf den Tod nicht ausstehen. »Ich hab natürlich sofort geschnallt, wer dafür verantwortlich war und ging dich suchen. Weit konntest du ja eigentlich nicht sein. Und da lagst du auf der Pritsche im Krankenzimmer und warst dich am hin- und herwälzen. Ich musste echt aufpassen, sonst hättest du mir mit deiner wilden Armfuchtelei noch ein Veilchen verpasst, als ich versuchte dich aufzuwecken. Muss wohl ein ziemlich heftiger Alptraum gewesen sein. Worum gings denn?« Weller setzte sich auf die Kante der Liege und antworte leise, jedoch immer wieder von Pausen des Grübelns unterbrochen: »Es ging um mich ... und da war noch Freddie Mercury als Wettkampfrichter ... ich habe mich für Olympia qualifiziert ... und dann bin ich ...« Fritz schwieg. Sein Blick ruhte in Steffis freundlichem Gesicht. »Na ja, was solls«, sagte sie nach einer Weile der Stille, »ist schließlich deine Sache.« »Wie spät haben wirs denn eigentlich?« Der Kommissar erhob sich von der Liege, reckte sich und gähnte laut mit weit aufgerissenem Mund. »Gleich zwanzig vor Neun«, lautete postwendend die nüchterne Antwort seiner Kollegin. Erst jetzt bemerkte er, dass sowohl Unterwäsche als auch sein Hemd pitschnass an seinem Körper klebten. Der ekelhafte Schweiß erkaltete von Sekunde zu Sekunde mehr und Weller begann jämmerlich zu frieren. Die geringe Zimmertemperatur tat ihr Übriges dazu. Vorsichtig strich er mit seiner rechten Hand über die Matratze und stellte fest, dass auch sie nur so vor Feuchtigkeit triefte. »Ich gehe ja mal stark davon aus, dass es nur Schweiß ist«, sagte er und konnte sich dabei ein leichtes Grinsen nicht verkneifen. »Ich rieche zumindest nichts Auffälliges«, lachte Steffi. »So, doch bevor wir wieder loslegen, brauch ich erst mal 'ne heiße Dusche, und trockene Klamotten muss ich auch anziehen!« Wie fast alle anderen Polizisten, die in diesem Gebäude stationiert waren, so hatte auch der Kommissar in seinem Spind immer Ersatzkleidung für alle Fälle auf Vorrat. Er schlüpfte rasch in seine Westernstiefel, packte sich den Rest seiner Klamotten unter den Arm und beeilte sich mächtig, in die Duschräume zu gelangen, die glücklicherweise auch auf dieser Etage lagen. Dort angekommen streifte sein Blick im Vorübergehen einen Wandspiegel. Weller ging einen Schritt zurück und sah hinein. Und obwohl sein Gesicht an diesem Morgen mehr Falten aufzuweisen hatte, als irgendein altes Schifferklavier auf St. Pauli, seine Nase wund vom vielen Putzen mit dem rauen Papier und seine Stirn noch immer leicht gerötet vom Aufschlag auf das Lenkrad war, spürte er tief in seinem Inneren ein Gefühl von herrlicher Frische gepaart mit aufkommender Leichtigkeit. Ihn irritierten diese Emotionen, denn noch nie zuvor in seinem Leben hatte er sie verspürt. Fritz war sich daher absolut nicht sicher, was er davon halten sollte. Nur in einer Sache hatte er Gewissheit. Denn als das warme Wasser aus der Brause wohltuend zuerst über seinen Kopf und dann über seinen ganzen Körper perlte, spürte er, dass die Medizin vom alten Wirt gewirkt hatte. Zwar war er immer noch verschnupft, doch schmerzten weder seine Gräten, noch fühlte er sich so elendig schlapp, wie noch am gestrigen Abend. Eine gute dreiviertel Stunde später lief Weller dann völlig renoviert in seinem Büro ein. Der einzige Unterschied gegenüber seiner traditionellen Kluft war nur der beigefarbene Rolli, wie ihn auch die uniformieren Beamten trugen. Und selbstredend verzichtete er auch auf die schwarze Anzugsweste, die wohl in Kombination mit dem Pulli recht lächerlich ausgesehen hätte.

Kapitel 17

Das graue Licht dieses 27. Novembers vermochte den Raum nicht wirklich zu erhellen und so knipste er die Zimmerbeleuchtung an. Noch immer lagen die Papiere vom Mordfall Heinrich Kreismüller im Raum verteilt herum. Nur von seiner Kollegin inklusive seines Entschuldigungsgeschenks, das er auf ihrem Schreibtisch abgelegt hatte, fehlte jede Spur. Sie hatte lediglich die aktuelle Morgenzeitung an ihrem Platz zurückgelassen. Fritz hängte seine Winterjacke und das Pistolenhalfter am Kleiderhaken auf. Der würzige Geruch von frisch aufgebrühtem Kaffee zwängte sich durch seine verschnupfte Nase. Steffi war wohl zum Glück nicht nachtragend, dachte er erleichtert bei sich, wenn sie ihm sogar den Kaffee kocht. Selbst seine Tasse stand frisch gespült neben der Warmhaltekanne. Er hatte sich gerade den Becher eingeschenkt, da stand unvermittelt Uschi Schalupke im Zimmer. Die schlanke, hellblonde Mittdreißigerin in ihrem adretten dunkelblauen Hosenanzug kam auch direkt zur Sache: »Schönen Gruß von deiner Kollegin, soll ich dir ausrichten. Sie sei nach Mayberg zur Biker-Braut, da gäbe es noch was zu klären und anschließend wäre sie zu ihren Eltern nach Kottenhausen. Ihr Vater wird nämlich heute 60. Aber sie wäre am Nachmittag so zwischen drei und vier wieder zurück. Ach ja und sie sagte noch, und das betonte sie extra deutlich, dass du bestimmt damit einverstanden sein würdest.« »Ja klar, geht schon okay.« Weller wusste natürlich ganz genau, dass dies die kleine aber feine Retourkutsche ihrerseits war. Doch insgeheim kam ihm dieser Umstand gar nicht mal so ungelegen, denn nun konnte er im Büro schalten und walten und sich ungestört der Sache widmen. »Und vom Lord«, setzte die Sekretärin ihre Ausführungen fort, »soll ich dir ausrichten, dass er heute nach Mainz muss und dort auch über Nacht bleibt. Morgen allerdings um neun Uhr wieder zurück sei und von dir dann einen lückenlosen Bericht erwartet, der idealerweise die Auflösung dieses Falles beinhaltet! Also halt dich ran, Fritz!« »Würd ich ja nur zu gerne, wenn ich nicht dauernd bei meinen Ermittlungen unterbrochen würde«, antwortete der Kommissar, lächelte und zwinkerte ihr zu. Uschi kannte ihre Pappenheimer, spielte die beleidigte Leberwurst, indem sie ihre Nase gen Zimmerdecke richtete und sagte mit ironischem Unterton »Schon gut, ich hab's verstanden. Aber EINE Frage habe ich noch an dich.« Und noch bevor sie ihr Anliegen Weller vortragen konnte, sagte der Reumütige, von einer gewissen Vorahnung getrieben: »Ich gestehe, Frau Oberpolizeipräsidentin! Ich war's, der das Durcheinander in deinem Büro letzte Nacht veranstaltet hat. Wie kann ich das nur jemals wieder gutmachen?« »Mmh, ich wüsste da schon was … Nächste Woche Samstag fahre ich zum Weihnachtsmarkt nach Köln und dummerweise hat meine Freundin keine Zeit. So, und jetzt kommst du ins Spiel.« Fritz konnte solchem Trubel eigentlich überhaupt nichts abgewinnen und hatte schon »da muss ich erst mal auf den Dienstplan schauen« auf der Zunge, doch Uschi kam ihm zuvor. »Ich hab's schon gecheckt, du hast das ganze Wochenende frei«, sagte sie lachend und verschwand aus dem Zimmer. »Da kann man halt nix machen«, murmelte Fritz vor sich hin und nahm einen tiefen Schluck Kaffee aus seiner Tasse. Da ihm inzwischen auch heftig der Magen vor Hunger knurrte, kramte er aufgrund der misslichen Tatsache, dass er gestern Morgen sein Portmonee zu Hause vergessen hatte, seine Notgroschen aus der Schreibtischschublade, eilte in die Kantine und hockte endlich gegen 10 Uhr, Brötchen kauend und Kaffee trinkend, an seinem Schreibtisch. Gerade hatten seine Gedanken wieder den Fall ergriffen, da stand schon wieder die Sekretärin in der Tür. Dieses Mal fasste sie sich allerdings kurz und drückte Weller das Foto mit der Vergrößerung des Hammerkopfs und die Papierrolle in die Hand:

»Die Putzfrau hat die Sachen eben beim Wischen unter der Liege gefunden. Ich nehme an, sie gehören dir?« »Mensch Uschi, vielen Dank, das Bild hatte ich doch glatt vergessen und die Rolle ist seit gestern mein ständiger Begleiter.« Er riss ein Blatt ab und schnäuzte kräftig hinein. Die Sekretärin wünschte ihm noch »einen erfolgreichen Tag und bis Samstag in einer Woche« und ließ ihn nun wirklich in Ruhe.

»So, nun noch ein bisschen Musik und los geht's.« Fritz schaltete sein Radio ein und reduzierte die eingestellte Lautstärke auf ein für seine erkältungsgeschädigten Ohren erträgliches Maß. »Krank hin oder her.« Wie ein Fisch das Wasser brauchte er immer etwas Gedudel im Hintergrund, wenn er am Schreibtisch saß und über seinen Fällen brütete. Völlige Stille konnte er in solchen Momenten absolut nicht abhaben, sie machte ihn regelrecht kirre. Weller setzte seine Lesebrille auf, die wie gewöhnlich mitten auf seinem Schreibtisch lag, nahm das Foto in seine Hände und betrachtete es intensiv. »Mensch, was soll das bloß sein? Am Ende sind es vielleicht doch nur Gebrauchsspuren!« Fritz legte seine Stirn in Falten und kratzte sich nachdenklich am Kopf. Ihm fiel nichts ein, was die Einkerbungen darstellen sollten. »Wofür stehen die drei Striche? War dies vielleicht bloß der dritte Hammer, den sein Besitzer entsprechend gekennzeichnet hatte? Und was zum Geier ist das für ein Symbol?« Es nervte ihn, dass er verdammt noch mal nicht hinter dieses Geheimnis kam und leise Zweifel stiegen in ihm auf, ob er überhaupt in der Lage war, das Rätsel zu lösen. So stand er auf und lief, um besser nachdenken zu können, im Zimmer zwischen den ausgelegten Papieren umher. Nach einer Weile blieb er am Fenster stehen. Er hielt das Bild mit ausgestreckten Armen mal weiter weg, dann wieder dicht vor seine Nase, setzte seine Brille ab und zog sie wieder auf. Doch was er auch anstellte, ob bei grellem Neon- oder trübem Tageslicht, eine zündende Idee blieb aus. Gegen zwanzig vor elf läutete plötzlich sein Telefon. Das schrille Tüdelüdelütt unterbrach abrupt seine Gedankengänge und reichlich angesäuert nahm er bereits während des dritten Ruftons den Hörer ab. Mit einem leicht grantigen »hier ist niemand, hier wird gearbeitet« meldete sich Weller. »Erst mal guten Morgen«, erwiderte eine tiefe männliche Stimme am anderen Ende der Leitung. »Ob der Morgen gut wird, muss sich erst noch herausstellen«, raunte der Kommissar zurück. »Für den Einen ja und für den Anderen nicht unbedingt«, sprudelte ihm postwendend die Antwort aus der Hörmuschel entgegen. Und nach diesem kleinen Vorspiel gab sich der Anrufer als Oberwachtmeister Strauß von der Bereitschaftspolizei aus St. Josef zu erkennen. »Wir erhielten von einer Kommissarin Franck die freundliche Aufforderung, uns einen gewissen Cornelius Hahn nochmal vorzuknöpfen. Denn er stünde im dringenden Verdacht, den Hund der Kreismüllers vergiftet zu haben.« »Und was krähte unser gefiederter Freund, Kollege Strauß?« Rasch hatte Weller seinen kurz aufgeflammten Unmut wegen der Unterbrechung wieder abgelegt und gierte nun förmlich nach den Informationen des Polizisten. »Er trällerte uns ein lieblich Lied, wenn ich das mal so sagen darf«, schallte es lachend zurück. Und der Beamte berichtete weiter: »Es war recht einfach und lief ziemlich unspektakulär ab. Wir trafen den schrägen Vogel zuhause an. Im schlabberigen Federkleid öffnete er die Haustür. Seine Taube war arbeiten und die Küken in der Schule, erzählte er uns. Außerdem hätten wir Glück, dass wir ihn heute hier antreffen würden. Denn sein Arzt hatte ihn gestern für den Rest der Woche krankgeschrieben, weil er eine hartnäckige Erkältung ausbrütete.« »Krankgeschrieben? Was für ein Weichei!«, zischte Weller verächtlich und der Oberwachtmeister bestätigte seine geringschätzige Meinung: »Hab ich auch bei mir gedacht. Und zum Beweis seines erbärmlichen Gesundheitszustandes hustete uns der Spezialist auch gleich 'ne ordentliche Ladung Bazillen entgegen. Na jedenfalls glaubte der Hahn, dass wir ihn noch mal zu Manfred Kreismüllers Autoattacke auf die Läufergruppe befragen wollten und er wiegelte sofort ab, dass er alles bereits unserer netten rothaarigen Kollegin zu Protokoll gegeben habe. Doch als wir ihm den Grund unseres Besuchs offenbarten, hörte sein majestätisches Gekrähe mit einem Schlag auf. Von Sekunde zu Sekunde wurde er nun augenscheinlich immer flatterhafter, was nur wenig später in seinem kleinlauten Geständnis gipfelte, dass er den Giftköder neulich abends in der Nähe des Kreismüllerhofs ausgelegt hatte. Denn der grässliche Köter sei doch mindestens genauso bekloppt wie sein Besitzer gewesen, fügte er noch entschuldigend hinzu. Aber wie es leider so ist, wird der Galgenvogel außer einem ordentlichen Bußgeld wohl kein Ei ins Nest gelegt bekommen.« »Ja, schade eigentlich. So, genug gevögelt! Habt ihr denn schon mit Rosi Kreismüller, der Stiefschwester des Toten darüber gesprochen?«, beendete Kommissar Weller die ornithologischen Ausführungen des Uniformierten. »Nicht so hastig, da komme ich jetzt zu. Natürlich fuhren wir anschließend zum Hof der Kreismüllers. Aber wir trafen keine Menschenseele an. Nur ein paar Schweine quiekten im Stall, aber die schienen sich für unsere Neuigkeiten nicht wirklich zu interessieren.« Oberwachtmeister Strauß hatte jetzt eigentlich wieder einen ironischen Kommentar seines Gesprächspartners erwartet. Doch Fritz suchte bereits gedanklich eine logische Erklärung, die Abwesenheit der beiden Frauen betreffend und murmelte leise vor sich hin: »Na ja, Sandra ist an der Uni und, und … Rosi ist bestimmt nur einkaufen oder putzt Schimmelpfennigs Büro.« Die Befürchtung, dass die beiden Frauen kalte Füße bekommen und sich bei Nacht und Nebel aus dem Staub gemacht hatten, verdrängte er so gut es ging aus seiner Vorstellung. Vielmehr freute es ihn, dass sich Rosis gestrige, desillusioniert anmutende Behauptung, alles würde unter den Teppich gekehrt, nicht bewahrheitet hatte. »Ich kümmere mich selbst darum. Für Sie ist die Sache damit erledigt.« Weller bedankte sich bei seinem uniformierten Kollegen und schob noch hinterher, dass er heute mit Sicherheit die Familie des Toten aufsuchen und er es ihnen dann in Einem mitteilen werde. Er legte den Hörer gedankenversunken wieder auf die Gabel. »Immerhin ein Schrittchen weiter«, dachte er mit einer kleinen Portion Genugtuung bei sich.

Bereits während des Telefonates hatte er sich Kommissarin Francks zurückgelassene Tageszeitung geangelt. Nachdem er das Mädchen von Seite 1 einer genauen Betrachtung unterzogen und ihr erhebendes Erscheinungsbild mit einem Pfiff der Begeisterung quittiert hatte, überflog er die folgenden mehr oder weniger gehaltvollen Artikel nur grob … bis er schließlich an Seite 6 angelangt war. Denn hier hatte die Redaktion des Provinzblättchens doch tatsächlich einen ganzseitigen Bericht mit der fetten Überschrift »Queen und Freddie Mercury« untergebracht. Fritz war sichtlich beeindruckt von der Aufmachung der Seite. Die schwarze geschwungene, royal anmutende Schrift überlagerte das im Hintergrund befindliche, esstellergroße farbige Wappen der Band, dessen Details trotzdem gut zu erkennen waren. Zudem säumten mehr oder weniger bekannte Fotos der Gruppe den gesamten rechten und linken Rand des Berichts. Fritz begann zu lesen. Doch nach nicht einmal fünf Sätzen blickte er wie vom Blitz getroffen auf, schüttelte ungläubig seinen graubehaarten Kopf und starrte dann wieder gebannt auf den Artikel. Und nachdem er dies drei Mal wiederholt hatte, legte er die Zeitung aufgeschlagen auf seinen Tisch und wühlte eilig in den herumliegenden Papieren. »Wo ist er denn, wo ist er denn nur? Ach ja, da ist er!« Weller zog den Brief, den Rosi ihm gestern mitgebracht hatte, unter der Zeitung hervor und legte ihn gemeinsam mit der Fotografie des Hammerkopfes neben den Queen-Bericht. Seine Augen wanderten nun hektisch zwischen Foto, der letzten Zeile des Briefes und dem Symbol der Band hin und her. Sein Adrenalinspiegel stieg und stieg. Ihm wurde heiß. Wie auf Knopfdruck schallte nun auch noch der Klang von Violinen und Trompeten aus dem Radio. Es war die markante Ouvertüre von *Barcelona*, das Mercury im Jahre 1987 zusammen mit Montserrat Caballe aufgenommen hatte. »*I had this perfect dream ...*« Unvermittelt setzte sich Weller aufrecht in seinen Stuhl, schaute zur Decke und stieß einen Stoßseufzer der Erleichterung gen Himmel: »Danke dir Freddie, wo immer du auch jetzt sein magst!« In diesem Moment entlud sich all die aufgestaute Anspannung aus seinem Körper. Endlich war es ihm gelungen, das Rätsel der mysteriösen Einkerbungen auf dem Hammerkopf zu knacken und das Band-Logo war der entscheidende Schlüssel dazu. Denn der Hauptbestandteil des Queen Emblems war neben einem über dem großen »Q« angebrachten Krebs, zwei seitlich davon postierten Löwen und zwei geflügelten Feen, ein über allem schwebender weißer Phoenix, der seine Schwingen weit ausgebreitet hatte. »So fügt sich alles zusammen.« Der Kommissar brauchte nicht lange zu überlegen, was er nun mit des Rätsels Lösung anfangen sollte. Vielmehr durchzuckte ein Gedanke sogleich sein Hirn. Er griff sich den Telefonhörer, tippte schnell die Nummer der Auskunft, ließ sich mit Maybergs Bürgermeister verbinden und stellte ihm, nachdem er sich knapp zu erkennen gegeben hatte, eine für das Dorfoberhaupt überraschende Frage. Der musste zwar kurz überlegen, doch seine Antwort war wie Balsam für Wellers geschundene Seele. Fritz hatte sich schon bedankt und verabschiedet, als unverhofft für ihn selbst noch »Haben sie Rosi Kreismüller heute schon gesehen?« aus ihm herausprudelte. Schimmelpfennig verneinte die Frage, denn schließlich würde Rosi in der Regel nur alle zwei Wochen freitags sein Büro saubermachen. »Nur keine Panik auf der Titanic. Es gibt bestimmt eine ganz simple Erklärung dafür, dass sie heute Morgen nicht zu Hause war.« Der Kommissar beruhigte sein Gemüt so gut es ging und das Glücksgefühl, ausgelöst von der ersten Antwort des Bürgermeisters, gewann schnell die Oberhand in seinem Bewusstsein. Eilig knipste er nun das Radio aus, löschte das grelle Neonlicht, krallte sich seine Winterjacke, und stürzte indem er die Tür krachend hinter sich zuschmiss aus dem Zimmer. In seiner stetig wachsenden, euphorischen Hektik hatte er sogar vergessen, seine Dienstwaffe mitzunehmen. Stattdessen baumelte die Knarre in ihrem schwarzen Lederhalfter noch immer am Kleiderständer. »Ich muss nur noch eine Kleinigkeit besorgen«, sagte Weller zu sich, als er in seinen Westernstiefeln, so schnell es ihm die Latschen halt gestatteten, die Treppenstufen hinunter, durch einen Seitenausgang hinaus, dann quer über den Parkplatz zwischen den Fahrzeugen hindurch, zu den im Nachbargebäude beheimateten Labors der Kriminaltechniker lief. Das Geräusch seiner aufklatschenden Sohlen auf dem Verbundsteinpflaster hörte sich dabei an wie luftzerschneidende Peitschenhiebe und es sorgte dafür, dass aus den Fenstern der unteren Etagen neugierige Augenpaare linsten, um den Grund für den ruhestörenden Lärm zu ergründen. Aber sie sahen nur noch, dass sich die Eingangstür des Nachbargebäudes wie von Geisterhand geführt langsam schloss. Kaum hatte Fritz die Räume der Techniker keuchend erreicht, da wurde er auch sogleich vom Kollegen Lockenkopf mit den Worten »sorry, ich hab noch nichts für dich, denn uns ist vor vier Stunden ein schlimmer Verkehrsunfall dazwischen gekommen« in Empfang genommen. Der Kriminaltechniker berichtete nun recht ausführlich davon, dass auf der Bundesstraße, welche unterhalb der Burg verläuft, ein Trabbi aus bisher noch ungeklärter Ursache in den Gegenverkehr geraten und frontal mit einem vollbeladenen Kies-Laster zusammengekracht sei. Nun hätten sie unten in der Werkstatt einen riesigen Berg blutverschmierte Plaste herumliegen, der nun auseinandergefieselt und begutachtet werden müsste. Dann senkte er seine Stimme und fügte noch, Weller mit traurigem Blick ansehend, hinzu: »Das Mädel hatte absolut keine Chance, in der Schleuder diesen Horror-Crash zu überleben ... war wirklich kein schöner Anblick. Ich arbeite mittlerweile bereits acht Jahre in dem Job, aber solche Bilder nehmen mich jedes Mal mit ... diese Bilder kriegst du dann wochenlang einfach nicht mehr aus dem Schädel.« »Ja tragisch, aber ich brauche sofort den Hammer«, forderte der Kommissar aufgeregt. Ihn schienen die Befindlichkeiten seines Kollegen nicht sonderlich zu interessieren. Der in sich gekehrte Lockenkopf stutzte, sah ihn verständnislos an und antwortete unwirsch: »Du kennst doch die Vorschriften. Ich darf dir das Ding nicht rausgeben.« Aus Wellers Mund quollen anschließend zahlreiche Worte der Beruhigung. Dass er sich das Teil nun kurz ausborgen müsste und er es natürlich direkt wiederbrächte. Würde schon keinem auffallen ... »Ich könnte dich ja überhaupt nicht getroffen haben und ich habe den Hammer drüben vom Labortisch einfach weggenommen.« Weller erblickte das Stück der Begierde, eingepackt in eine durchsichtige Plastiktüte, und wollte es sich greifen. Da hielt ihn der Techniker am Ärmel seiner Jacke fest und sagte flehend: »Aber spätestens um 13 Uhr, wenn mein Kumpel Kurator hier eintrifft, liegt das Ding wieder an seinem Platz, oder wir können uns beide nach einem neuen Job umsehen!« »Geht schon klar, ich muss ihn nur jemandem zeigen, mach dir keine Sorgen.« Nach diesen beschwichtigenden Worten entschwand Kommissar Weller samt Mordwerkzeug durch die Tür des Labors. Der Lockenkopf rief ihm noch nach, dass die Untersuchungsergebnisse im Fall Kreismüller trotzdem am Nachmittag vorliegen würden. Und als unmissverständliches Zeichen, dass diese Nachricht bei ihm angekommen war, reckte Fritz ohne sich umzudrehen seinen rechten Daumen nach oben. Er verließ das Gebäude und rannte zu seinem Dienstwagen. Dort angekommen stellte er leicht entsetzt fest, dass seine nächtliche Begegnung mit Maybergs Flora ihre üppigen Spuren in den Radkästen und an den unteren Seitenbereichen des Fahrzeugs in Form von verkrustetem Matsch hinterlassen hatte. »Egal, gewaschen wird zu Weihnachten! Für solche Spielereien habe ich momentan keine Zeit!«, zischte er. Dann gab er seinem schmutzig silbrigen Untersatz ordentlich die Sporen und jagte mit quietschenden Reifen über den Parkplatz.

»Gottlob lebt der noch«, murmelte er erleichtert vor sich hin. Wellers unbändiger Drang, mit dieser gewissen Person sprechen zu wollen, wurde zu seinem großen Ärger immer wieder von roten Ampeln gestoppt. »Von wegen Grüne Welle«, fluchte er laut vor sich hin. Nachdem er dann rund zehn Ampelanlagen überwunden und eine schier endlose Zeit wartend davor verbracht hatte, erreichte er endlich gegen viertel vor Zwölf sein Ziel im Burgstadter Süden, das städtische Altenheim. Er parkte seinen Wagen einfach am Bürgersteig unmittelbar vor dem Eingang, obwohl nur 50 Meter weiter eigens für Besucher der Einrichtung Stellmöglichkeiten in Hülle und Fülle vorhanden waren. Fritz sprang behände heraus und hetzte mit dem plastikverhüllten Hammer in seiner Rechten den mit quadratischen Basaltplatten ausgelegten Weg entlang, bis hin zur gläsernen Eingangstür des Hauses. Doch schon wieder wurde er gezwungen innezuhalten. Denn das Scheiß-Ding öffnete sich einfach nicht. Die drinnen an der Rezeption sitzende Dame sah, wie Fritz davor herumhampelte und wies ihn mit ihren Armen gestikulierend an, noch mal einen Schritt zurück und dann wieder nach vorne zu gehen. Gesagt, getan. Die beiden Flügel der Pforte gewährten Weller nun den ersehnten Einlass. »Sie müssen entschuldigen, die blöde Lichtschranke funktioniert die halbe Zeit nicht richtig«, sagte sie und zuckte mit ihren Schultern. Um weiterem unnötigen Gelaber vorzubeugen, zeigte der Kommissar sofort seine Dienstmarke und nannte der Frau den Namen der Person, die er zu besuchen wünschte. »Dritter Stock, Zimmer 312, zuerst durch die Glastür und dann direkt die zweite Tür rechts.« Weller registrierte die Worte und stürzte sogleich die unmittelbar links neben dem Empfang gelegene schmale Treppe empor. Er war so rasch aus dem Blickfeld der Empfangsdame verschwunden, dass er ihr »da um die Ecke ist der Fahrstuhl« nicht mehr hörte. Schweißperlen rannen von seiner Stirn die Wangen hinunter und sein Puls hing sprichwörtlich gesagt unter der Zimmerdecke, als er schnaufend die avisierte Etage erreicht hatte. Das im gesamten Altenheim vorherrschende schmuddelige Klima tat sein Übriges dazu. Fritz musste wohl in diesem Augenblick recht unschlüssig aus der Wäsche geschaut haben, denn Sophie Marceau in Gestalt einer jungen Pflegerin mit rotbraunen langen, glatten Haaren und strahlend weißem, knielangem Kittel, bog gerade um die Ecke, blieb stehen und blickte ihn fragend an. Fritz musste sich mächtig zusammenreißen, dass er in ihr Gesicht sah und nicht dauernd eine Etage tiefer glotzte, denn in ihrem Kittel malten sich zwei atemberaubend geformte Brüste ab. »Bei der Pflegerin lasse ich mich sofort einliefern und hoffentlich bekomme ich auch mal so eine, wenn ich alt bin«, seufzte er innerlich und schickte in Gedanken ein Stoßgebet gen Himmel. In seiner Phantasie räkelte sich Sophie bereits lasziv auf einem schwarzen Sofa herum. Dann stand sie auf, knöpfte sich mit verführerischem Blick ihren Kittel auf und lies ihn an sich hinabgleiten. Außer einem Hauch von Nichts an weißer Spitzenunterwäsche trug sie nichts darunter. Ihre Zunge kreiste aufreizend über ihre Lippen. Sie öffnete den Verschluss ihres Oberteils, dessen Träger sogleich von ihren zarten Schultern rutschten und fordernd hauchte sie: »Komm Fritz, worauf wartest du?« Fritz streckte seine Arme nach ihr aus und … »Kann ich Ihnen vielleicht helfen? Wen oder was suchen Sie denn?« »Nein!!!! Was ist das?! Seit wann spricht Sophie sächsisch und dann dazu in einer so garstigen Art und Weise, als habe sie sich eben noch eine Schachtel filterloser Zigaretten reingepfiffen!« Kein Dialekt klang unerotischer in Fritzens Ohren als sächsisch. Und so rasant sein Drachen eben in die Lüfte emporgeschnellt war, so unerbittlich folgte nun binnen Millisekunden sein jäher Absturz. Mit leicht mitschwingender Enttäuschung nannte er der Pflegerin anschließend die Zimmernummer und den Namen der Person. Die junge Frau registrierte selbstverständlich den verklärten Blick des grauhaarigen Unbekannten. Aber sie ließ sich nichts anmerken und antwortete nach kurzer Überlegung: »Ich arbeite nun seit fast 15 Monaten hier, aber sie sind überhaupt der Erste, der ihn besuchen kommt. Aber erwarten sie nicht zu viel, denn ehrlich gesagt habe ich ihn in der gesamten Zeit nicht auch nur ein Wort reden gehört. Meistens liegt er nur in seinem Bett und starrt aus dem Fenster in die Wolken. Ach ja, übrigens die 312 ist hier.« Sie lächelte und ging einen Schritt zur Seite. Zum Vorschein kam nun das in Augenhöhe auf die Wand gedübelte Schild mit der Zimmernummer. Fritz lächelte zurück und nickte dankend. Dann öffnete er vorsichtig die Zimmertür, betrat den Raum und zog sie leise hinter sich zu. Und wie die Pflegerin vorhin beschrieben hatte, lag der Mann tatsächlich im Bett, seinen Kopf zum Fenster gedreht und bemerkte ihn zunächst nicht. Sein maximal fünfzehn Quadratmeter großes, rechteckiges, in einem matten Weiß-Ton gehaltenes Domizil konnte schlichter kaum eingerichtet sein. Die kunterbunt zusammengewürfelten Möbelstücke erweckten allesamt den Eindruck, als hätten sie ihr Verfallsdatum schon lange überschritten. Extra darauf bedacht keinen Lärm zu erzeugen, setzte Fritz seine Schritte sachte auf den grauen Linoleumboden, ging vorbei am kleinen Tisch, auf dem ein halber, bereits braunverfärbter Apfel lag, hin zum Bett und berührte den scheinbar Schlafenden sachte an dessen Schulter. Der zuckte leicht erschrocken zusammen und drehte seinen Kopf. Justus!! Weller erkannte das hagere Gesicht direkt wieder und das obwohl er ihn seit gut zwanzig Jahren nicht mehr live gesehen hatte. Und es dauerte nur wenige Sekunden, da erinnerte sich auch Justus seinerseits an den jungen Kommissar, der damals in Mayberg viele seltsame Fragen stellte. Sein erschrockener Blick wandelte sich in wenigen Augenblicken in Erleichterung. Er blieb jedoch still. Nur seine Mimik verriet dem Kommissar, dass er begierig darauf lauerte, den Grund dessen Besuchs zu erfahren. Daher reichte Fritz dem Alten auch gleich sein Mitbringsel. Justus langte mit ausgestrecktem rechtem Arm schräg nach oben, angelte nach dem Trapez-Griff und zog sich daran in eine aufrechte Sitzposition. Beinahe ehrfurchtsvoll nahm er das eingepackte Werkzeug in seine Hände und betrachtete sich direkt die Innenseite des Hammerkopfs. Weller, der auf die Reaktion seines Gegenübers gespannt war wie ein Flitzbogen, sagte mit ruhiger Stimme: »Du kennst die Zeichen, nicht wahr?« Und obwohl es eigentlich ziemlich düster in der Kammer war, konnte er sich nun des Eindrucks nicht erwehren, dass die Augen des alten Mannes beim Anblick des gezeigten Gegenstandes plötzlich unbändig leuchteten und alles in ihrem Dunstkreis Befindliche in ihr wärmendes Licht zu tauchen schienen. »Der Hammer gehörte Michael Bergheim, stimmts?«, hakte der Kommissar nach. Die schiere Aufregung war Justus förmlich ins Gesicht geschrieben und sie steigerte sich innerhalb kürzester Zeit ins nahezu Unermessliche. Wie ein Kind, dem man eben ein Spielzeug geschenkt hatte, begann er vor Freude laut zu lachen. Sanft, fast zärtlich strichen dabei die Spitzen seinen dürren knochigen Finger über das eingetütete Werkzeug. Und beseelt jauchzte er: »Ja, der Feuervogel, glaubst du es jetzt. Er ist zurück, er ist zurück, wie er es mir damals versprochen hatte. Ich hab's euch doch immer gesagt!« »Ja, das hast du.« Weller hatte sich unterdessen den einzigen Stuhl im Raum geschnappt, neben das

Bett gestellt und hingesetzt. »Damals? Wann war damals?« Weller wurde hellhörig. »Weiß nicht mehr ... ist schon lange her, als Michael fortging ... Regen nur Regen ... ich hatte mich hinter der Hecke versteckt und sah wie er mit dem Hammer den Heinrich erschreckte.« Justus blickte sich verstohlen um. »Hatte er ihn totgeschlagen?« Weller erinnerte sich wieder an die Briefe und die Aussagen der Kreismüller Frauen. Beide hatten sie schließlich auch schon versucht, die Ermittlungen der Polizei in die Richtung des wiedergekehrten Rächers zu lenken. »Tot? Nein! Der Heinrich fuhr danach mit dem Bulldog davon und ich bin Michael nachgelaufen.« »Na ja, war auch nur so 'ne Idee«, dachte Weller bei sich und begrub diese abstruse Mordvariante schnell wieder. Kurz darauf verstummte Justus, doch seine Augen strahlten noch immer vor Glückseligkeit und Zufriedenheit. »Du hattest uns die ganze Zeit über den richtigen Weg gewiesen, doch wir wollten einfach nicht auf dich hören«, murmelte der Kommissar kopfschüttelnd und blieb noch eine ganze Weile wortlos bei ihm sitzen. Vor seinem geistigen Auge hatte er nun die Bilder der ersten Begegnung mit der unheimlichen Schreckenskreatur, wie sie aus dem Gebüsch auf Tohns dunklem Parkplatz auf ihn zu gesprungen kam und ihn bis ins Mark erschrocken hatte. Weller konnte sich ein leichtes Schmunzeln beim Anblick der halben Portion nicht verkneifen. Doch so edel seine Absicht auch gewesen war, dem alten Justus diese eine, vielleicht die letzte Freude seines Lebens bereitet zuhaben, umso unumstößlicher reifte mit zunehmender Dauer in ihm die schmerzliche Gewissheit, dass Manfreds Mörder letztlich nur im Kreis der Familie zu finden waren. Und das hieße Rosi und ... Sandra, seine Vielleicht-Tochter. Furcht gepaart mit Trauer verdrängte nun unbarmherzig das Glücksgefühl aus seinen Gedanken. Doch wiederum machte sich Fritz verzweifelt Mut: »Wie soll jemand anderes überhaupt in den Besitz des Hammers gelangt sein? Eigentlich Humbug, dass

Steffi nochmal zum Motoradhändler gefahren ist. Na ja, was solls, einen Versuch ist es auf alle Fälle wert.« Justus hatte sich unterdessen wieder hingelegt. Das eingetütete Werkzeug seines alten Freundes noch immer mit beiden Händen umfassend, lag er da mit geschlossenen Augen. Er lächelte befreit, denn endlich hatte ihn jemand verstanden. So verrann die Zeit, bis gegen 13:30 Uhr die Zimmertür geöffnet wurde und die Pflegerin von vorhin den Raum betrat. Sie sagte leise zu Fritz: »Ich wollte eben nicht stören, aber so langsam müsste Herr Schmitz mal zu Mittag essen.« Der Kommissar nickte, zog das Bündel vorsichtig aus Justus' Händen, fasste ihm zur Verabschiedung an die Schulter und verließ wortlos den Raum. Am Morgen des Aschermittwochs im darauffolgenden Jahr fanden die Pfleger Justus' leblosen Körper in seinem Bett. Fast 75-jährig, sein wahres Alter wusste eigentlich niemand so genau, war er über Nacht friedlich eingeschlafen. Weller stieg in seinen Dienstwagen, ließ sich in den Sitz fallen und schloss die Tür. »Rosi oder Sandra, Sandra oder Rosi, oder vielleicht haben es die beiden zusammen getan?« Unbändiger Selbsthass begann mit einem Schlag wie ein Geschwür in ihm zu wuchern. Denn er selbst war es schließlich, der eben die Schlinge um die Hälse der beiden Frauen gelegt hatte. Ausgerechnet er selbst, der doch alles in seiner Macht Stehende unternommen hatte, deren Unschuld an den Morden zu beweisen. Die beiden Frauen, die jede auf ihre eigene Art sein Leben doch so nachhaltig beeinflusst hatten und die er doch nur zu gerne von sämtlichen Listen der möglichen Verdächtigen gestrichen sehen wollte. Angst beschlich Weller, als er widerwillig den Rückweg zu seiner Dienststelle antrat. Angst vor den Ergebnissen der Kriminaltechniker, die wie ein Damoklesschwert drohend über Sandra und Rosi zu schweben schienen. Oder gab es doch noch die eine rettende Möglichkeit, dass der Krause es aus Eifersucht getan hatte? Aber wie zum Geier sollte der Bergheims historischen Hammer überhaupt in seine Finger bekommen haben? »Scheiße, ist doch alles purer Blödsinn!« Der Kommissar haderte verzweifelt mit dem Schicksal.

Der schlichte, analoge Wandchronograph zeigte bereits 14 Uhr, als Weller die Stufen in den ersten Stock zu den Laborratten hochstapfte. Jeder Schritt fiel ihm so unsagbar schwer, als versuchte eine unsichtbare Kraft seinen Vorwärtsdrang mit aller Macht zu verhindern. Und je dichter er der Labor-Tür kam, umso stärker entfachte sich seine Abscheu vor dem Eintritt in den Raum. »Warum drehe ich nicht einfach um und laufe davon? Ich will es nicht wissen!« Doch noch bevor er seine Gedankenspielerei in die Realität umsetzen konnte, stand plötzlich Kollege Lockenkopf in grauem Arbeitskittel grimmig schauend vor ihm und zischte ihn vorwurfsvoll an: »Mensch, ich warte seit einer Stunde auf dich! 13 Uhr haben wir gesagt, 13 Uhr und nicht 14 Uhr! Ich bin hier Blut und Wasser am Schwitzen, damit nichts auffällt und du fährst das Ding in der Gegend herum spazieren!« »Ja, entschuldige, ich habe einfach die Zeit vergessen«, antwortete Weller kleinlaut. »Ja ja, entschuldige!« Sarkastisch wiederholte der Lockenkopf Wellers Worte und setzte seine Kritik unvermindert fort: »Klasse, wenn man sich auf dich verlässt, ist man verlassen. Seit einer Stunde turne ich hier wie ein Irrer zwischen Fenster und Labortisch herum. Und da kommst du eben mal so locker flockig über den Hof spaziert, als wenn dich alles nichts angehen würde. Nicht nur dass mein Kumpel, der Kurator, bereits seit 45 Minuten in meinem Büro hockt und mir den ganzen Darjeeling wegsäuft und er mich alle drei Minuten mit seinen Fragen nervt, wann denn der Kommissar endlich kommen würde, nein zur Krönung rief eben noch unser Lager-Rudi aus der Asservatenkammer an, dass er unbedingt gleich noch alle Beweisstücke katalogisieren wolle. Wenn ich Pinocchio wäre, meine Nase wäre mittlerweile so lang, ich könnte sie glatt als

Angelrute verwenden!« Langsam beruhigte sich der Techniker etwas und konnte sich, da er gerade vor Augen hatte, wie er mit seiner Nase einen Fisch aus dem Rhein zieht, ein leichtes Schmunzeln nicht verkneifen. »Okay, für eure Weihnachtsfeier gibt's von mir 'ne Kiste Bier«, beschwichtigte ihn Weller. »Gut, aber kein Katzenbräu!«, lachte er und ging mit dem Kommissar im Schlepptau in seinen Arbeitsraum. »Hat sich deine Extratour denn wenigstens gelohnt?« »Ja, das hat sie«, antwortete Weller mit bitterem Blick. »Also wenn der nicht in den nächsten fünf Min...!« Ein Mann, dem eine frappierende Ähnlichkeit mit unserem alten Kaiser Wilhelm nicht abzusprechen war, kam ohne Pickelhaube und Uniform, dafür in dunkelgrauem Anzug, schwarzen ausgelatschten Halbschuhen, fliederfarbenem Hemd und selbst gebatikter violetter Krawatte, zeternd mit einer Tasse in der Hand aus dem Büro der Techniker. Er brach jedoch seine Missmut-Äußerung sogleich ab, als er seinen Freund mit einem Unbekannten am Labortisch stehen sah. Der Lockenkopf übernahm nun kurzerhand die Vorstellungsrunde: »Kurator Altmeyer, Kommissar Weller.« Die Angesprochenen reichten sich zum Gruß die Hände. Weller, der immer einen kernig kräftigen Händedruck ausübte, hatte bei dieser Berührung den Eindruck, als umfasste er ein Stück warme, schlabberige Fleischwurst, welches beim Zudrücken zwischen seinen Fingern hindurch quoll. Mit leicht schmerzverzerrtem Gesicht zog Altmeyer daraufhin sein empfindliches Pfötchen hastig zurück und jauchzte, nachdem er das wahrscheinliche Corpus Delicti erspäht hatte, freudig erregt: »Ach und da ist ja das gute Stück!« Begierig darauf, den angepriesenen Hammer endlich aus der Nähe zu betrachten, klatschte er die halbvolle Tasse seinem Kumpel mit den Worten »hier halt mal« so unkontrolliert schnell vor dessen Brust, dass eine Ladung heißer Tee auf den Kittel des überrumpelten Kriminaltechnikers schwappte, der seinerseits diese tollpatschige

Aktion mit ungläubigem Kopfschütteln quittierte. Anschließend war Weller an der Reihe. Noch gerade hielt er die durchsichtige Tüte fest in seiner Linken, da wurde sie ihm vom wieselflinken Kurator auch schon förmlich aus der Hand gerissen. Und was eine diebische Elster einmal in ihren Fängen hat, gibt sie so schnell nicht wieder her. Altmeyer beäugte den Hammer durch dessen schützende Verpackung von allen Seiten, ständig dabei Worte des Erstaunens und der Bewunderung für das Teil leise vor sich hin murmelnd: »Ja ja, mmh, so so, ja klar ... schönes Stück, wirklich ein schönes Stück.« »Fast so euphorisch wie eben der alte Justus«, dachte Weller beim Anblick des vom Mordwerkzeug offensichtlich so faszinierten Kurators bei sich. Dann plötzlich sah Kaiser Wilhelm die beiden Männer mit schulmeisterlichem Blick von oben herab an und begann seine gewonnenen Erkenntnisse ausgiebig vorzutragen: »Das ist wirklich ein ausgesprochen schönes Stück, mal abgesehen vom ganzen Blut, das daran klebt. Aber ich kann zweifelsfrei behaupten, dass es sich hierbei um einen Pflasterer-Hammer handelt, mit denen die Steinmetze früher aus Basalt die sogenannten Katzenköpfe gehauen haben.« »Katzenköpfe?«, fragten Weller und der Lockenkopf unisono und sahen den ollen Wilhelm mit großen Augen an. »So nennt man eine spezielle Art des Kopfsteinpflasters, wegen dessen charakteristischer Form halt.« Der Kurator redete so, als wenn diese Tatsache zum selbstverständlichen Grundwissen eines jeden halbwegs gebildeten Erdenbürgers gehörte und fuhr dann gewohnt lehrerhaft fort: »Ich schätze das Exemplar auf gut 70 Jahre, aber jetzt kommt das eigentlich Interessante daran.« Er legte eine kleine schöpferische Pause ein, schaute den Lockenkopf und Weller mit leichtem Kopfnicken an und zog nun sein vermeintliches Ass aus dem Ärmel: »Damals kennzeichnete jeder Steinmetz seinen Hammer mit eigenen, meist recht simplen Einkerbungen, damit er das Werkzeug bei der täglichen Arbeit, zum Beispiel im Steinbruch, leicht wiederfinden konnte. Doch der Besitzer dieses Teils war besonders ideenreich. Denn seine Symbole gehen weit über den Standard hinaus.« »Ja und, was kannst du erkennen?«, fragte der Lockenkopf interessiert. »Die drei Striche stehen höchstwahrscheinlich für drei Familienmitglieder ... Vater, Mutter, Kind in der Regel, das habe ich bereits öfters gesehen. Aber das Zeichen daneben ist wirklich einzigartig. Das ist auch für mich neu ... könnte einen Vogel darstellen ... oder so was ähnliches vielleicht.« Der Kurator runzelte seine Stirn. Doch eine lange Zeit des Nachdenkens wurde ihm nicht gewährt. Denn jetzt war es Weller, der zur Revanche den Hochnäsigen mimte. Bittersüß grinsend klärte er den grübelnden Museumspezie zu dessen Erstaunen in wenigen, lapidar klingenden Sätzen auf: »Vogel, ist gar nicht so schlecht. Das ist ein Phoenix. Der ursprüngliche Besitzer war halt beeindruckt von dieser Sagengestallt. Ein Zeuge hatte es mir eben bestätigt.« Für einen kurzen Moment stand Kurator Altmeyer in seiner selbstgebatikten violetten Krawatte mit offenem Mund sprachlos im Raum. Nachdem er sich wieder gefasst hatte, fragte er verblüfft: »Wie haben Sie das denn heraus gefunden?« »Na sagen wir, ich erhielt eine Botschaft aus dem Jenseits«, antwortete der Kommissar und sah den Lockenkopf augenzwinkernd an. »Phoenix könnte sein, könnte sein!« Mit erhobener Stimme bestätigte Kaiser Wilhelm die Aussage des Polizisten, wenn er dies auch nicht gerne tat. Dann legte er den eingetüteten Hammer zu den übrigen Beweisstücken auf den Labortisch, verabschiedete sich, da er längst im Museum zurückerwartet würde, und machte sich vom Acker. Der Lockenkopf begleitete seinen Kumpel noch bis zur Tür und kam dann kopfschüttelnd zu Weller zurück. »Er fragte mich eben noch, ob das Museum den Hammer nach Abschluss des Falles als Exponat für deren Heimatkunde-Ecke bekommen könnte. Es sei doch schließlich ein Kulturgut und damit viel zu schade, dass es in so einer dämlichen Kiste in unserem Lager verschwinden würde.« Doch der Kommissar reagierte nicht auf diese Worte. Vielmehr hafteten seine Gedanken nun wieder furchterfüllt an den ausstehenden Laborergebnissen und zaudernd fragte er mit leiser Stimme: »Hast du auch schon irgendetwas für mich?« »Ja, das habe ich allerdings und wenn mir unser Kurator eben nicht in die Parade gefahren wäre, dann wüsstest du jetzt schon was Sache ist.« Der Kriminaltechniker lehnte sich locker mit seinem Gesäß gegen den Rand der Arbeitsplatte aus glänzendem Edelstahl. In dieser Position versperrte er Weller teilweise die Sicht auf die darauf liegenden Beweisstücke. Mit verschränkten Armen startete er nun seine Ausführungen: »Das Mordopfer wurde definitiv mit dem Pflasterer-Hammer an besagtem Reinigungsschacht in Mayberg erschlagen und anschließend in den Kanal geworfen. Durch die hohe Fließgeschwindigkeit und die ausreichende Tiefe des Wassers, in Tateinheit mit dem glitschigen Kanalrohr, wurde der Gute so im Laufe der Nacht quer unter dem Ort hindurch gespült und blieb letztlich in dem Geäst hängen, wo er am anderen Morgen gefunden wurde. Denn das Blut an der Schachtwand, den eisernen Sprossen und selbstredend an unserer historisch wertvollen Tatwaffe, stammt eindeutig von Manfred Kreismüller. Doch nun wirds mysteriös.« »Lass mich raten«, entgegnete Weller, »auf dem Hammer fandet ihr auch geringe Spuren vom Blut seines Vaters Heinrich Kreismüller.« »Äh, stimmt genau, woher weißt du es?« »Unser Grufti fand in der Kopfwunde des Toten ebenfalls winzige Blutpartikel seines Vaters und dazu noch rostige Metallteilchen. Und dann brauche ich schließlich nur eins und eins zusammenzuzählen und schon ist es klar.« »Aber warum wickelte der Täter den Hammer in eine Wehrmachtsjacke ein? Ne Plastiktüte hätte es doch auch getan!« »Das habe ich mich auch gefragt. Ich habe zwar eine Vermutung, doch die ist so abstrus ...« Weller kratzte sich nachdenklich am Kopf. »Und die wäre?«, fragte der Lockenkopf neugierig. »Ein nach dem Krieg in Mayberg verschollener Wehrmachtssoldat ist sowohl 1967 als auch am letzten Sonntag zurückgekehrt und hat blutige Rache an den männlichen Familienmitgliedern des Kreismüller-Clans genommen!« Dann kicherte Weller wie irre vor sich hin. Kurz darauf zischte er mit wirrem Blick seinem Gegenüber in dessen verdutztes Gesicht: »Aber ich habe sie alle durchschaut. Mich legen sie nicht rein, mich nicht!« »Schon gut beruhig dich, es gibt bestimmt eine ganz logische Erklärung dafür.« »Bestimmt, bestimmt«, flüsterte der Kommissar und senkte seinen Kopf. Er kramte ein inzwischen wieder getrocknetes Papiertuch aus einer Jackentasche, faltete das zusammengepappte Teil mühsam auseinander und schniefte kräftig hinein. Dann stecke er *Es* wieder dahin zurück, wo er *Es* eben gefunden hatte. »Wie siehts denn mit den Fingerabdrücken aus und habt ihr den Capri schon untersucht?« Weller schien sich wieder gefasst zu haben. Jedenfalls klangen seine Worte wieder halbwegs normal in den Ohren des Kriminaltechnikers. »Auf dem Schachtgitter waren keine brauchbaren Spuren, bloß Fragmente, mit denen wir leider überhaupt nichts anfangen konnten, und den Capri untersuchen wir zurzeit.« Just in diesem Moment stiefelte einer von Lockenkopfs Kollegen ins Labor und unterbrach ihn unverblümt: »Ah, da seid ihr ja noch.« Der erst vor gut drei Monaten mit der Ausbildung fertig gewordene Frischling begrüßte die beiden, so als ob sie sich bereits eine Ewigkeit kennen würden, was jedoch nicht der Fall war. Und ohne sich lange mit Nebensächlichkeiten aufzuhalten, leierte er unverschämt schnoddrig seine Untersuchungsergebnisse herunter. Dass sie den goldfarbenen Ford Capri auf den Kopf gestellt und jede Menge verschiedener Haare darin gefunden hätten. Die am Fahrersitz seien natürlich vom Opfer selbst gewesen und dazu noch wenige dunkle, mittellange

Frauenhaare. Doch sowohl am Beifahrersitz, wie auch an der Rückbank, hätten sie neben einem wahren Sammelsurium von mindestens fünf verschiedenen Haartypen unterschiedlichster Länge und Couleur zwar wie im gesamten Fahrzeug kein Blut, aber dafür andere getrocknete Körperflüssigkeiten gesichtet. »Frei nach dem Motto *ob blond ob braun, ich liebe alle Fraun* hatte der alte Stecher wohl häufig wechselnde, weibliche Begleitungen und offensichtlich schob er so manch flotte Nummer in der Kiste!« Der Frischling lachte sich halb tot und fand sich und seine Titulierung des Toten absolut cool. Doch zu seiner Verwunderung wurde seine Coolness weder vom Lockenkopf noch vom Kommissar geteilt. »Und was gibts sonst noch, du Komiker?«, zischte Weller scharf. Eingeschüchtert lief das Gesicht des Frischlings daraufhin in Sekundenschnelle puterrot an und von seiner überschäumenden Lässigkeit war urplötzlich nichts mehr zu spüren. Verlegen haspelte er: »Äh, wir konnten die Fingerabdrücke des Mordopfers und seiner Schwester sicherstellen. An den übrigen arbeiten wir noch.« »Was machst du dann noch hier. Sieh zu dass du weiterkommst!« Nach dieser durchaus nicht spaßig gemeinten Abfuhr durch den Kommissar entfernte sich die Tomate, winselnd wie ein geprügelter Hund mit eingekniffenem Schwanz. »Fingerabdrücke! Au Mist, bei dem Chaos heute Morgen, habe ich daran doch tatsächlich nicht mehr gedacht!« Siedend heiß schoss dem Lockenkopf plötzlich beim Stichwort Fingerabdrücke in den Sinn, dass er den Vergleich der Abdrücke auf Hammerstiel und Uniformknopf mit denen auf Wellers Päckchen Papiertaschentücher vom gestrigen Abend noch nicht durchgeführt hatte. »Ich geb mich sofort daran. In gut einer Stunde wissen wir, ob die Tochter beteiligt war, versprochen.« Bei jedem anderen Fall wäre Weller aufgrund der verpennten Analyse ausgerastet. Doch bei dieser Geschichte durchzuckte sogleich »sie bekommen noch eine Schonfrist«

seine traurigen Gedanken. Dann verließ Weller die Laborräume und war gegen zwanzig vor drei wieder zurück in seinem Büro.

Er entledigte sich seiner warmen Winterjacke. Träge sammelte Fritz nun alle Papiere, die er gestern Morgen überall in seinem Büro der besseren Übersicht wegen ausgelegt hatte wieder ein, quetschte alles in den alten Pappordner und hing diesen zurück ins Ausziehregal des Wandschranks. »Ich gehe mal stark davon aus, dass ich das Zeug nicht mehr brauchen werde«, stöhnte er. Einzig Rosis schwarz-weißes Porträtfoto und der Brief ihres leiblichen Vaters lagen noch nebeneinander auf seinem Schreibtisch. Fritz setzte sich in seinen Stuhl und beugte sich über das Bild. Gebannt starrte er in ihre Augen und murmelte leise vor sich hin: »Ich fürchte mich vor dem, was ich herausgefunden habe. Furcht, du könntest es letztlich doch getan haben. Furcht, Sandra könnte es gewesen sein. Bin ich nun Sandras Vater, oder nicht? Diese eine Antwort bist du mir noch schuldig. Ich will es wissen, ich muss es wissen!« Er schüttelte resigniert seinen Kopf: »Hoffnung ist was für Narren!« Im grauen Nachmittagslicht dieses 27. Novembers 1991 klammerten sich seine müden Augen an Rosis jugendliches Gesicht ... bis die grelle Zimmerbeleuchtung mit den Worten »du verdirbst dir deine Augen« von Kommissarin Franck angeknipst wurde. »Erst halb vier und doch schon so dunkel. Man könnte glatt meinen, es wäre schon Abend.« Steffi war zurück und als sie feststellte, dass ihr Kollege seine alten Unterlagen wieder eingesammelt hatte, fügte sie ironisch hinzu: »Hey, es geschehen noch Zeichen und Wunder. Du hast ja tatsächlich das ganze Altpapier wieder weggeräumt. Jetzt kann ich doch glatt ganz normal in meinem Büro arbeiten!« Dann stellte sie ihm einen mit zwei Frikadellen sowie hausgemachtem Kartoffelsalat üppig beladenen weißen Porzellanteller vor die Nase und drückte ihm das eigens mitgebrachte Essbesteck samt Serviette in die Hand. Extra für ihren Kollegen hatte sie diese ordentliche Portion vom Buffet der Geburtstagsfeier ihres Vaters abgezweigt. Weller, der bis vor ein paar Sekunden noch tiefgründig seine Gefühle durchforscht hatte, wurde nun in kürzester Zeit durch den Geruch und den Anblick von Kartoffelsalat und Frikadellen wieder in die Realität zurückgeholt. »Los erzähl schon, was hast du denn heute erreicht?« Steffi sah Weller fragend an und setze sich in ihren Stuhl. »Glaubst du an Sagen und Märchen?« »Was ist das denn für eine komische Frage? Glaube ich an Sagen oder Märchen ... Aschenputtel oder was?« »Tja, ich für meinen Teil glaube jedenfalls seit heute fest daran. Denn mit Hilfe der beiden konnte sich der Feuervogel aus der Asche erheben. Und des Phoenix' getreuer Paladin führte mich schlussendlich auf die richtige Spur!« »Jetzt ist er komplett durchgeknallt«, dachte sich Steffi, als sie in das verzückte Gesicht ihres Gegenübers sah. Der ließ nun seiner Rede freien Lauf und gab alles detailgetreu wieder, natürlich inklusive des Besuchs beim alten Justus, was ihm heute widerfahren war. Dann widmete sich Fritz dem mitgebrachten Essen, denn er liebte selbstgemachten Kartoffelsalat. Lächelnd bedankte er sich bei seiner fürsorglichen Gönnerin. Und während Kommissarin Franck nun von ihrem Besuch bei Krause und dessen Frau berichtete, begann er sich vor lauter Heißhunger das Essen in seinen leeren Magen zu schaufeln. Doch Steffis Informationen ließen den Appetit des Märchenfreunds von Minute zu Minute schwinden und seine verzweifelte Hoffnung, der Motorradhändler sei der Mörder gewesen, löste sich in Wohlgefallen auf. »Es besteht absolut kein Zweifel an Krauses Unschuld, da zwei Geschäftsleute aus St. Josef, die ebenfalls an besagter Gewerbeversammlung am Sonntagabend teilgenommen hatten, ihr unabhängig voneinander dessen Aussage bestätigten. Demnach hatte der Krause die ganze Zeit über, bis zum Ende der Veranstaltung so gegen ein Uhr, neben ihnen gesessen.« Weller schob den noch halbvollen Teller von sich weg, legte das Besteck daneben und sagte wehleidig: »Sorry, tut mir echt leid. Ich bringe keinen Bissen mehr runter. Die ganze Geschichte ist mir doch zu sehr auf den Magen geschlagen.« Steffi nickte verständnisvoll und antwortete: »Ist schon gut, kein Problem. Aber eins habe ich noch.« Sie berichtete, dass sie anschließend noch mit Krauses Frau Inge, der allseits beliebten Biker-Braut geredet hatte. Und dass die Gute unbedingt mit ihr unter vier Augen sprechen wollte. »Ich fands zunächst schon etwas merkwürdig, doch als sie dann so erzählte, wurde mir schnell klar, weshalb ihr Göttergatte nicht mit von der Partie sein durfte. Denn genau wie wir bereits vermuteten, hatten Manfred Kreismüller und sie bereits seit fast drei Jahren ein Verhältnis. Mit fester Stimme sagte sie, dass sie nichts bereue. Bei ihrem Alten wäre doch komplett Ebbe in der Hose, da würde sich seit Langem doch rein gar nichts mehr abspielen.« Dann stand Steffi auf, stellte sich mitten ins Büro und imitierte Inges frivoles Gezeter: »Der kennt doch nur noch seinen Laden von innen! Außer Öl füllt der doch schon lange nichts mehr ein! Ich habe schließlich auch Bedürfnisse! Da hätte ich ja gleich ins Kloster gehen können!« Die Kommissarin hielt sich ihren Bauch vor Lachen und fügte hinzu: »Mensch, das hättest du sehen müssen. Die vernachlässigte Ehefrau war ja kaum zu bremsen. Na jedenfalls hatte sie sich mit Manfred tatsächlich für den Sonntagabend verabredet. Aber wie wir wissen, wartete sie vergebens auf ihren Liebhaber und musste daher alleine und unverrichteter Dinge ihr Bett aufsuchen. Sie wird sich nach einem neuen Spielgefährten umschauen müssen. Na Fritz, wär das nichts für dich? Dann kommst du vielleicht auf andere Gedanken?« »Du weißt doch, ich bin verheiratet ... aber geil wärs schon!« »Endlich mal die Art Antwort von ihm, die sich ganz nach dem alten Fritz anhört und nicht dieses dauernde vor Selbstmitleid triefende Gewinsel der letzten Tage«, dachte Steffi erleichtert.

Draußen vom Gang schallte Uschi Schalupkes schrilles »schönen Abend und bis morgen« in ihr Büro. Die Sekretärin verabschiedete sich wie immer recht lauthals von irgendwelchen Kollegen in ihren Feierabend. Dies war zugleich das untrügliche Zeichen dafür, dass es schon 16 Uhr war. Denn Uschi Schalupke packte immer punktgenau um 16 Uhr ihre sieben Sachen und machte sich von dannen. Das war so sicher wie das Amen in der Kirche. Nur einen Wimpernschlag darauf öffnete sich unvermittelt die Bürotür und der Frischling aus der Kriminaltechnik, mit einer grauen Umlaufmappe in der Hand, kam hereingeschlurft. Ohne viele Worte zu verlieren gab Lockenkopfs Kollege dem Kommissar die Mappe. Sie enthielt das noch ausstehende Resultat des Vergleichs der Fingerabdrücke von Hammerstiel und dem Knopf der Wehrmachtsjacke mit Sandras Papiertaschentuchpäckchen. Dann entschwand der Knabe wieder genauso stickum, wie er vorhin auf der Bildfläche erschienen war und zog die Bürotür sachte hinter sich zu.

Kapitel 18

Steffi sah Weller erwartungsvoll an. »Los, sieh schon nach«, forderte sie ihn auf. Doch der Kommissar zierte sich seltsamerweise noch. Seine Hände zitterten vor Aufregung, als sie den Pappkarton berührten. Dann antwortete er leise, jedoch ohne seine Partnerin dabei anzusehen: »All die Jahre seit dem Mord am alten Kreismüller war ich wie besessen darauf aus, dessen Mörder zu finden. Es hatte mich innerlich zerfressen, dass wir den Täter damals nicht überführen konnten. Mir spukte nur noch die Geschichte im Kopf herum. Selbst meine Familie ist daran zerbrochen. Und als jetzt 24 Jahre später sein Sohn ermordet wurde, dachte ich, nun schließt sich der Kreis und ich bekomme meine zweite Chance. Alles habe ich daran gesetzt, diesmal nicht zu versagen. Wie besoffen war ich von der Vorstellung, womöglich beide Verbrechen aufklären zu können. Doch nun sitze ich hier, so dicht davor und habe Angst, diesen blöden Pappdeckel aufzuschlagen.« Er hob den Kopf und blickte seine Kollegin an. Wellers Gesichtsfarbe glich dem tristen Grau der tiefhängenden Wolken. »Ich verstehe dich. Aber du MUSST das jetzt tun, sonst hat es nie ein Ende und du gehst kaputt daran!« Steffi merkte deutlich, wie sehr sich Weller quälte und ermutigte ihn weiter: »Na los mach schon, oder soll ich?« Der Kommissar hielt kurz inne, atmete tief durch und klappte den Deckel auf. Dann las er den Text, ohne jegliche Betonung: »Die Abdrücke auf den sichergestellten Beweisstücken und dem Papiertaschentuchpäckchen sind identisch.« »Und das bedeutet?« »Das bedeutet, dass Sandra, Rosis Tochter, darin verwickelt ist.« Weller hatte dieses Ergebnis zwar befürchtet und gedanklich durchgespielt, doch als er es nun Schwarz auf Weiß vor sich sah, fiel er wie vom Schlag getroffen zurück in die Rückenlehne seines Bürostuhls. »Meine Tochter eine Mörderin, welch grausame Vorstellung!« »Gut, wir schicken eine Streife in die Uni und nach Mayberg.« Kommissarin Franck nahm das Heft in ihre Hände. Doch ehe sie ihre Ankündigung umsetzen konnte, betrat plötzlich einer der Pförtner das Büro der beiden. Er reichte dem Kommissar ein beiges Couvert mit den Worten: »Hier für Sie, kam eben via Eilkurier. Er ist an Sie persönlich adressiert.« Und mit den Worten »keine Sorge, ich habe daran gelauscht, er tickt nicht« rauschte der Überbringer grinsend wieder davon. »Wer schickt mir denn einen Brief«, grübelte der überraschte Empfänger und drehte den Briefumschlag um. Ganz klein in der oberen linken Ecke hatte sich der Absender verewigt. »Von wem ist er?«, fragte Steffi neugierig. »Rosi!«, antwortete Fritz mit verwunderter Miene und öffnete die Postsendung mit seinem Taschenmesser. Dann zog er zwei in der Mitte gefaltete Seiten und einen kleinen, silbrigen Schlüssel heraus. Er klappte die Blätter auseinander. Sie waren vollständig mit blauer Tinte in feinster Handschrift beschrieben.

»Lieber Fritz, wenn du diese Zeilen liest, kannst du mich nicht mehr retten.«

Wellers Augen verharrten regungslos gleich an diesem ersten Satz und sein geschundenes Herz trommelte hart gegen die Innenseite seines Brustkorbs. Nur hintergründig nahm sein Bewusstsein zur Kenntnis, dass das Telefon läutete und Steffi sich zunächst betont ruhig mit ihrem Namen meldete. Dann umso unerwarteter für ihn schrie sie von blankem Entsetzen gepackt gellend auf: »Was nein, das gibts doch nicht! Wir kommen sofort!« Er zuckte jäh zusammen. Seine Pupillen flatterten nervös. »Fritz schnell, das Kreismüller-Haus brennt!« Fritz wusste zunächst nicht wie ihm geschah und nur mit enormer Kraftanstrengung gelang es ihm sich aufzurappeln. »Du musst ihn mir während der Fahrt vorlesen!« Er drückte ihr den Brief die Hand. Allerdings war diese

Begebenheit für die Kommissarin nichts Außergewöhnliches. Denn ihrem Partner wurde es sofort speiübel, wenn er auch nur wenige Zeilen in einem fahrenden PKW zu lesen hatte. So schnappten sich die beiden hastig ihre Winterjacken und rannten durchs Treppenhaus zu seinem Passat. Wie ein Berserker prügelte Weller nun seinen Dienstwagen gen Mayberg. Getrieben von der Furcht, Rosi habe sich etwas angetan. Er kannte kein Pardon. Selbst die rotzeigende Ampel der Baustelle am Eisenbahnviadukt stellte kein Hindernis für ihn dar. Fritz dachte überhaupt nicht daran, die Geschwindigkeit zu verringern. Er raste einfach an den wartenden Autos vorbei und fädelte gerade noch rechtzeitig wieder vor dem Gegenverkehr ein. Steffi schwitzte auf dem Beifahrersitz kauernd Blut und Wasser. Doch sie war zumindest über den Umstand heilfroh, dass es entgegen aller Wettervorhersagen heute noch nicht geregnet hatte. Denn der Straßenbelag war seit gestern Nacht recht ordentlich abgetrocknet. Und während er, wie von allen guten Geistern verlassen, in die Dämmerung zum Kreismüller-Hof preschte, las ihm Steffi, leicht stockend aufgrund seiner rüden Fahrweise, Rosis Brief laut vor. Dabei musste selbst sie, wo sie doch normalerweise so taff war und Rosi zudem auch nicht näher kannte, einige Male vor Ergriffenheit kräftig schlucken:

Lieber Fritz, wenn Du diese Zeilen liest, kannst Du mich nicht mehr retten ...
   ... so wie Du es damals getan hast!
   Damals, als sich unsere Wege auf schicksalhafte Weise das erste Mal kreuzten. Meine Gedanken kreisen nur noch um Dich. Als Du das Wochenende in Mayberg verbrachtest, war ich bereits Freitagnacht vor Deiner Zimmertür, doch ich traute mich einfach nicht anzuklopfen und lief schnell wieder davon. Aber tags darauf, nachdem wir getanzt hatten, nahm ich schließlich

meinen ganzen Mut zusammen und ich kann bloß sagen: »Besser nur einmal zu lieben, als das ganze Leben alleine zu verbringen!« Die wenigen Tage mit Dir waren die glücklichsten meines jämmerlichen, verkorksten Lebens. Du fragtest mich, ob Sandra UNSERE Tochter ist ... ich weiß es nicht. Aber ich habe mir immer von ganzem Herzen gewünscht, dass es so wäre! Denn als ich Dir damals sagte, dass Heinrich Kreismüller ein Schwein sei, hatte ich meine Gründe dafür. Wenige Tage bevor er für seine Schandtaten bezahlen musste, kam er spät abends in mein Zimmer geschlichen. Es war zwar nur dieses eine Mal, aber selbst heute noch rieche ich seinen vor Schnaps stinkenden Atem und spüre noch wie damals seine rauen, ekelhaften Hände auf meiner Haut. Ich wache noch immer nachts schweißgebadet auf und sehe seine verschwitzte Fratze japsend über mir. Ich schämte mich so sehr, dass ich keinem Menschen davon erzählte, nicht einmal meiner Mutter. Sie litt ohnehin schon genug unter seinen ständigen, spöttischen Attacken. Heinrich Kreismüller drangsalierte sie, wo immer sich auch nur die kleinste Gelegenheit dazu bot. Er machte sich einen regelrechten Spaß daraus, sie vor allen vorzuführen. Und meine Mutter ertrug offensichtlich alles regungslos. Doch wenn sie sich unbeobachtet wähnte, hörte ich sie weinen.

Als dann der alte Elzer wenige Tage später im Sterben lag, bat er meine Mutter zu sich. All die Jahre hatte er es für sich behalten, dass Michael Bergheim, mein leiblicher Vater, von Kreismüller verraten wurde. Wie Heinrich geflucht hatte, als Michael nach dem Krieg wider Erwarten doch heimgekehrt war. »Niemals werde ich sie gehen lassen, niemals«, soll er geschrien haben. Er sagte Michael, dass seine Familie Zeit benötige, um sein plötzliches Auftauchen zu verarbeiten und er sich für ihn bei den beiden einsetzen würde. Michael gab ihm darauf die Briefe, die er im Krieg an meine Mutter geschrieben hatte und eine Tafel Scho-

kolade für mich. Heinrich prahlte anschließend damit, dass er die Schokolade sofort vertilgt habe, als Bergheim gegangen war und das Zeug wirklich gut geschmeckt hätte. Dann versteckte er das Schokoladenpapier und die Briefe irgendwo auf dem Speicher. Heinrich hatte sie alle von Anfang an belogen und meiner Mutter seine Gefühle für sie vorgeheuchelt. Und sie fiel auf ihn herein und servierte Bergheim eiskalt ab. Elzer hatte es auch mit eigenen Augen gesehen, wie Bergheim den Kreismüller daraufhin in den Matsch geworfen und den Hammer knapp neben dessen Kopf geschleudert hatte. Er war Michael anschließend zu dessen Haus in die Lenzgasse gefolgt und stellte ihn zur Rede. Was er denn nun vorhabe, hatte er ihn gefragt. Michael muss wohl nur geantwortet haben, dass ihn hier nun nichts mehr halten würde und er sich keine Sorgen machen sollte. So hinterließ er Elzer die Wehrmachtskleidung und seinen Pflasterer-Hammer. Elzer erinnerte sich noch genau an Bergheims seltsame letzte Worte, als er ihm die Stücke in die Hand drückte: »Bewahre die Sachen gut auf, wer weiß, manchmal geschieht halt Sagenhaftes.« Dann verschwand er für immer im Dunkel der Nacht. Als Elzer in sein Haus zurückkam, fand er einen Brief. Jemand hatte ihn unter der Haustür hindurch in den Flur geschoben. Es war jener Brief meines Vaters, den ich Dir gestern mitgebracht habe. All die Jahre lebte Elzer mit dieser Bürde. Er redete sich ständig ein, dass es uns bei Kreismüller gut erginge ... was die ersten Jahre auch der Fall war. Außerdem bekam er von Heinrich regelmäßig Geld, sowie Essen und Trinken. Doch nun, sein nahes Ende vor Augen, war der Ärmste schließlich heilfroh, dass er sein Gewissen erleichtert hatte. Meine Mutter erzählte mir dies, kurz bevor sie starb. Und unter Tränen sagte sie, dass sie es mit angehört hatte, wie Heinrich damals zu mir in mein Zimmer ging und sie sich schlafend stellte, als er anschließend zur ihr ins Bett gekrochen kam. Vorwurfsvoll wollte ich sie fragen, warum sie nie mit *mir darüber gesprochen hatte, aber bei ihrem Anblick stockte mir der Atem und ich brachte keine Silbe heraus. Na jedenfalls war diese Tat Kreismüllers für meine Mutter der entscheidende Tropfen, der das Fass zum Überlaufen brachte und sie beschloss, dass Heinrich endlich für sein schändliches Verhalten büßen müsse. Sie zog sich Bergheims alte Wehrmachtsjacke und dessen Kappe über, die sie mitsamt seines Pflasterer-Hammers von Elzer bei dessen Abschied bekommen hatte und versteckte sich an jenem Abend im Gebüsch, bis Heinrich besoffen aus der Kneipe zu seinem Mercedes getorkelt kam. Sie erschlug ihn. Und das Letzte was seine Augen sahen, war Michaels Uniform. Er röchelte noch: »Bergheim, wie nur …?« Dann war's aus mit ihm. Danach schleppte sie ihn genau an die Stelle, wo mein Vater den Kreismüller 20 Jahre zuvor niedergeworfen hatte. Hätte meine Mutter ihn nicht getötet, ich hätte es mit Sicherheit irgendwann selbst getan.*

Und bevor ihr auf irgendwelche dummen Ideen kommt, ich war's, ich habe Manfred erschlagen. Er hatte es genauso verdient wie sein Vater. Ich befürchtete, dass er den Hof verkaufen wollte, und als er dann eines Abends unverschämt grinsend aus Sandras Zimmer kam, sah ich wieder die Fratze seines Vaters in Manfreds Gesicht. So fasste ich den Entschluss, dem ein Ende zu setzen. Manfred sollte auf die gleiche Art sterben, wie sein Vater zuvor. Denn idealerweise hatte mir meine Mutter auch genau beschrieben, wo sie 1967 den Hammer und die Klamotten auf unserem Dachboden versteckt hatte. Ich brauchte nicht lange zu überlegen, wie ich es anstellen sollte. Es war eigentlich ganz leicht, denn ich wusste von seinem Verhältnis mit der Krause und wo er seinen Wagen parkte. So zog ich mir die alte Uniformjacke an. Doch im Gegensatz zu ihr habe ich darauf verzichtet, mir auch noch die verlauste Kappe auf den Kopf zu setzen. Ich verbarg mich also in den Hecken nah am Reinigungsschacht, hielt den Pflasterer-Hammer, an dem noch das getrocknete Blut seines Vaters klebte, fest in meinen Händen und wartete ... bis er tatsächlich kam. Völlig ahnungslos stieg er aus seiner goldenen Kiste und noch ehe dem armen Trottel klar war, was mit ihm geschah, erschlug ich ihn. Welch ein herrliches Geräusch, als der Hammer seinen Schädel wie eine Kokosnuss aufplatzen ließ und er daraufhin mit weitaufgerissenen Augen und schmerzverzerrtem Gesicht tödlich getroffen zusammenbrach. Ich brauchte ihn anschließend nur noch in den Kanal zu werfen. Den Schlüssel für das Schachtgitter hatte ich ja aus dem Bürgermeisterbüro. Puh, da warst Du mir wirklich dicht auf den Fersen. Dann versteckte ich noch die Sachen in der Schachtmauer und fuhr mit dem Capri nach Hause. Ach ja, für den Fall, dass ihr Sandras Fingerabdrücke auf dem Hammer finden solltet, gibts eine simple Erklärung. Vor ein paar Monaten stand sie auf einmal vor mir und hielt die Wehrmachtsjacke und den Hammer in ihren Händen. Sie war auf dem Dachboden und hatte das Zeug zufällig unter der losen Bodendiele gefunden. Die Sachen lagen übrigens auch schon 1967 an der Stelle. Ihr wart so oft so dicht davor, das Zeug zu finden. Und ich trug natürlich Handschuhe bei Manfreds »Erlösung«.

Meine Mutter begann sofort nach Heinrichs Tod mit der Suche nach Michael Bergheim, da sie immer fest daran glaubte, dass er noch lebte. Sie hatte wirklich alles in ihrer Macht Stehende unternommen und nichts unversucht gelassen ... leider ohne Erfolg.

Der beiliegende Schlüssel gehört zu einem Schließfach des Bahnhofs in St. Josef. Darin enthalten ist ein Abschiedsbrief an Sandra, worin ich ihr alles erkläre, die Briefe meines Vaters, die er im Krieg an Mutter geschrieben hatte und das alte Schokoladenpapier ... und ein paar Erinnerungsstücke MEINER Bergheim-Familie.

Ich bitte nicht um Vergebung für mein Handeln. Vielleicht ist es auch nur schwer nachvollziehbar. Aber ich hoffe, Du verstehst mich eines Tages!

Fritz, ich sehe Dein Gesicht vor mir. Es soll das letzte Bild in meinen Gedanken sein, bevor ich gehe!

Ich liebe Dich, ich habe Dich immer geliebt, vom ersten Tag an, als wir uns auf schicksalhafte Weise begegneten!

Rosi

... mein Entschluss ist der richtige Schritt und das Beste für uns alle ...

Es war 16:45 Uhr als die beiden am Ortsausgang in Richtung Kottenhausen, nur wenige Meter hinter der Gemeindehalle, in den Feldweg zum Kreismüller-Anwesen einbogen. Bereits von hier bot sich ihnen ein niederschmetternder Anblick. Denn umgeben von der heraufziehenden Dunkelheit schlugen die rotgelben Flammen meterhoch aus dem Dach des Wohnhauses empor und eine schwarze Rauchsäule stieg schräg in den Abendhimmel. Der kühle Westwind trieb diesen monströsen Brodem langsam aber unaufhaltsam auf Maybergs Ortsgrenze zu. Von diesem Horrorszenario sichtlich geschockt, fuhr Weller langsam auf das Feuer zu. Seitlich in den Wiesen am Wegesrand hatten sich mehrere Dörfler eingefunden und betrachteten das Spektakel aus sicherer Entfernung. Im Vorbeifahren nahm Weller unter Umherstehenden auch die Gesichter von Marek Ceplak und Anton Pohlert wahr, die, ihren Blick zum Kreismüller-Hof gewandt, miteinander redeten. Die Männer unterbrachen ihre Unterhaltung, als sie Wellers Dienstwagen sahen. Der alte Wirt starrte den Kommissar durch das Seitenfenster an und schüttelte niedergeschlagen mit Tränen in den Augen seinen Kopf. Ihre Blicke trafen sich und sogleich wich Wellers Furcht unermesslicher Trauer. Der Geruch von verbranntem Holz drang unaufhörlich durch die Lüftung in den Innenraum des Passats. Rechts am Wiesenrand, gut 30 Meter vom Hof entfernt, parkten bereits die Fahrzeuge der Rettungssanitäter, des Notarztes und ein grün-weißer Ford Sierra der Bereitschaftspolizei aus St. Josef. Weller stellte seinen Dienstwagen gleich daneben ab, kletterte sofort heraus und rannte so schnell es ihm seine Beine gestatteten zur breiten Hofeinfahrt, in der zwei Löschfahrzeuge platziert waren. Kommissarin Franck folgte ihrem Kollegen mit etwas Abstand. Sie erreichte nun ebenfalls das steinerne Portal. Weller stand vor dem linken Feuerwehrwagen. Seine Augen ruhten regungslos auf dem brennenden Gebäude. »Was mochte nur in seinem Kopf vorgehen?« Diese Frage kam nun unwillkürlich in Steffi auf, als sie ihn sah, doch sie sprach ihn nicht an. Einige Feuerwehrleute in ihren schwarzen Schutzanzügen und den markanten weißen Helmen liefen hektisch umher und riefen sich in ihrem örtlichen Dialekt laut zu, was sie als Nächstes zu tun gedachten. In hohen Bögen prasselten die Wassermassen aus zwei C-Rohren druckvoll in den Brandherd. Doch das Feuer zeigte sich gänzlich unbeeindruckt davon. Unbarmherzig fraß es sich durch das gesamte Haus. Just in diesem Moment zersprang das Küchenfenster in tausend Einzelteile und das Glas fiel klirrend auf das Kopfsteinpflaster des Innenhofs. Flammen, grelle Flammen, überall nur Flammen! Das brennende Gebälk des Dachstuhls und der Zimmerdecken ächzte klagend in der tödlichen Umklammerung dieses höllischen Infernos. Funken stoben immer wieder in die Luft. Selbst noch hier an der Hofmauer spürten die beiden die unmenschliche Hitze in ihren Gesichtern und beißender Qualm brannte in ihren Augen. »Wir können nur versuchen, das Feuer von den Stallungen fernzuhalten. Reingehen ist einfach zu gefährlich. Der alte Mist könnte jederzeit zusammenstürzen!« Bürgermeister Schimmelpfennig in seiner Funktion als Feuerwehrmann hatte die Polizisten erspäht und war direkt zu ihnen geeilt. »Was ist mit den Frauen, sind sie am Leben?«, schrie Weller ihn verzweifelt an. »Kann ich noch nicht sagen, wir haben sie noch nicht erreicht! Ich hoffe, dass niemand im Wohnhaus war, denn es brannte bereits lichterloh, als wir ankamen. Und als wir ins Haus wollten, mussten wir erst noch die Tür aufbrechen, denn sie war abgesperrt. Aber wir konnten uns nicht lange drinnen umsehen, es war schon zu gefährlich. Das Feuer hatte sich bereits im Korridor und im Treppenhaus ausgebreitet und deshalb mussten wir nach wenigen Sekunden sofort wieder nach draußen. Zumindest das Vieh aus den Stallungen haben wir gerettet!« Ein zweiter Feuerwehrmann kam hinzugehetzt. »Ich habe Sandra in der Uni erreicht, aber von Rosi fehlt noch jede Spur! Niemand hat sie gesehen. Wenn sie wirklich ihm Haus war, dann …« Hier versagte dem Mann seine Stimme und die Gruppe blickte geschlossen zum brennenden Gebäude. Schimmelpfennig drehte sich zu den Kommissaren um. In seinen Augen spiegelte sich plötzlich seine ganze Hilflosigkeit wieder und resignierend sagte er: »Keine Chance, das alte Gebälk brennt wie Zunder, da hat man schnell 800 bis 1000 Grad, da bleibt am Ende nicht mehr viel übrig, keine Chance, keine Chance.« Dann ließen die Feuerwehrmänner Weller und seine Kollegin am massiven Torbogen alleine zurück. Es begann zu nieseln. Der feine Regen spülte die aufgestiegene Asche hernieder und überzog Menschen, Fahrzeuge und alles Andere was sich sonst noch im Dunstkreis des Feuers aufhielt mit einer schmutzig klebrigen Schicht. Fritz richtete seine Augen in den Abendhimmel. Doch seltsamerweise, sozusagen wie von Zauberhand berührt, empfand er plötzlich keine Trauer mehr. Vielmehr breitete sich eine unbändige Erleichterung in ihm aus. Doch dies hatte nichts mit der Tatsache zu tun, dass Sandra lebte. Vielmehr war es das gleiche, unbeschreibliche glückselige Gefühl wie heute Morgen. Nur dieses Mal verspürte er es noch intensiver. Er konnte es beinahe mit seinen Händen greifen.

Am liebsten hätte er seine Freude laut in die Welt gerufen und wäre im Regen über die Wiesen getanzt. Mit einem verzückten Lächeln um die Mundwinkel und leuchtenden Augen sagte er zu Steffi: »Sie hat endlich ihren Frieden gefunden!«

Um die Mittagszeit des darauffolgenden Tages gelang es der Feuerwehr, den Brand schließlich vollständig zu löschen. Die Kriminaltechniker fanden inmitten des ausgebrannten Hauses die verkohlten Reste von menschlichen Hüftknochen. Ob es wirklich Rosis sterbliche Überreste waren, konnte allerdings niemand mehr feststellen. Nur aufgrund ihres Abschiedsbriefes und der Tatsache, dass die Frau auch sonst wie vom Erdboden verschluckt war, erklärte man Rosemarie Kreismüller für tot und bestattete das, was von ihr noch übrig war, in einem Grab unmittelbar neben dem ihrer Mutter auf Maybergs Friedhof. Rosis umfassendes Geständnis gab die entscheidenden Impulse zur Aufklärung beider Morde. Die Polizei verdächtigte ihre Tochter Sandra nun nicht mehr, am Tode Manfred Kreismüllers schuldig zu sein und man schloss neben diesem Fall nun auch endgültig die Sache Heinrich Kreismüller als aufgeklärt ab. Erst einige Tage später wurde es Fritz bewusst, dass sich nicht nur Rosi, sondern auch er selbst von den Schatten der Vergangenheit endgültig befreit hatte ... jeder auf seine Art.

Ende?

Fünf Tage vor Heiligabend war Kommissar Weller in seinem silbermetallic-farbenen Passat unterwegs von Burgstadt nach St. Josef. Für 10 Uhr war in der dortigen Dienststelle eine Besprechung anberaumt. Da er noch gut eine Stunde Zeit hatte, rollte er gemächlich die Bundesstraße entlang. Aus den Lautsprecherboxen klangen leise die Songs des aktuellen Queen Albums *Innuendo*. Die letzte Nacht war klirrend kalt gewesen und Raureif hatte sich über das Gras der nahen Wiesen gelegt. Weißgraue

Schneewolken bevölkerten den gesamten Himmel. Ohne erkennbaren Grund bog er nach Mayberg ab. Er fuhr die Dorfstraße entlang bis zur Kirche. Hier parkte er seinen Wagen in der Segbachstraße. Er stieg aus, ging an der Kirche vorbei, dann den von schmalen Birken gesäumten Fußweg hin zum Friedhof. Plötzlich riss die dichte Wolkendecke auf und Sonnenstrahlen stachen grell durch die Lücke. In ihrem Lichtschein erblickte Fritz an der Stelle, wo Marias und Rosis Gräber lagen, einen dunkel gekleideten Mann mit schwarzem Hut. Fritz ging langsam auf ihn zu und blieb neben ihm stehen. Der Unbekannte beachtete ihn nicht. Er hatte seinen Kopf gesenkt und betete leise. Fritz sah ihn verstohlen von der Seite an. Er war dabei gezwungen, seine Augen zusammenzukneifen, denn die Sonne stand genau hinter dem Fremden und blendete ihn. Fritz konnte so nur schätzen, dass der Mann deutlich älter war als er selbst. Und obwohl er dem Alten noch nie zuvor in seinem Leben begegnet war, war er sich trotzdem sicher, ihn irgendwoher zu kennen. »Manchmal geschieht Sagenhaftes«, murmelte Fritz leise vor sich hin. »Stimmt«, antwortete der alte Mann lächelnd, ging an ihm vorüber und verließ den Friedhof. Fritz folgte ihm mit gehörigem Abstand. Als er wieder in seinen Dienstwagen einsteigen wollte, fuhr ein dunkelgrüner Volvo mit getönten Scheiben und norwegischem Kennzeichen aufreizend langsam an ihm vorbei. Rechts auf dem Rücksitz glaubte Fritz eine Frau mit langen, blonden Haaren zu erahnen, die ihn ansah …

Quellenverweis

»Drah di net um, der Kommisar geht um«
Titel: Der Kommissar; Interpret: Falco

»Let's spend the night together«
gleichnahmiger Titel; Interpret: Rolling Stones

»Anyway the wind blows«
Titel: Bohemian Rhapsody; Interpret: Queen

»I had this perfect dream«
Titel: Barcelona; Interpreten: Freddie Mercury und Montserrat Caballe